那緹——著

那些年，在婦癌科病房發生的「鳥事」

自序

清晨時分，空氣瀰漫一絲冷冽氣息，穿上外套拿著車鑰匙緩步往地下停車場移動。日復一日，無論春夏秋冬，都在同一時間醒來，預備好一切後出門，猶如公務員般精準打卡上班，而面對的挑戰，在抵達醫院後，日日都不相同。

當遇到舉目無親的街友病患，除了與她身上癌患戰鬥外，後續的安置問題也需同時面對與處理；在病房上演了團圓戲碼卻不是美好結局，她與兒子之間未解的心結令人感到唏噓。幫助外籍勞工順利返家，除了熱心的病友們募款買機票，還有醫護人員慷慨解囊，讓她在返鄉後不會阮囊羞澀度日，但我心中仍懷抱無法醫治她的些許遺憾。與台灣人結婚的外籍配偶，在取得台灣身分證以後就不告而別，等再度聯絡上先生的時候，卻已是癌症末期，生命亦進入倒數階段；先生依舊無怨無悔地來看她，甚至幫忙申請病患姊姊來台探親；最終病患因病離世，我們能否完成她想要落葉歸根的遺願？當人在臨死一刻到來時，心中所願不過是好死而已，但是家人苦苦不放開手，希望病患接受人工肛門手術繼續活下去；病患拗不過母親的淚眼相對，卻在手術後放棄自己，像行屍走肉般活著，我又該如何幫助她重新面對人生？

這些人與這些事每天都在醫院中上演，經過多年磨礪，讓我的心更加堅韌且柔軟。這本書記錄關於婦癌科病房中的點點滴滴，如果你問我，這些事情是真的嗎？這些故事裡皆為真實發生，考量保護當事人，已將人物、年齡、病況與情境等等足以辨視之個人資訊內容改編。如若追問這些故事的真實性，我只能這樣告訴你，故事的成分是百分之一百天然。其中百分之六十五探究人性的真實與殘酷，百分之二十五引發你內心深處的柔軟，百分之十是我審度過後的文辭。

這本書中真實記錄曾照顧過的個案，當然創作故事之人，不單單只有我一人而已，還包含病患、家屬，以及參與其中的醫療團隊人員。透過「林唯樂」專科護理師第一人稱視角，引領大家走入一段又一段的生命故事之中。我想與大家分享的不只有故事本身，更是那些照顧過程裡展現的人心之美與些許醜惡的人性。雖然有些故事裡出現的衝突場面，令人感到人心醜陋而不免遺留了些許遺憾，但倘若沒有經歷這些醜陋與噁心，又何以彰顯人性的美麗時刻？希望透過閱讀、體會與你經歷不同生命歷程的故事，反思並理解生命過程中是否也曾有相同遺憾。

我想藉由本書中講述的故事，讓讀者們感受人生中的美好與缺憾，也期盼這些發生在醫院裡的事情，能夠協助你作好面對關於生命裡喜怒哀樂的準備。

目次

序曲　初心

陽光普照的天氣，我端著熱咖啡行色匆匆走在醫院大廳。我是林唯樂，從大學畢業後，就進入這家醫學中心工作。經過五年的護理師臨床試煉，因緣際會下接受了專科護理師的訓練。到現在，已擔任專科護理師這份工作屆滿十年。

目前我在婦癌病房中工作，雖然介紹這麼多，想必你們對於專科護理師這個名詞還是有點陌生，就如同未曾到過醫院的民眾往往不解：專科護理師跟護理師有什麼不同？其實，說穿了，我們也是提供健康服務的一群人。醫院裡不只有醫師、藥師、護理師、還有很多的醫事人員一同為大家提供照顧，最終目的都是希望病人可以康復出院。然而，往往有時候事與願違。有些疾病與病患，總是令人頭痛不已。

一路走來遇到許多人與事，有時靜心坐下想想，即便人生中有許多起伏與大起大落，但它們只在有限的生命中占據極少的部分。

病人總說我是他們生命中的貴人，這句話似乎很輕，但卻沉重壓在我的心頭。當初決定進入護理這條路的時候，曾未想過能如此榮幸變成某人生命中的一部分。我希望能持續秉持初心，盡全力照顧好每位病患，或許就是這份熱情感染了病人，也讓我有機會記錄下，她們人生中獨特的經歷。

準備好了嗎？讓我把這些美麗又滄桑的故事，向你們一一道來。

第一章　哈囉，無家可歸的人

那日傾盆大雨，每位來上班的同事衣服都溼透了。因為氣候的關係，讓空氣中充斥著一股霉味。剛剛走入護理站，便聞到一股很奇特的味道，像是腐肉混合血液還帶點體味，加上外面正在下大雨，再混雜入潮溼的味道，足以讓人微皺眉頭產生不悅。坐到電腦前面，望著對面的大夜班學妹：葉心。

「葉心，有新病人嗎？」我望著護理師葉心問道：「昨天夜班收進來的嗎？」

葉心點點頭，跟著對我說：「樂樂姊，妳也聞到那個味道了？」

「Cervical Ca*？」

葉心一副欽佩的眼神朝我射來，「哇，學姊果然厲害。」

這些年在病房裡面打滾，可不是白混的，何況這種味道只要聞過一次就終身難忘。

* 作者註：Cervical cancer，子宮頸癌。

「湘婷已經往那間病房裡面噴了很多香水，但就是蓋不掉這股怪味，連隔壁床的病患都在抗議了。」葉心一副莫可奈何的臉，求救似地望著我，「樂樂姊，妳還有什麼好辦法嗎？」

「等一下我去樓下小七拿點咖啡渣，應該會比較有效。」我點開病患視窗，好奇問道：「是哪位MA的病人呀？」

突然一隻手搭上我的肩膀，跟著笑著說：「樂樂姊，是妳的病人喔。」

護理師陳湘婷坐到我身邊小小聲地說道：「林P從急診收的。」

這話讓我心中無限地翻著白眼。林怡津醫師，大家都叫她林P，她是我負責的主治醫師之一。林怡津是位好醫師但是運勢奇差，總是會收到些奇奇怪怪的病患。

「樂樂姊，這位新病人是名街友喔。」葉心湊到我身邊小小聲地說：「昨天是救護人員從公園的公廁裡救出來，身上就只有一支手機跟幾張證件，還有現金七百五十八元。」

我微微皺眉後望向葉心問：「沒有家人的聯絡方式嗎？」

葉心搖搖頭，接著說：「本來還有位大姊跟著她一起從急診室住進病房，但她表示只是病人的普通朋友，也不願意當住院擔保人寫住院同意書，剛剛天還沒亮就偷偷跑掉了。」

我輕輕搖搖頭然後看看壁上的時鐘，心底有了主意。

「樂樂姊，我們要幫忙募款嗎？」葉心望著我等候答案。

「先不急，病人至少還有身分證，我讓社工去想辦法幫忙把家人找出來。她總不會是從石頭裡蹦出來的，沒有父母也有其他兄弟姊妹吧。」我先把病患資料印出來，預備開始一天的工作日常，自然今天還多了點事情需要額外處理。

此時，護理長也走進護理站預備進行大夜、白班交接班會議。我趕緊把病患的檢驗結果查詢好，預備先去病房看看病患。

我拿出螢光筆，在某位病患名字前面畫了個記號，看來今天得好好去了解她的情況，至於病情探查部分，跟林怡津好好商量後，再看看還需進一步安排哪些檢查。

忙了一上午，處理一堆事情與聯絡好許多項檢查，終於得空喝口水，而我的林P：林怡津突然出現在護理站。

「樂樂，我昨天從急診收了一個病人。」林怡津坐到電腦前面，抬頭望著我，「我聽總醫師說，陰道裡面滿滿的都是腫瘤，一碰到就不停地流血，也弄不清楚是從子宮頸來的還是陰道。」

「不只陰道，昨天切的CT片，連Lung裡面也有了。」我無奈地望著林怡津，「也可能是Lung來的。」*

「哇，這麼嚴重。」林怡津搖搖頭跟著點開片子，驚嘆道：「怎麼把自己弄得這麼慘，可以請她的家屬出來嗎？我先跟他們解釋目前的情況。」

* 作者註：CT，電腦斷層檢查，Lung指肺部。

「沒有家屬。」

林怡津轉頭望著我，一臉疑惑地說：「沒有家屬？」

我點點頭說，「妳的病人是街友。」

林怡津疑惑地說：「街友？女街友？」

我點點頭跟著坐到她身邊壓低聲音說：「一早我去看過病人，試著跟她聊天，但她只是一直哭，然後跟我說不想接受治療，她只想要趕快死掉。」

林怡津微皺眉心，用一種疑惑地眼神看著我。

「我請社工過來幫忙評估，她正在病房裡跟病患談話，我們等一下問看看社工有沒有問出什麼結果。」跟著我和林怡津討論還要幫病患做哪些檢查，來釐清腫瘤原發位置為何，這樣才能對症下藥。

當我還在跟林怡津討論其他病患的事情，社工師邱曉娟走到我們面前，對著我們輕嘆口氣後又不停地搖搖頭。

我有點驚訝地抬頭望著她，「不會吧，曉娟，病人也不想跟妳談嗎？」

「只要問起家裡的狀況就一直哭，然後說家人不會理她。」邱曉娟有點苦惱地望著我，「手機裡面也都是些朋友的電話，她說家裡電話早就換掉了。」

「到底她跟家裡發生什麼不愉快的事情，讓她現在變成這樣？」林怡津好奇問著社工師，「再怎麼樣，現在人都生病了，家人應該還是會出面吧。」

「實際上他們之間到底發生什麼事情，病人不願意說清楚，所以我沒辦法直接透過病患了解詳細情況。不過還好她有身分證，上面有戶籍地址，我會請社會局試著聯繫看看。」邱曉娟想了想後說：「有地址就好辦事，至少能夠嘗試找找看。」

「曉娟，那病患住院沒錢吃飯、買尿布以及生活必需品……」我趕緊追問著她，「妳們社服那邊可以幫點忙嗎？」

「尿布好辦，我們有一些捐助的物資，吃飯就暫時先用善心人士的捐款幫忙。」邱曉娟一副莫可奈何地望著我，「倒是她的疾病，還能有機會治癒嗎？病人一直對我說不要接受治療，她只想趕快死掉，而且越快越好。」

「這方面我們就沒辦法答應了，醫師的天職是救人，怎麼可能看著她死掉。」林怡津搖搖頭，「我跟樂樂還想要找出腫瘤原發位置，然後對症治療呢。」

「曉娟，妳就放心去找家屬，病人這邊有我跟林醫師處理，我們分頭進行。」我當然不能放任病人死掉，何況這麼多醫院，一一九偏偏把她送到我們這裡，或許這是我們之間的緣分。

接下來我陪林醫師去病房查房探視病患。剛踏入病房，那股令人不悅的味道已經改善許多，或許是剛剛去小七拿回來的咖啡渣發揮功效。也可能冷氣空調溫度調得低了些，所以稍稍把味道壓下來。

但走近靠窗邊的床位，那股令人不悅的味道又逐漸濃郁起來。沒錯，這位病患就是住在窗邊那一床，我走到床邊輕聲喚道：「玉蘭，我跟主治醫師來看妳了。」跟著伸手拉開床廉。

林怡津走到一旁的椅子上坐了下來，她望向躺臥在病床上的病患劉玉蘭，面上帶著微笑說：「玉蘭，妳好。我是妳的主治醫師，我是林醫師。」

劉玉蘭睜開眼睛望著林怡津，臉上沒有一絲表情。

「玉蘭，身上有那裡不舒服嗎？」林怡津伸出手想要去觸碰她。

劉玉蘭立即防備性地往另一邊退後，接著說：「醫師，我沒有錢。」

林怡津停下手，沒料到病患說的第一句話會是如此。

我站在一旁接口說道：「玉蘭，錢的部分我們會幫妳想辦法，社服人員也已經過來了解妳的需要，我們會盡力幫忙妳。」然後望著她問：「有沒有哪裡不舒服，需要我們先幫妳處理嗎？」

「我沒有錢，我沒辦法治療。」劉玉蘭把頭轉向天花板，帶著點絕望的語氣說道：「我也沒有家人。」

「沒有家人？妳的爸爸媽媽呢？妳的兄弟姊妹呢？」林怡津好奇問著：「妳不可能沒有家人吧？」

「我跟他們都沒有聯絡，就算聯絡上他們也不會理我。」劉玉蘭的語氣淡漠地可怕，她呆望著天花板又說：「我已經四處流浪，也沒有家很久了。」

「那朋友呢？」林怡津不死心繼續追問，「妳也沒有朋友嗎？」

「酒肉朋友有幾個，不過我現在變成這樣，這些人應該都跑光光了。」劉玉蘭轉頭眼神空洞地望著林怡津說：「醫師，我的病如果很嚴重，就不要浪費時間跟錢救我，像我這樣的人活著也沒有什麼意思。」

林怡津伸出手拍拍她的棉被後說：「玉蘭，就是因為妳的病很嚴重，所以更要治療。妳不要放棄自己，我們一起努力。」

劉玉蘭突然哭了起來，只見她哽咽地說道：「我不知道還要努力什麼，像我這種人繼續活著有什麼用，即使我好起來也只能像流浪狗一樣四處流浪。醫師，妳不要救我了，幫我打一針，讓我直接死掉算了。」

劉玉蘭沒有求生意志，反而提出一了百了的想法。這些話讓我感到震撼，也引起了好奇心。她曾經發生了什麼事情，讓她面對疾病不願求生，反而一味求死？她說自己沒有家只能四處流浪，是什麼原因讓她淪落為街友無家可歸？

林怡津對劉玉蘭輕聲安撫，對她說接下來會再安排幾項檢查來確認診斷。然後我們繼續到其他床巡視病患。林怡津也跟我一樣，對這位病患充滿好奇與疑惑，而現階段我們先以治療身體上的病為主，至於心病，尚須一些時間建立好關係後再慢慢探究。

經過幾日的相處，我與護理師們透過幫劉玉蘭洗澡、洗頭、擦乳液等維持身體清潔的方式，逐步打開她的心門。乳液按摩的時候，我和劉玉蘭閒聊，知道了她有兩個兒子。劉玉蘭的先生喜歡喝酒，而酒後就會出手打她。幾年婚姻生活下來，她過得極其辛苦。在過往的保守年代並不流行申請家暴保護令，為了小孩與家庭的完整，即便先生酒後暴力相向，她也選擇隱忍不發。

在小兒子三歲那年，一天夜裡正下著大雨，先生喝醉酒返家後，藉著細故與她爭吵，然後隨手拿起桌上的玻璃杯朝她丟去。她額頭被杯子敲擊出一道細長傷口，當下鮮血直流。玉蘭覺得這種被暴力對待的日子，自己再也忍不下去，於是奪門而出離家出走。

劉玉蘭回到娘家後，家人帶她到醫院包紮傷口，同時父母兄嫂好言相勸希望她為了小孩繼續忍耐以維持婚姻完整。劉玉蘭為此感到心寒不已，覺得娘家人都不幫自己，於是她暗下決心要跟先生離婚。等她返家與先生談判，兩人爭吵之時她又被先生追打，而這次先生是清醒的，劉玉蘭心碎而倉皇離家，就此之後再也沒有回家過。

離家後的她，到外縣市去打工度日，因為學歷不高，只能當臨時工賺點錢過日子。但她好不容易攢點錢，卻被認識不深的朋友拐走積蓄。後來又被人拉去簽大家樂，欠了一屁股債之後，只能逃到另一個縣市重新開始。

日復一日，匆匆歲月就這麼過去，她離開破碎的家也已二十多年，出走的時候，老大八歲、老二才三歲，雖然偶爾會想念他們，想回去看看兒子們現在好不好。但是一想到家暴的丈夫，就又卻步不敢貿然回去。

葉心跟幾位照顧過她的護理師知悉了她背後的故事，大家都暗暗同情這段悲慘的過往。

「樂樂姊，玉蘭好可憐喔，如果可以幫她找回兒子，那該有多好。」葉心眼眶微溼望著我，「玉蘭一定很期望兒子喊她一聲媽媽吧。」

「可是玉蘭很擔心是先生先找到醫院來。」我手上邊在鍵盤上敲打著字，邊回應著她的問題，「玉蘭跟我說，如果社會局真的找到夫家那邊的人，先別急著把他們帶來，她怕先生會出手打她。」

「玉蘭可以申請家暴令，現在的時空背景跟二十年前不一樣了。」護理師齊雲帶點忿忿不平地說道：「如果他先生真的敢在醫院裡面打人的話，我就先去保護她，我前段時間去學了柔道，到時候誰輸誰贏還不知道呢。」

齊雲這番話讓我笑了出來，「好好好，妳可是我們護理站裡的好英雌，一定可以好好保護玉蘭。」

「妳們在聊什麼？」社工師邱曉娟走進護理站。

我看到她大約就猜到，關於劉玉蘭的事情應該有進展了。

「曉娟，玉蘭的事情怎麼樣了？」

邱曉娟走到我身邊後說：「算是有一點點進展，找到她的兄嫂，不過他們說已經很久沒有聯絡，告訴他們玉蘭生病正在醫院住院，他們似乎沒有來探望的打算。」

「父母親呢？」我不死心繼續追問，「他們總會關心女兒的生死吧。」

「玉蘭的父母親在多年前過世。」邱曉娟輕嘆口氣，「大哥對於玉蘭依舊有些怨言，因為當初她離家出走之後，都沒跟他們聯絡，所以當父母親相繼過世的時候，都還掛心著女兒在外流浪，當時老人家是帶著遺憾離開人世。」

我想了想後又問：「那夫家那邊？」

「依照戶籍地址，我請當地的社會局的人聯絡派出所去找，後來是里長去幫忙按的門鈴。」邱曉娟拿出一張紙條，上面是一個名字跟電話號碼，「來應門的是玉蘭的婆婆。」

「那她的先生？」我接過紙條，好奇追問：「所以這是先生的聯絡方式嗎？」

「先生十年前就過世了，家裡只剩下兩個兒子跟婆婆。」邱曉娟指著紙條說：「這是她大兒子的電話。」

我驚訝地望著邱曉娟，「他願意來醫院嗎？」

「我也不知道，大兒子是職業軍人，平日都在軍營中，只有放假才會回家，而小兒子知道玉蘭的事情後，拒絕到醫院看她。」

「拒絕？為什麼？」

邱曉娟嘆口氣後無奈地說：「小兒子很恨玉蘭，他覺得當初媽媽離家出走後對他們兄弟倆不聞不問，加上爸爸過世後是阿嬤把兄弟倆拉拔長大，所以他沒辦法原諒媽媽。」

一旁的葉心不忍地開口說道：「但是玉蘭有苦衷呀，如果當初她不逃走可能會被丈夫打死。」

「當時小兒子的年紀還那麼小，所以不知道這些陳年往事吧。」我望著邱曉娟然後揚揚手上的紙條，「那大兒子的態度呢？」

「大兒子是職業軍人，久久才放假一次，目前暫時不確定何時會放假。不過他知道玉蘭的事情以後，表示之後會抽空北上到醫院來一趟。」邱曉娟拍拍我的肩膀，「他願意負責媽媽的醫藥費跟伙食費。」

我看著紙條有感而發：「我們已經幫玉蘭找到親人，住院時候的費用也沒有問題，但是出院以後呢？」我用期盼的眼神望著曉娟，「目前玉蘭還在接受治療，等告一段落後，總是要回家吧。」

「後續的安置部分，社會局會再跟家屬討論，妳放心，我們不會讓病人再繼續流浪街頭。」

我安心地點點頭，經過這段時間的相處後，我知道玉蘭是位可憐人，當年被先生家暴又無路可走，只能選擇放下兒子離家而去。流浪這麼多年，她的內心也非常想念兒子，但又害怕如果回去見小孩，會不會又被先生逮住且繼續被暴力相向？

邱曉娟交代完關於劉玉蘭相關事項後就繼續去忙其他病患，而我拿著那張紙條，走到劉玉蘭的病房前。是時候讓她知道，我們已經找到她的家人了。

我走到劉玉蘭的病床前，伸手輕輕拉開床簾。

「玉蘭，我是樂樂。」我走進去坐了下來，經過一連串的檢查之後，林怡津確定她是子宮頸癌，因為已經轉移到肺部，所以癌症分期期數是第四期。第四期已經無法以手術切除病灶治療，必須改以放射線合併化學治療來處理。

剛剛確定好治療計畫時，劉玉蘭本來非常抗拒接受治療，每次查房時都哭著要我們放棄她、直接送她一支致命的藥，想要直接了斷生命。不過我和護理師們，在這些時日的身體清潔、洗髮、身體按摩，以及日常相處，都不斷鼓勵她接受治療，不要輕言放棄。終於，她接受林怡津的治療計畫，願意接受放射線治療及化學治療。而且，她對我們的態度也不再是怯懦、退縮，我想她真心感受到我們所釋出的善意與關心。

「樂樂，妳來了。」劉玉蘭坐起身並微笑望著我，「我剛剛去作完放射線治療回來。」我望著她關心問著：「妳還好嗎？最近還有哪裡不舒服嗎？」

「我發現下面比較不會流血了。」劉玉蘭顯得有點小興奮地說道：「真的像林醫師說的一樣，開始放射線治療以後，就不會一直流血。」

「嗯，很好呀。這就表示癌細胞被控制住，不過這都只是剛開始，如果妳有拉肚子或是哪裡不舒服，一定要讓我知道喔。」我望著劉玉蘭然後拿出那張紙條遞給她。

「這是什麼？」劉玉蘭接過紙條，然後一見到上面的名字與電話後，表情變得震驚與呆滯，似乎這項訊息對她來說十分震撼。

「這是妳大兒子的電話。」

「你們……你們已經找到他了。」劉玉蘭語帶哽咽然後掉下眼淚，「怎麼可能，你們怎麼可能找到他。」

「邱社工師請警察與里長依照妳身分證後面的戶籍地址去找，到妳家之後是妳婆婆來應門。」我拍拍劉玉蘭的手：「玉蘭，妳先生已經過世了。」

劉玉蘭抬頭望著我，依舊是驚訝的目光，然後微微出聲喃喃自語道：「他死了？」

「嗯，十年前就已經過世了。」

「那立威跟立凱……他們…他們都還好嗎？」劉玉蘭面目呆滯地望著我，然後哭著說：「當初我離開的時候，立凱才三歲，立威也才剛剛上小學而已。他們現在應該都成年了吧。」

「他們都很好，大兒子是職業軍人。」我安慰著她，「這支電話是妳婆婆給我們的，她說立威會找時間北上來看妳。」

劉玉蘭望著紙條，然後眼淚不停地往下掉，也許在她內心深處，從來沒有斷絕過對兒子的掛心與想念。

「謝謝妳，謝謝妳，樂樂。」劉玉蘭邊哭邊說道：「離開家這麼久，我從來沒有想過，還能跟立威與立凱聯絡上。」

「玉蘭，妳要振作起來。不管以前的妳發生了什麼事情，眼前要好好照顧好自己的身體，妳的兒子還等著跟妳團圓。」

「團圓？」劉玉蘭搖搖頭略微絕望地說道：「樂樂，我不敢奢望能跟兒子團圓，其實我有點害怕，如果他真的來看我，我又該跟他說些什麼？」

劉玉蘭淚眼婆娑，顯得哀戚：「我在他們年紀還那麼小的時候就離開家裡，這麼多年過去了，沒有盡過一天作母親的責任，我怎麼敢奢求他們與我相認？」她嘆了口氣後說：「何況我現在又得了癌症，這時候才去找他們，如果他們不願意出面，我也沒有怨言。」

「玉蘭……」

「樂樂，謝謝妳們幫忙找出他們，謝謝妳們。」劉玉蘭突然抱住了我並哭著說：「我要是知道他們爸爸已經走了，就會回家照顧他們。可是我實在好怕我先生，我怕他繼續打我。樂樂，妳知道那種壓力與恐懼嗎？每天晚上，我都很害怕他又喝酒回家，醉醺醺地回到家以後，就要拿我出氣。」

「那時候我只能選擇離家出走，我不是沒有想過帶著他們兄弟倆一起離開，可是我一個女人家，又只有國中畢業，如果帶著小孩子，賺的錢能養活他們嗎？」劉玉蘭在我懷中傾訴著這些年壓在心頭上的痛苦，「所以我只能自己一個人逃走，這麼多年，我很怕孩子們會恨我，甚至討厭我。」

「都過去了。」我拍拍她的背安撫著，「玉蘭，這些事情都已經過去了。」

「我曾經偷偷跑回家想看看他們，可是在巷口就看見先生正要進門回家，我實在很怕被發現又被抓回家裡，所以只能趕緊轉身逃跑。」她憶及過往的傷痛，內心承受的痛苦非常人可以了解。

「有時候我會偷偷想兒子，我還記得小威剛上小學的時候，每日上下學都是我騎腳踏車接送，小威最喜歡家門前那道斜坡，當滑下斜坡的時候，我們母子倆總會一起尖叫。」劉玉蘭回想著過往的事情，那些往事讓她面容祥和，「小威叫那裡是雲霄飛車坡，這是屬於我們母子倆獨特的回憶。」

劉玉蘭看著紙條心裡十分歡喜，這些年她思念兒子的心從未斷過。多少個午夜夢迴時，都想著與兒子重逢團圓，然而卻只是想想而已。如今夢已成真，但是現下的她卻已非當日的自己。

我看著劉玉蘭若有所思的樣子，也明白一時之間要她消化這麼多事情，仍需要一些時日好好沉澱一下心情。

我找了個理由跟她道別後走出病房，心裡為她高興。終於過了這麼多年，她能與兒子重逢團圓。但是我也擔心著，如若那天真的到來，又會是怎麼樣的情景？眼下也只能走一步算一步了，治療劉玉蘭的疾病要緊，而心病還是得等家人到病房相聚後才能解開。

後來又過了快半個月之久，我跟護理師們每天都期盼著，某日病房裡就能上演母子團聚大戲。但是一天天過去，卻什麼事情都沒發生。後來因為每天都忙於臨床事務，大家的那股熱乎勁就逐漸冷卻下來。

某天我在隔壁病房處理另一個病患的事情，突然手機響起來。

「你好，我是林唯樂。」我以頸項夾著電話邊打字，邊說著。

「樂樂姊，來了、來了，終於來了。」電話那頭是葉心。

「什麼東西來了？我早上訂的飲料嗎？」

「不是啦，是劉玉蘭的兒子。」

我停下手且驚訝說道：「真的來了？」

「嗯，剛好林醫師在這裡，她正在跟兒子解釋病情。」

「好，我馬上回去。」我掛上電話，匆匆把手邊的事情處理好，就趕緊跑回病房。

一踏入護理站，就看見林怡津正在電腦前面跟一位年輕男子說話。男子皮膚黝黑，理著小平頭，一副職業軍人的模樣。我慢慢走過去站到林怡津的背後，靜靜聽著他們的對話，沒多久社工師邱曉娟也抵達病房。

林怡津仔細解說自劉玉蘭入院以來所做的檢查、檢驗以及最後的診斷，還有目前的治療進度。

「溫先生，你母親目前正在接受放射線治療，預計還有二十次的療程。未來三個月內每三週都必須繼續住院接受化學治療。整個療程結束後，後續仍需密切接受追蹤。」林怡津轉頭望著溫立威，跟著說：「到目前為止你有問題要問我嗎？」

溫立威深吸口氣後先搖搖頭，跟著又開口說：「林醫師，妳剛剛說我媽媽是第四期也就是末期，那她還能活多久呢？」

「以學術上的角度來說，五年存活率大約是百分之十。」林怡津看著溫立威，「不過，我想無論如何，我們都還是得拚拚看。」

溫立威點點頭，我站在一旁望著他。心裡想著，多年未見的母親，也許他早已抱持此生不復相見的想法，怎料得到居然讓他找到母親了！只是造化弄人，終於得以團聚之時母親卻已身患絕症。

「林醫師，那麼我媽媽就拜託妳們了。」溫立威下定決心望著林怡津，「我是職業軍人，不能常常休假來探望她，感謝妳們這段時間對我媽媽的照顧。」

「這都是我們應該做的。」林怡津看向我，又轉頭對溫立威說：「你更應該謝謝我們病房護理師跟我的專科護理師，玉蘭剛剛入院的時候其實不想接受治療，是她們花了很多時間苦勸玉蘭，不要輕易放棄自己、要給自己活下去的機會。」

林怡津沒忘記社工的辛苦，接著又說：「還有邱社工師那邊也提供了很多協助，這些日子的伙食還有生活必需品等零零總總的花費，都是邱社工師幫忙四處周旋募款來的。」

溫立威倏地起身對著我跟邱曉娟鞠躬說道：「麻煩妳們了，謝謝。」

突如其來的鞠躬道謝，如此大的禮數驚嚇到我跟邱曉娟，我們趕忙揮手示意要他別客氣。

「溫先生，你別客氣，這都是我們應該做的。」溫立威站起身後，我望著他有點擔心地問：「你會想要去病房看看玉蘭嗎？你們這麼長的時間沒見，你應該有很多話想對她說吧。」

溫立威停頓了一下，沒有回答，那幾秒鐘的時間，我感覺心臟好像漏跳了好幾下。難道，他不想跟玉蘭見面？當年媽媽獨自一人離家出走，拋下他與弟弟這件事情，讓他依舊懷著恨意？

溫立威望著我跟邱曉娟說道：「我特地上來一趟，除了聽聽媽媽的病情，最主要就是跟她見一面。只是……」他深吸口氣後說出自己心底的疑懼：「這麼多年不見，我怕媽媽已經不認得我了。」

我聽出了他話裡的意思，畢竟突然跑來一個陌生男子朝自己喊叫媽媽，還真是件唐突又奇怪的事情。

「沒關係，我跟邱社工師陪你一起進去。」我拉拉邱曉娟的手臂，「畢竟是社工師找到你，我們陪你去，順便跟玉蘭介紹你吧。」

我對邱曉娟眨眨眼睛，示意她陪著溫立威到病房，畢竟他們已經這麼久沒見了，歲月是把不饒人的刀，溫立威能認得劉玉蘭嗎？我對這件事情打上一個大問號。加上劉玉蘭離家時尚且年輕，經過這些年的歲月摧殘，也許在溫立威記憶中的媽媽，和現在的她，面貌已不盡相同。

溫立威望著我們，好似下定決心般地點點頭。

我們三個人就慢慢往劉玉蘭的病房方向前去。

等一下，他們會說些什麼呢？

他們會抱在一起然後痛哭流涕嗎？

那我跟邱曉娟應該做些什麼呢？

我的心中冒出一個接一個問題，跟著又感覺到手心微微沁汗，雖然我不是當事者，但卻感覺比當事人還要緊張。

走在前方的邱曉娟推開病房門，我跟在她後面走了進去，而溫立威跟在我後面。

「玉蘭，我們進來囉。」邱曉娟跟著就把床簾拉開，劉玉蘭正坐在床上翻著本佛經，她抬頭望著我跟邱曉娟，正要開口說話時，溫立威走到窗旁。

劉玉蘭張著口停頓動作。時間彷彿靜止般，劉玉蘭望著溫立威，久久無法言語。

「玉蘭，這是妳兒子，立威。」我打破沉靜的氣氛後趕緊說道：「他今天休假所以過來看你。」

劉玉蘭望著他，沒有說話，而溫立威也沒有任何動作。看著他們兩人沉默無言的情況，大約意識到我跟邱曉娟是局外人，再繼續待在這裡只會阻擋他們母子相認說話。

我清清喉嚨後說：「病房裡還有點事情要處理，我就不打擾你們了。」跟著拉著邱曉娟的手臂又說：「曉娟，我還有點事情要找妳討論，妳先跟我出來一下。」

邱曉娟突然明白我的用意，於是說道：「對對對，我也有事情要跟妳討論，那玉蘭，你們先談，我們就先走了。」

我跟邱曉娟加快腳步，有點像是逃離現場般走出病房，然後我轉身把房門順手帶上。就在那個瞬間，我彷彿聽見病房裡，溫立威喊了一聲：「媽媽。」

我的手倏地停下動作，心也呆愣了一下，接著就聽見玉蘭啜泣的聲音。

這麼多年沒見，他們想必有許多話要說，暫時別去打擾他們，讓他們把握時間好好說說話。

我確認病房門關得嚴實緊密之後，才拉著邱曉娟走回護理站。

彷彿過了許久的時間，我被其他病房叫去看病人。雖然我離開了，卻一顆心都懸在那裡。

不光是為劉玉蘭感到開心，也好奇兒子會跟她說些什麼。

當我忙完事情回到病房，邱曉娟正在跟林怡津討論事情。我湊過去想聽聽之時，護理師葉心喊住了我。

「樂樂姊，樂樂姊。」葉心走過來拉著我，有點急切地說道：「玉蘭在找妳。」

「玉蘭？」我有點疑惑，她不是在跟兒子講話嗎？

「溫先生呢？他還在病房裡嗎？」

葉心聽了以後就回答我，「你是說玉蘭的兒子呀，他剛剛走了。他跟社工師談了一會兒話以後，就先離開了。」

我點點頭，「噢。」然後又覺得有點不對，「葉心，那溫先生有說會再來嗎？他有沒有提到什麼時候會再過來？他會不會帶弟弟過來看玉蘭？」

「這部分我就不清楚，不過他有跟社工師說，等下次放假會再過來。」葉心拉拉我的手，「可惜妳剛剛不在病房，妳都沒看見溫先生走出病房的時候，眼睛紅紅的，似乎哭得很傷心。」

我想溫立威在有生之年，能跟媽媽相見相認，那份感動與傷懷必定不在話下。

「樂樂姊，玉蘭在病房等妳，妳快點去吧。」葉心催促著我趕緊去。

「嗯。」我點點頭，跟著趕緊走進劉玉蘭的病房。

我走到劉玉蘭的病床邊，輕聲喊道：「玉蘭，妳找我？」

劉玉蘭抬頭望著我，一雙眼睛又紅又腫，明顯地剛剛狠狠地哭過一場。我走過去什麼也沒說，逕自拍拍她的肩膀。

「樂樂，謝謝妳。」劉玉蘭語帶哽咽說道：「謝謝妳為我做的一切。」

「不客氣。」我拍拍她的臂膀：「我很開心能幫妳找到兒子。」

「沒想到小威已經長這麼大了，感謝我婆婆這些年的教育與付出，小威很好。但是我……」劉玉蘭突然摀住臉哭了起來，「這些年我這個當媽的，什麼事情都沒做，在他們身上也都沒有付出任何心力或是金錢，我實在愧對他們兄弟倆跟婆婆。」

她望著我真切地說道：「小威告訴我，在警察與社會局的社工到家裡，告訴他們我的事情之後。是婆婆主動鼓勵他來看我，還為我說很多好話，當年是他爸爸暴力行為逼得不得不我離家出走，所以不能怪我。」她深吸口氣後又說：「小威明白我的難處，他說當年因為年紀太小，所以當他爸爸打我的時候，沒辦法保護我。他怨自己為什麼不快點長大，如果他快點長大就可以保護我。」

我望著她點點頭，「所以小威並沒有責怪妳。」

劉玉蘭點點頭，「沒有。」

「那很好呀，玉蘭。」我握住她的手，「妳看，妳的願望實現了，妳找到了兒子，也能回家了。」

劉玉蘭眼眶含淚地點點頭，「是呀，我有家。我終於能回家。」

「那很好呀，妳要開心。」我拿起衛生紙幫她擦眼淚，「玉蘭，只要妳把治療好好做完，在療程告一段落之後，就可以安排出院的事。」

劉玉蘭笑著點點頭，對於未來的生活，也抱著極大的期待。

「樂樂，謝謝妳。當時是妳沒有放棄我，而且一直勸我要治療，因為只有治療才能活下去。」劉玉蘭緊緊握著我的手，「我不但活下來，而且找回家人還有家可以回去。」

我扶著她的肩膀，「很好呀，所以我們要繼續努力，朝向出院的目標前進。」

劉玉蘭點點頭，眼神中充滿了希望。現在的她對於未來不再絕望，相反地，因為與兒子相認，而激發了她想活下去的動力與慾望。

只是，後來邱曉娟告訴我，溫立威雖然願意接玉蘭出院，但卻不是回家住。

原來小兒子溫立凱拒絕來醫院探望劉玉蘭，從知道母親的消息後，他就一直反對家人跟母親再有任何聯繫。即便婆婆一直幫劉玉蘭說好話，卻還是無法消滅溫立凱心中對母親的恨意。

這份怨恨，深深植入溫立凱的心底，也許是因為自小他就被同學嘲笑自己是酔鬼的孩子，又沒有娘教養。在小立凱心中關於母親的形象，並非溫柔和藹。取而代之的是離家出走又甘願流落在外的女子。對於母親扭曲的形象深植內心，無法輕易抹除。

溫立威告訴社工師，他願意接劉玉蘭出院，但是無法接她回家住。一方面是婆婆年紀大了，可能無法照顧好劉玉蘭，再者溫立凱已經放話，假若哥哥要接劉玉蘭回家住，那就換他離家出走。

如此看來，所謂的大團圓，似乎在他們家裡是永遠無法上演了。

不過溫立威跟社工師表明，願意安排劉玉蘭到自家附近的安養中心入住。一方面方便婆婆有空時能去探視，一方面想藉此，拉近劉玉蘭與溫立凱的距離。

畢竟人心是肉做的，溫立威這是想用時間換取空間，希望藉由密切接觸後，以觸動溫立凱的心。

這些事情，邱曉娟打算暫時不告訴劉玉蘭，眼下她剛剛跟兒子相認，還沉浸在喜悅之中。而且剛剛她還興奮地告訴我終於可以回家了，如果這時候告訴她：恭喜，我們找到妳的家人了。可是，抱歉，妳回不了家。

對劉玉蘭來說是多殘酷的事情。

何況她對於回家這件事情才剛剛燃起希望，如果這時候告訴她，家裡沒辦法接她回去住，對她可不只是當頭棒喝而已。

我心中暗自思量接下來應該怎麼辦，又能怎麼幫助玉蘭。

唉，我也不能強求溫立凱立刻接受媽媽，畢竟這是他們的家務事，身為局外人的我，除了乾著急之外，似乎沒有什麼辦法可想。

日子又一天天過去，這段期間劉玉蘭遵照林怡津的治療計畫，接受放射線合併化學治療，在治療暫時告一段落後，接下來進入觀察期。這天，溫立威到醫院來探望劉玉蘭，順便要告訴她，已經在自家附近找好安養中心。

溫立威與邱曉娟一起進到病房裡面，準備告訴劉玉蘭後續的安置計畫。

我跟護理師葉心在隔壁床幫另一位病患換藥，順便跟病患作出院衛教。突然聽見隔壁床傳來些聲響。

「小威，所以你不要媽媽了嗎？」劉玉蘭的語氣激動說道，「媽媽知道當初是我不對，我不應該丟下你們兄弟倆，自己離家出走。但我是有苦衷的。」

「媽媽，我只是暫時安排妳去住安養中心，我會繼續跟小凱溝通，希望有一天小凱願意接受妳。況且安養中心離家裡很近，阿嬤說有空就會去看妳。」溫立威已經盡力安排這件事情，他也希望能接母親回家去住，卻卡在弟弟態度強硬，不願意接納母親。

我在一旁靜靜聽著，心裡思索該怎麼幫他們才好。

「小威，如果我讓你們為難，不如我還是別回去了。」劉玉蘭嘆了口氣後說：「看社會局有沒有地方可以安置我，如果有地方可以去，我就聽從社會局安排，我暫時不跟你回家。」

「媽媽，我夾在妳跟小凱中間，真的很為難，妳知道嗎？」溫立威懇求著她，「妳就先聽我的，去安養中心住一段時間，接下來我們再慢慢想辦法，好嗎？」

隔壁沒有半點聲響，看來是陷入僵局了，我對這裡的病患微笑後，暫時停止衛教，跟著走到隔壁床。

我看向他們兩人後說：「玉蘭，小威要接妳出院呀。」

劉玉蘭低著頭不打算回我話。

「玉蘭，怎麼啦？」我走過去站在床邊，「妳不高興？」

「沒有。」劉玉蘭輕輕搖搖頭。

「那就好呀，可以出院了，應該要開開心心。」我拍拍劉玉蘭的手，跟著說：「我想妳一定很開心能找回兒子們吧。」

「嗯。」劉玉蘭點點頭，然後抬頭望著我說道：「樂樂，還是妳們不要趕我出院？」

我有點訝異，「妳怎麼會覺得我們要趕妳出院？」

「不是嗎？」

「當然不是。」我緊緊握住她的手，「玉蘭，妳的治療暫時告一段落，自然得要出院。妳又找到兒子了，自然得跟兒子回家。只是，妳得要明白，妳真的離家太久了。對於小凱來說，妳在他那麼小的時候就離家，他對妳的印象很模糊。所以，妳得讓小威有更多的時間，可以跟小凱好好溝通，讓他試著敞開心房接受妳。」

「小凱會接受我嗎？樂樂，會不會小凱到我死的時候，都還是不要跟我相認？」劉玉蘭突然哭了起來，「我知道自己很不應該，我不敢妄想讓小凱喊我一聲媽媽，但是我只想要再看他一眼就好。」

「玉蘭，人心是肉做的，並不是石頭。我想會有那麼一天，小凱會與妳相認並且叫妳一聲媽媽。」我試著把僵化的場面修圓，「妳看，小威這麼有心，為妳找了安養中心，還離家裡很近，也方便婆婆去看妳。妳想想，妳住進安養中心以後，小威會去看妳，婆婆也會去看妳。慢慢地家裡的話題多了妳，小凱也會逐漸被軟化下來的。」

我拍拍玉蘭的手背，「別辜負了小威的一番苦心，好嗎？」

劉玉蘭眼眶含淚跟著點點頭，然後對著溫立威說：「小威，媽媽就聽你的，出院以後先去安養中心住。」

溫立威點點頭，跟著對我投射一道感謝的目光。

我還不忘再交代劉玉蘭一句，「玉蘭，回去以後要好好照顧自己，我們之後會安排時間回診，如果小威沒辦法帶妳過來，安養中心也會安排人陪妳過來。」我拿起衛生紙為她擦去眼淚，「妳要加油，小凱還沒喊妳一聲媽媽呢，妳要跟小威一起努力，知道嗎？」

劉玉蘭點點頭，我的話語又帶給她繼續往前走的力量，也對未來有了寄託。

終於，本來無家可歸的她，出院後有了去處。雖然不是很完美，但是對她來說，至少是可以好好休養身體的去處。

接著安排劉玉蘭出院的事宜，林怡津寫了一份詳細的病歷摘要，讓邱曉娟傳達給安養中心，讓他們清楚知道這段時間劉玉蘭在醫院接受的治療與處置。我也附上一份出院注意事項，跟著溫立威來幫劉玉蘭辦出院，並陪她入住安養中心。我跟護理師們送他們母子倆到電梯口揮手道別，看著劉玉蘭精神奕奕地離開，這對她來說是最好的結局。

一天天過去，病房事務從來沒有少過，此時林怡津從急診收進一位麻煩的病患。她是位剛抵達台灣幾個月的印尼籍移工，因為突發性腹痛求治。

照道理說，外籍移工具有健保身分，即便生病也不用花費許多金錢。這位移工的運氣不好，電腦斷層結果呈現，子宮內膜裡有腫瘤，而且已經轉移到肝臟，雖然尚未經過病理切片，但幾乎已經可以確定為惡性腫瘤。

我看著電腦上的片子，輕輕揉揉鬢角，眼下這種情況還真是讓人心煩。

「子宮內膜癌呀。」我驚呼說道：「連肝臟都轉移了，我的天呀。」

邱曉娟走到我身邊，「樂樂，又遇到難搞的病人了。」

我抬頭看著她，跟著點點頭，「是呀，而且又是林醫師的病患。」

邱曉娟笑著說：「林醫師要不要去廟裡拜拜呀，怎麼她老是遇到這種棘手的病人？」

「千萬別拜，我擔心可能會越拜越旺。」我望著她，「邱社工師，無事不登三寶殿，怎麼有空到我們病房來。」

「來看一個病人，順便跟妳說一件事。」邱曉娟望著我，「劉玉蘭過世了。」

我有點驚訝，怎麼會？怎麼會那麼快？猶記得出院時她的微笑，她還期盼著小凱與她相認呢？

「她已經出院半年了，而這段期間玉蘭完成很多事情。聽溫先生說，玉蘭到父母墳前祭拜過，婆婆也去安養中心探望她。上個月她在安養中心，於睡夢中離開。」

我有點驚呆，原來時間過這麼快，劉玉蘭竟然已經出院半年了。

然後我又想起某件事情就接著問：「那小凱呢？她跟小凱相認了嗎？」

邱曉娟搖搖頭，跟著說：「小凱還是不願意探望她，一直到最後他們還是沒有相認。溫先生說，在玉蘭離開以後，小凱哭得很慘，或許他很後悔吧。」

我從心底感到深深的遺憾，如果時光可回流，小凱是否願意接納劉玉蘭，早早地就與她相認呢？

人都是這樣的。以為有大把時光可以揮霍，而不願意立刻接納或是處理某些事情。殊不知，其實人的一生很短，如果不好好把握，美好的時光一瞬間就飛逝而去。

我輕輕搖搖頭，「可惜了。」

「也不算可惜啦，至少她找回了家人，也跟大兒子相認了。」邱曉娟覺得還是有幫到她一點忙，「她還去父母墳前祭拜完成心願。」

「也許因為心願已了，她才放心離開。」我拍拍邱曉娟的肩膀，「對她來說，這一生也算圓滿。」

「嗯。」邱曉娟點點頭。

這時候，葉心走到我身邊說道：「樂樂姊，妳有空嗎？」

「怎麼了？」

「印尼移工娃蒂卡，她的仲介要找妳。」

我微皺眉頭，「仲介找我？妳知道她有什麼事情嗎？」

「她想問，如果娃蒂卡不接受治療，是不是隨時可以辦出院？」

娃蒂卡就是那位剛入院的病患，我正預備為她安排後續的檢查與治療，這時候卻提出不要治療？開什麼玩笑，都肝臟轉移了，怎麼可以放棄治療？

「我等等過去。」我轉頭對邱曉娟說：「曉娟，謝謝妳跟我說玉蘭的事情，我會找機會告訴林醫師。」

邱曉娟點點頭，她明白我有新挑戰急需面對。

「我先去忙了，改天再聊。」我轉身就往娃蒂卡的病房走去，這時的我心心念念要勸她們留下來治療，卻沒想到又是踏入屎坑的序曲。

第二章　異鄉悲夢

外籍移工的引入大約開始於八〇年代，從漁業、製造業、家庭幫傭到看護工，這群離鄉背井的人們，為台灣的就業市場投入許多勞力。雇用外籍移工必須提出相關文件申請，政府審核通過後才可雇用，並採取配額管制。而移工一次來台只有三年的居留時間，之後可以展延一次，至多六年為限。另外，這段居留期間無法自由轉換契約並更換雇主，除非有特殊的原因才能例外放行。

娃蒂卡是首度來台，而且剛剛滿四個月而已，尚未熟悉台灣這份新的工作，就因身體不適而無法繼續。

我大約猜到仲介想要說什麼，不外乎想問娃蒂卡到底是什麼疾病？治療過程會不會很麻煩？會不會花費很多錢？是否有需要自費的項目？

其實依照健保給付來治療疾病，已經綽綽有餘，絲毫不用擔心需要自費負擔其他項目。

但是，在我進入病室前的這些假設，都似乎太小看娃蒂卡的問題，我沒料到接踵而來是場不小的風暴。

我走入病室，望著床上的病患，娃蒂卡皮膚黝黑且身形瘦小，只見她躺臥在病床臉上還帶著兩行淚水。

「妳好，我是專科護理師林唯樂，妳可以叫我樂樂。」我對床旁坐著的一位中年女性自我介紹著，「請問是妳要找我嗎？」

「妳好。」中年女子抬頭望著我然後說道：「我是娃蒂卡的仲介，我姓歐。」

我聽出了仲介的華語中帶著點口音，讓人明顯感受到她應該不是台灣人。

「歐小姐，請問妳想了解些什麼？」我望著她好奇問道：「娃蒂卡沒有家人在台灣嗎？」

「來台灣工作的勞工怎麼可能會有家人跟著來，」歐小姐的話中帶著些許鄙視，「我是想問妳，如果我們要辦出院，是不是立刻就可以離開？」

「原則上來說，林醫師應該不會批准娃蒂卡辦理出院，因為我們已經知道她的病是癌症，接下來需要積極治療。」

我的話讓歐小姐輕輕地挑了挑眉毛，跟著她就對著娃蒂卡說著我聽不懂的話，我猜那應該是印尼話或是當地的家鄉話。

只見她們妳一言我一語，我雖然聽不懂她們話裡的意思是什麼，但從歐小姐的語氣中，不難察覺出她正在責罵娃蒂卡。

娃蒂卡被罵得淚眼汪汪，跟著雙手合十地哀求她，但是歐小姐的態度卻變得更兇悍。

她們的話語讓我有點頭痛，但也好奇這位歐小姐到底想跟我說什麼？她又想知道什麼？於是我開口打斷他們的談話，「歐小姐，妳請我過來到底想知道什麼？有我能幫上妳們的地方嗎？」

「哎，還真是麻煩。」歐小姐轉頭對我說：「娃蒂卡才剛來台灣四個月，正在熟悉環境跟學習怎麼好好照顧病人，偏偏就遇上這種事。如果她的雇主買張機票給她，讓她回去印尼，然後再重新申請一個新看護就沒事了。偏偏她的雇主不願意出這個錢。」

「送回印尼？」我驚訝地望著她，他們怎麼能把移工的命視如草芥呢？

我詫異道，「可是娃蒂卡需要接受治療，她得的病可不是小感冒，是癌症呀。癌症妳懂嗎？那是惡性腫瘤，如果不治療可是會死人的。」

「林小姐，我的華語沒有那麼爛，我當然知道癌症不治療會死，但我們是做生意的，可不是慈善事業。」歐小姐覺得我似乎看不起她，於是乎就對我說：「沒錯啦，我也是印尼人，可是我嫁給我老公已經十五年了，也拿到台灣身分證了。也因為這樣，我才能幫老公一起管理仲介印尼勞工公司。」

歐小姐一派輕鬆地說道：「況且我是印尼雅加達人，跟他們那些從鄉下來打工的人，那可是不一樣。」

這還真叫我大開眼界，原來印尼人歸化為台灣籍以後，就能把家鄉澈底忘記。

「歐小姐，如果娃蒂卡的雇主不出機票錢，基於同胞情誼上，妳來幫忙出這一份錢，應該不算過分吧。」我覺得如果今天我是歐小姐，在異鄉見了同胞有難，能幫多少就幫多少，於是乎我把難題丟回給她。

「什麼同胞？」歐小姐似乎在中文造詣上尚須多多研習，居然聽不懂同胞是什麼意思，不過她倒是聽懂建議出錢買機票這件事情，只見她不留情面且大聲地說道：「我為什麼要幫她買機票？她在台灣工作這幾個月都有薪水，只是她通通把錢匯回印尼，我叫她打電話給她老公，趕緊把錢匯回來給她買機票。」

我覺得無論哪國的生意人，算盤都打得很精。也是啦，說到底整件事情，花錢就可以搞定一切，但是唯一的麻煩就是娃蒂卡沒有錢。

「小姐，小姐。」娃蒂卡突然拉住我的手，然後用彆腳的中文說：「我沒有錢，我老公不會理我。我沒有錢。」

歐小姐生氣地拉開娃蒂卡的手，然後又開始用惡狠狠的語氣，對著娃蒂卡說起印尼話。只見娃蒂卡又開始眼淚掉個沒完。

我覺得眼下又是僵局，而且很難解決。仲介想了解的並不是娃蒂卡的病有多嚴重，只是想知道她們是否隨時可以出院。

「歐小姐，我會把妳的需要跟請求跟主治醫師說，至於她是否會同意讓妳們出院，我就不知道了。」這時候我還是先溜至上。

「沒關係。」歐小姐轉頭對我說：「反正我還要跟她印尼的家人談判，既然知道她是癌症就更好辦了，家人總不會冷眼看她死在異鄉吧。」

我的老天鵝啊，歐小姐還真是嚇到我了。她居然想好這般陰毒的招數，我看娃蒂卡的家人如果不聽話乖乖地把錢匯回來台灣買機票，那娃蒂卡未來的處境當真是堪慮。

走出病房後的我心裡很沉重，不知道為什麼，娃蒂卡哭泣的淚眼，讓我產生了同情心。我慢慢走回護理站，坐在電腦前面，一整個思緒陷入混亂。

移工們遠走他鄉，為的就是希望賺錢以改善家裡的經濟狀態，偏偏在剛剛抵達異鄉的時刻被診斷出癌症。

一般來說這些移工要申請到台灣賺錢，並沒有那麼容易。一份研究報告指出，印尼移工在家鄉要先經由仲介公司訓練及媒合，必須先行付出一筆不少的仲介費，這筆費用大約是十四到十六萬，他們多半必須在當地辦理貸款來支付這筆錢，所以第一年的薪水大都匯回家中還款。而一般會外出工作賺錢的，大都來自貧窮的鄉下。仲介公司也喜歡到窮一點的鄉鎮去招募移工，因為貧窮才有賺錢需求，而且鄉下大多純樸，普遍認為會比較聽話。

娃蒂卡應該是家裡經濟狀況不好，所以才來台灣工作，卻在此關鍵時刻被診斷出罹患癌症。

葉心走到我身邊，看我一副若有所思的樣子，好奇問道：「樂樂姊，妳在想什麼呀？」

「一張去印尼的機票，大概要多少錢？」

葉心不懂我的意思，「樂樂姊，妳要去印尼玩嗎？」

「沒有，我只是好奇買一張去印尼的機票會不會很貴？」我望著葉心，「應該一萬多就有了吧？」

「大概吧，這方面我不是很懂。因為我都跟團出國旅遊。」葉心吐吐舌頭，「我不像妳，買張機票後背著背包就出國去玩。」

如果是一萬多塊，是否可以找邱曉娟來幫忙？

眼下我又把主意打到社工師身上，畢竟我每次遇到病患沒錢，第一個想到的就是她。

不過我怎麼也沒想到會在邱曉娟那邊碰了軟釘子。她告訴我，如果病患住院期間沒錢吃飯，或是缺點尿布衛生紙，她還可以幫忙用善心人士小額捐款協助來度過難關。但是買機票這件事就比較難辦了。

邱曉娟也很疑惑，娃蒂卡是合法移工又不是逃逸移工，正常來說如果要回印尼，必須由雇主或是仲介負責購買返國機票。怎麼會要她自行負責？

那接下來又該怎麼辦？趁著林怡津查房的時候，我跟她提起這件事情，沒想到林怡津的反應讓我感到意外。

「不買機票就留下來治療。」林怡津一臉泰然對我笑著說：「樂樂，如果娃蒂卡留下來，我們不是可以好好治療疾病，總好過她回印尼等死吧。」

對耶，我怎麼沒有想到，如果沒人出機票錢，娃蒂卡就得留下來治療，這樣對她來說反而是比較好的選項。

「通常這種外籍移工，在家鄉屬於比較低下階層，如果回印尼治療癌症必定要花很多錢。」林怡津一派輕鬆說道：「她留下來用台灣的健保治療疾病，癌症可以申請重大傷病，無論是手術、化學治療等等，通通健保來負擔。」她拍拍我的肩膀說：「樂樂，我們就好好幫娃蒂卡治病，仲介那邊就不用想太多。」

「說起那位仲介，我還真是生氣。」我忍不住跟林怡津抱怨起來，「她告訴我她是印尼人，只是運氣好嫁給台灣人，還拿到台灣身分證。那天我去病房解釋病情的時候，她對娃蒂卡凶狠的樣子，真把自己當成是台灣人，忘記自己當初也是從印尼出來的。」

「在商言商，她眼底只有賺錢一事而已。眼下娃蒂卡對她來說，是個燙手山芋。因為她占著移工的缺，卻無法工作賺錢。雇主那邊也不願意支付這筆機票錢，她們自然認為娃蒂卡要自己出錢買機票回去。」林怡津笑著說：「沒關係，既然沒人願意送她走，我們就好好安排後續的治療計畫。」

林怡津這麼有自信，我也覺得這樣處理很好，於是我們預備到病房裡告知她們目前的情況。剛剛走進娃蒂卡的病房，就聽見有人大聲責罵的聲音，嘰哩咕嚕一大串讓人聽不懂的話語又伴隨哭泣聲，歐小姐正在責罵娃蒂卡。

「樂樂，我應該沒走錯吧？」林怡津有點疑惑地望著我，「這是什麼情況……」

「印尼話。」我壓低聲音說：「仲介又在威脅病人了。」

林怡津臉上閃過一抹不悅之色，可能我剛剛說的事情影響了她。讓她跟我一樣，對這位惡狠狠的仲介沒有好印象。只見她刻意咳了一聲又清清喉嚨，我在一旁偷偷忍著笑，心想不知道林怡津又要出什麼怪招？

林怡津伸手把床簾拉開後走了過去，她對著床上的娃蒂卡說道：「妳就是娃蒂卡嗎？」

娃蒂卡點點頭，臉上依舊掛著兩行清淚。

我站在林怡津身旁，憐憫之感自心底油然而生，怎麼每次見到娃蒂卡，她都可憐兮兮地正在被仲介逼著吐錢出來。

「我是林醫師，是妳的主治醫師。」

「林醫師，妳好。」一旁的歐小姐主動站起來，笑吟吟地說道：「我是她的仲介，我姓歐。」

哇賽，歐小姐的嘴臉變得還真快，剛剛還惡狠狠地開罵，現在見到主治醫師，立刻就變了張臉。想必她先生的老家在四川，她居然學會變臉這項技藝。

「歐小姐妳好。」林怡津笑臉迎人：「我聽樂樂說，妳們不想治療，想要辦理出院？」

「是的，林醫師，首先我得先表明我的立場，娃蒂卡來台灣是要工作，既然現在她生病沒辦法繼續工作賺錢，自然就得回印尼去。」歐小姐望著林怡津說道：「現在比較麻煩的是雇主不願意出這筆機票錢，所以我得跟她印尼的家人溝通，讓他們把錢匯回來買張機票給娃蒂卡，然後讓她回家。」

「歐小姐，妳確定娃蒂卡不接受治療嗎？」林怡津轉頭望著病人說：「妳不治療會死掉，我建議妳留在台灣好好接受治療。」

娃蒂卡沒有聽懂林怡津的話，只見她又開始哭著說：「我沒有錢，我的家人沒有錢，我不知道怎麼辦。」

林怡津大約猜到娃蒂卡的中文沒有很好，所以不懂我們要表達的意思。於是轉頭對歐小姐說：「來來來，妳來幫忙翻譯一下。」

歐小姐帶著警戒心望著我們，「妳們到底想要跟娃蒂卡說什麼？妳們要搞清楚，她沒有權力決定任何事情，有任何問題就告訴我，她的事情都由我決定。」

林怡津幾乎爆炸地說道：「得癌症的又不是妳，況且妳不是娃蒂卡的家人，妳憑什麼做決定？我告訴妳，台灣是講人權的地方。我是她的主治醫師，自然只跟她解釋病情，至於要不要治療都由病人自己決定，並不是妳這個仲介說了算。」

林怡津的話讓歐小姐七竅生煙，她悻悻然地說道：「好呀，那妳自己想辦法跟她說清楚，我幹嘛幫妳們翻譯，我告訴妳，娃蒂卡沒有錢治病，若不是我先生可憐她，接她到公司宿舍住，她早就流落街頭了。」

「如果真流落街頭，我們還比較好辦一些。」我見歐小姐囂張的態度感到有點惱火，「妳言下之意，就是不願意幫我們翻譯了？」

「幫什麼幫，娃蒂卡不可能留在台灣治病，現在她就只缺一張回印尼的機票而已。」歐小姐態度極其惡劣：「她在台灣沒有半個朋友親人，如果要開刀，沒有我的簽名，妳們敢幫她開刀嗎？」

「她可以自己簽名。」歐小姐的囂張態度令林怡津氣惱難耐，所以下定決心跟她槓上，「如果妳不幫忙翻譯也沒有關係，我可以去找移民署幫忙。」

「好呀。」歐小姐氣急敗壞地盯著我們，跟著轉頭對著娃蒂卡說了一連串的印尼話，我跟林怡津聽不懂，但是話中的語氣急促，加上娃蒂卡臉上充滿恐懼，不難想見，這位歐小姐又在恐嚇她。

語畢，歐小姐轉頭望著我們說：「好吧，妳們既然不需要我翻譯，那我要先回去公司處理事情，如果有需要幫忙再打電話給我吧。」然後她提起包包就走了出去。

我沒料到這仲介會來這招，所以只能眼睜睜看著她揚長而去，留下我跟林怡津面面相覷。林怡津拉拉我的手臂說：「樂樂，這下子怎麼辦？我們是不是把場面弄僵了？」

我深吸口氣，在心底告訴自己，別慌、別慌。等等去打電話問問邱曉娟，她一定有辦法可以找到印尼翻譯。而且歐小姐的態度囂張令人氣惱。如果真讓她幫忙翻譯，說不定盡是些張冠李戴之詞。

「林醫師，我看我們自己去找翻譯，歐小姐的心機那麼重，說不定把我們的話亂翻譯甚至假傳聖旨給娃蒂卡聽。」

「樂樂，妳認識印尼人嗎？」

「如果我那麼神通廣大，我應該不會留在這裡，而是開一間移工仲介公司。」我笑著說：「我去問問社工，不然病房裡面也有病人是由移工陪病，同一國的語言應該都會通吧。」

於是乎，我給邱曉娟打了電話，把整件事情的始末在電話裡大概跟她提起，她說會去幫我問問移民署，印尼翻譯有沒有空可以過來。此時，我一位老病人住院準備接受化學治療，我看著幫她推輪椅的移工阿夏，突然靈機一動。

「阿夏，妳是印尼人嗎？」我望著病患的移工阿夏，因為這位病患固定每隔三週就來住一次院，所以我跟她們都很熟，我望著阿夏問：「妳應該聽得懂印尼話吧。」

阿夏不明究裡望著我然後點點頭，「樂樂專師，我是從印尼來的，怎麼了嗎？」

「太棒了。」我拍了下手掌，心底有了主意，既然仲介歐小姐信不過，邱曉娟那邊又不知道啥時可以找到人來翻譯，不如就暫時先讓阿夏去幫幫忙，讓她幫我們跟娃蒂卡翻譯。

「阿夏，我有位印尼籍的病人，因為她剛剛到台灣，所以中文不大好，也聽不懂我們的話，我想請妳幫忙翻譯一下，可以嗎？」

阿夏明白我的意思就點頭應允下來，她十分樂意幫助同鄉。

剛好，病人跟娃蒂卡住在同一間病房，於是我們就一起進去。

阿夏把雇主安頓好之後，跟著我來到娃蒂卡的病床邊。

「哈囉。」我走進去發現仲介歐小姐還沒回來，連老天爺都在幫我。

娃蒂卡看著我跟阿夏，有點怯生生地退縮到床的另一邊。

「阿夏，妳幫我跟他說，我是要來幫她的。」我對阿夏說道：「我是好人。」

阿夏立刻以印尼話，對著娃蒂卡說了一大串話。

娃蒂卡聽到家鄉話，神情顯得不同，立刻也以家鄉話回覆阿夏。

阿夏聽完後轉頭對我說：「樂樂專師，娃蒂卡知道妳是好人。」

「那麼妳告訴她，她的病很嚴重，一定要留在台灣治療。」

阿夏立刻又翻譯給娃蒂卡聽，只見她突然就又哭了起來，跟著激動說了一長串話。

「樂樂專師，娃蒂卡說，她沒有錢可以治病，她也沒有錢可以回家。」

「我沒有叫她回家，阿夏，妳幫我跟她說，留在台灣有健保，可以用很少的錢治病，如果她回印尼，肯定沒有這麼好的機會可以治療。」

阿夏把我的話傳達給她，只見娃蒂卡哭哭啼啼地說著，而阿夏眉頭也皺了起來。我像是局外人一樣，看著她們倆一來一往地連續講了好幾句話。

我很好奇到底她們在說什麼，只見阿夏的表情變得有點生氣，然後轉頭對我說：「樂樂專師，娃蒂卡的仲介要她想辦法買機票，他們不會幫她出這筆錢，但這是不對的，如果不是老闆幫我們買機票，就是仲介公司要幫忙處理。」

「我知道，所以仲介每天都在罵她，叫她家人把錢從印尼匯回來。」

「她的家人不可能把錢匯回來，娃蒂卡說她的媽媽生病了，這幾個月匯回去的錢已經都花在醫療費用上，而且他們還欠銀行很多債，所以家裡根本沒有錢。」

阿夏的話讓我有點驚呆，歐小姐應該知道娃蒂卡家裡的情況，即便她每天責罵娃蒂卡也沒有用，那她幹嘛這麼費力？

除非，她有其他的意圖。

我大膽假設以後要阿夏問清楚事情的真相，「阿夏，妳問娃蒂卡，是不是仲介要她的家人再去銀行借錢然後匯回來？」

阿夏與娃蒂卡開始對話，然後娃蒂卡抱住阿夏傷心地哭起來。

「仲介要她印尼的家人想辦法籌錢，不然就要讓牛頭在村子裡說他們家的壞話。這樣一來，以後沒有牛頭的保證，他們家裡人就沒有機會可以出外打工。」

牛頭？我有點不懂這是什麼角色，牛頭牌沙茶醬倒是很熟悉，但什麼是牛頭呀？難不成是仲介的頭目嗎？

查資料後才知道所謂牛頭也被稱為sponsor，通常是地方上的頭人，像是村長、伊斯蘭教的教長之類。在移工招募的過程中，牛頭扮演十分關鍵的角色。

這些牛頭有管道有人脈，通常仲介都會跟他們接軌，因為牛頭們熟悉地方政治，所以移工的相關文件上都能快速處理。牛頭會向移工收取兩百萬盧比並幫他們準備好文件，然後帶移工到城裡找仲介。此時仲介會給牛頭一筆款項，通常這筆款項仲介會直接算在移工的雜支費用中，並且從移工來台後續的薪資中扣除。這種方式的好處，牛頭會先篩選過人選，當移工發生逃逸事件後，也會由牛頭向移工的家中施壓，要求支付剩餘的仲介費。

我也是此時才知道，原來印尼移工為了出國工作賺錢，必須支付包含牛頭跟仲介兩次介紹費用。通常這些移工來自貧窮的鄉下，想要出國賺錢之前還需向銀行貸款來支付這些支出。

我看著娃蒂卡，心中百感交集。當初的她是抱持多大的理想與信念，毅然決然要到台灣來賺錢。但怎能預料錢都還沒賺到，身體卻出狀況。

更夭壽的是，雇主不願意出錢買回國機票，仲介也甩手不理，並且把這棘手的問題丟回給娃蒂卡。眼下又是個僵局，誰都不想拿錢出來。娃蒂卡的家人又已經把前幾個月的薪資花光光了，除非再到銀行辦理貸款借錢。

透過阿夏的翻譯，我大抵知道了娃蒂卡的情況，眼下真是兩難。我突然有個想法，如果真弄不出錢給娃蒂卡，就讓她留下來治療疾病，不是更完美？至少，能夠救她一命，否則娃蒂卡回到印尼也只是等死。

我自以為取得妙招，預備跟歐小姐直球對決。不如勸娃蒂卡留下來接受治療，只要她不走，我想歐小姐也沒轍。

可惜，娃蒂卡似乎並不想領情。

我把林怡津為娃蒂卡擬定的治療計畫，仔細地請阿夏翻譯給她聽，希望她好好考慮，如果真的沒辦法留下來接受化學治療，至少也要先手術治療，把造成腹痛的元兇處理掉。

阿夏把我的話轉述給娃蒂卡聽，只見她呆呆地想了很久沒有回答。

我心急地要阿夏轉述，她可以想一想，不一定要馬上回覆我們。

阿夏也勸著娃蒂卡，要在台灣治療，至少要把命保住。

沒料到，娃蒂卡卻告訴我們意料之外的答案。她臉上充滿絕望並哭著說完，阿夏聽了以後也眼眶泛紅。

阿夏哽咽著回答我說：「樂樂專師，娃蒂卡說仲介要她趕快回去印尼，然後換她的大女兒來台灣工作，仲介答應可以幫她減免牛頭的仲介費。唯一的條件就是娃蒂卡的家人要把錢匯回來買機票。」

當下我腦海中閃過抓住歐小姐後蓋布袋痛扁一頓的畫面。天殺的這些人，眼裡除了利益之外，別人的生命都是狗屁嗎？

眼下因為娃蒂卡已經沒有工作能力，猶如廢卒一般，她們要將她棄之不理。居然還想出這種交換條件，真是服了這群利益薰心的傢伙們。

看來，不可能讓娃蒂卡留在台灣治病。

「樂樂專師，娃蒂卡的女兒本來要上大學了，她會來台灣工作也是為了賺錢以供女兒讀書，卻沒想到遇上媽媽生病把錢都花光了。」阿夏流著淚轉述著娃蒂卡的話，「眼下，她想趕緊回去換女兒來台灣，自己留在印尼看看有沒有機會治病。歐小姐對她說，如果沒法湊到錢買機票回去，他們就讓她留在台灣，但不會讓她治病，到時候讓她死在這裡。娃蒂卡說就算要死也要死在家鄉，不能死在異鄉。」

好一個心狠手辣的仲介，我牙一咬憤恨難耐，「就算她女兒要來，也不能落到歐小姐那種人手上。」經過這些天的觀察，歐小姐那副嘴臉讓我十分厭惡，這種仲介會幫移工找什麼好雇主嗎？

「阿夏，就算娃蒂卡的女兒想來台灣，也不能來幫歐小姐工作。」我急忙拉住阿夏的手，「妳幫忙翻譯給她聽，如果我能想到辦法讓她回去，就不要再來台灣了。」

阿夏疑惑看著我，似乎想知道我能有什麼辦法？

其實當下我也沒有把握，不過如果娃蒂卡的女兒來到台灣，必定是羊入虎口。

阿夏將這些話翻譯給娃蒂卡聽，然後她有點絕望地望著我，又搖搖頭。

「阿夏，妳們放心，我會想辦法。」我拍拍阿夏的手，然後又握起娃蒂卡的手，「娃蒂卡，妳放心，我跟歐小姐不一樣，我跟她一樣有台灣身分證，不過我是土生土長的台灣人。」

我摸著胸口說：「我的心，跟她不一樣。」

我轉頭對阿夏說：「妳放心，我會想辦法幫忙她。即使娃蒂卡不在台灣治療，我也要想辦法讓她平安回家。」

然後我轉身走出病房，事情又回到原點。除了籌錢一途，已經沒有別的方法。

走回護理站後我又給邱曉娟打電話。

「曉娟，你們真的沒辦法幫移工買機票嗎？就算幫忙募款也不行嗎？」

「樂樂，妳每次打電話給我，好像都在跟我要錢欸。」邱曉娟在電話那頭笑了笑，「我上次說過啦，如果是生活費還行，機票真的沒有前例。」

「那就不能破例嗎？我的移工很慘欸，仲介還威脅她不能留在台灣治病，要回去然後換女兒來台灣工作。」

「這麼殘忍呀。」

「是呀。」我嘆了口氣後說：「我也算是開了眼界，她們都是印尼人，這也算是自相殘殺吧……」

「唉，那其他部分呢？如果機票以外的事情，我可以試著想辦法幫忙。」

「就缺一張單程機票而已。」我搖搖頭後突然靈機一動，不就是缺一張回鄉的機票而已，況且這機票又不是去美國還是歐洲，是張印尼的單程機票。

如果邱曉娟沒辦法經由慈善募款來支付，我可以在病房發起募款活動幫忙娃蒂卡。經過這幾日的相處，護理師們都聽說娃蒂卡的故事與遭遇，一人出一點錢積沙成塔，想必不是難事。

我匆匆掛上邱曉娟的電話，然後跟葉心提起這件事情。

葉心一聽就連連點頭，「樂樂姊，如果可以幫上忙，我當然可以捐一點，只是我能出的並不多。」

「多少不重要，心意最要緊。」我微笑著說：「積少成多。」

「那好，我也來幫一點忙，」護理長葉芬芳掏了兩千元出來，「我來打頭陣。」

「我也捐一點，不過我只能捐五百。」葉心拿出身上僅剩的錢，「我目前只剩五百，戶頭裡也不多了。」

我把錢還給葉心，我知道她是名孝女，每個月的薪水只留五千在身邊當生活費，其他匯回家給父母。眼看月底又快到了，這五百元大約是她僅存的三餐費用。

「葉心，學姊知道妳的心意，妳要捐也等發薪水那天再說，這五百先留在身邊吃飯。」我不打算收她的錢。

坐在一旁的住院醫師徐純皓也起身遞給我兩千元，「樂樂姊，聊表心意。」

我立刻轉身拿了張白紙，然後把人名與金額都寫了下來。依照大家慷慨解囊的速度，機票錢應該很快就能湊到。

此時，我的老病人溫銀珠走進護理站，她看著我們然後說道：「樂樂，那個印尼病人的機票錢兩萬塊夠嗎？」

我望著她，表情有點訝異，我知道她剛好住在娃蒂卡隔壁床，這幾天她應該也聽了很多她與仲介之間的對話，並且了解娃蒂卡的悲苦故事。

「銀珠姊，怎麼了？」我走過去望著她，「妳怎麼突然問起這件事？」

「那個假台灣人每天罵印尼人，搞得印尼人一直哭個沒完，我聽了心裡就很不爽。」溫銀珠是個直腸子，說起話來頗有大姊風範，「那天聽到她本來是印尼人，嫁給台灣人拿了台灣身分證。心想這傢伙一點同情心都沒有，還真以為自己變成台灣人了。」她揮揮手後說：「也是時候讓假台灣人看看，真正的台灣人情味是什麼樣。」

只見溫銀珠拿出手機打開line，然後給我看，上面是一個癌友群組：老虎油俱樂部，那是幾位病友號召組成，裡面大約有七、八十位病友。

平常她們會在群組裡面討論一些治療的不適症狀跟因應方法，病友之間也會互相打氣。私下，她們也會相約一起聚會、出遊，是非正式的病友會團體。

因為這幾日溫銀珠聽太多仲介歐小姐的惡言惡語，加上娃蒂卡可憐的啼哭聲。所以她在群組裡面發起募款，幫娃蒂卡買機票返回印尼。

「妳看，我們已經募集到兩萬元，應該夠買機票給她了吧。」溫銀珠看著我還有其他護理師，「妳們賺的都是辛苦錢，這筆錢讓我們病友來出。」

「不好。」葉心搖搖頭，「銀珠姊，好人都給妳們做，我們也想當好人呀。既然妳已經幫忙募到機票，那我們可以幫著多募一點錢讓她帶著回印尼去，至少可以讓她繼續看病治療。」

葉心的話在理，回家的錢有了，但回到印尼以後才是大難題。就像我跟林怡津所擔憂的，印尼的醫療城鄉差距很大，以娃蒂卡家鄉的狀況來說，如果想要治療疾病將是極其昂貴的天價。

「對呀，銀珠姊，我們雖然募款速度沒有那麼快，但是也想幫上點忙。」我打定主意，除了機票錢，能募多少算多少，總是得讓娃蒂卡再多帶點盤纏回家。

溫銀珠點點頭認同我們的想法，然後對我說：「不過，我建議妳們，這些錢不要交給仲介。」

我有點不解，「為什麼不要交給仲介？娃蒂卡的證件都在她那裡，如果不交給她，那誰能幫忙買機票。」

「如果這樣，仲介興許就買張機票送走娃蒂卡，多餘的錢不一定會讓她帶走。」溫銀珠大膽假設，「人心本惡，這幾天以我對那位歐小姐的觀察，她約莫就是個自私的仲介，一心只想幫公司賺錢而已，我覺得我們還是多點心眼比較好。」

這些話，我在心中反覆思量，銀珠姊的顧慮或許對，但也或許不對。不過，娃蒂卡除了仰賴仲介幫忙回家，還能有誰來幫她處理後續的事宜？

社會局？她又不是本國人，大概行不通。

勞工局？有管到外籍移工嗎？可能又要問邱曉娟。

駐台北印尼經濟貿易代表處？這部門應該比較可靠。可是要打電話去哪裡問？

反覆思量後，我拿出手機查詢了一下，外籍移工在台可以求救的地方，然後打了一九五五這個專線。

一九五五，外籍勞工二十四小時諮詢保護專線，這是隸屬於勞工局下的外籍移工求助專線，裡面有精通越南語、印尼語、泰國語、英語的人可以接洽。只要外籍移工與雇主或是仲介之間發生任何糾紛，包含薪資糾紛、遭受不當對待、人身侵害或是勞資爭議等，都可以經由他們來協助調解。

我把娃蒂卡的情況跟一九五五大概說了以後，他們表明將派人到醫院了解情況，並且承諾會協助娃蒂卡後續返國的事項。

這件事情，大抵成了定局，我心裡對於銀珠姊這群熱心的病友們充滿感謝。要說出外靠朋友，我反倒覺得出外得靠熱情的台灣人。

勞工局與駐台北印尼經濟貿易代表處各自派了人到醫院來了解娃蒂卡的事情，當然仲介歐小姐十分訝異，沒料到事情竟然會鬧得這麼大。畢竟她以為只要逼迫娃蒂卡想辦法弄錢，又仗著娃蒂卡人生地不熟，應該沒有那麼多資訊可以找與求救。卻沒料到，我們這群多事又雞婆熱心的台灣人，出面幫娃蒂卡尋求協助。

首先勞工局要歐小姐把娃蒂卡的護照交出來，以後不得過問任何與她相關的事由，同時娃蒂卡指控歐小姐以言語脅迫她，要印尼的家人去銀行貸款，來換取娃蒂卡返國的機票。勞工局未來也會派人去徹查歐小姐公司中的其他移工，是否遭受不適當的待遇與管理。

至於娃蒂卡，則會由駐台北印尼經濟貿易代表處派人處理後續返國事宜。

我們就在勞工局與駐台北印尼經濟貿易代表處雙方代表的見證下，把老虎油俱樂部募集來的兩萬元及病房募款結餘兩萬五千元，一併交給了娃蒂卡。

林怡津本著醫者父母心，替娃蒂卡寫了一份詳細的病歷摘要交給駐台北印尼經濟貿易代表處的人員，然後不忘交代娃蒂卡，返回印尼後一定要好好治病。

就在某個晴朗的天，娃蒂卡跟著駐台北印尼經濟貿易代表處的人員們辦好出院，她走到護理站，突然就對著眾人跪了下來。

娃蒂卡邊哭邊說著大家都聽不懂的話，我們趕忙去扶起了她。

一旁駐台北印尼經濟貿易代表處人員的其中一人趕緊出面幫忙翻譯著：「醫師、護理師，娃蒂卡表達她心中的感謝。謝謝妳們願意提供幫助，本來她覺得自己可能會死在台灣，幸好遇見妳們，她才能有機會可以回印尼。」

「不要客氣。」我拍拍娃蒂卡的肩膀後說：「回印尼以後好好治療。」

只見翻譯趕緊把我的話翻給娃蒂卡聽，她不停地說著：「謝謝，謝謝。」

我跟護理師們送她們到電梯口，目送她們離開。

終於心中那塊大石可以落地。

「還好有銀珠姊。」葉芬芳感嘆說道：「台灣人還是挺可愛的。」

「阿長，妳也是台灣人呀。」我不忘拍拍她的肩膀，「我們都是可愛又熱心的台灣人。」

「樂樂，要說熱心，妳出的力最多。」葉芬芳讚賞的眼光望向我。

我向來是受不了這些吹捧，「不不不，我只是比較愛講話，然後一直打電話找人而已。」

「這樣就很夠啦。」葉芬芳邊走邊說道：「我們這是在結善緣，說不定有一天我們到了印尼，會遇上娃蒂卡，到時候她一定會好好款待我們。」

我想起娃蒂卡的病，心裡有點感概，「希望會有那麼一天。」雖說她開心可以回家，但是我依舊擔憂她的身體狀況。

閒暇時，我就會想起這位沒有緣分留下來的病患，有時也會假想後續的發展。

或許她遇上好心人幫助就醫？還是返家後發生奇蹟，能把病治好？

總之希望娃蒂卡返回故鄉後的一切順利平安，好好接受治療並治癒疾病。

第三章　渴望愛的女孩

子宮頸癌，是目前婦科癌症中可經由規律篩檢，早期檢查出來的癌症。一般建議有性經驗的婦女每年均需接受子宮頸抹片檢查，透過定期檢查以早期發現子宮頸的病變。

自全民健保開始推動「六分鐘護一生」，只要年滿三十歲的婦女，都有每年一次子宮頸抹片檢查的福利。因此，子宮頸癌的罹患率，逐年下降。目前臨床上，常見早期癌前期病變，就是透過定期篩檢被揪出來。

另外因為不正常陰道出血才就醫，此時的子宮頸癌大多屬於三期以上居多，而傲嬌妹就是屬於後者。

還記得她初診斷的時候，就是一副傲嬌樣，對於治療有很多意見，而且不是那麼配合我們。

陳喜妹，二十六歲，因為大量陰道出血至急診求治，經由初步陰道內診與切片檢查後發現是子宮頸癌，入院後確定分期是三期b。因為惡性腫瘤的範圍過大，無法接受手術切除治療，只能以放射線合併化學治療。

在第一次化學治療期間，陳小姐老是要求暫停點滴輸注。一下說要先洗澡，一下又要去吃飯。原本四天的連續注射，硬是拖到第六天才打完第三天的藥物。第四天的化學藥物領回來，卻又鬧起脾氣不讓護理師輸注化療藥物。

護理師們勸不動陳喜妹，又跑回護理站來找我求救。

「樂樂姊。」齊雲走到我身邊，一臉吃了滿嘴苦瓜似地說道：「我要求救啦，陳喜妹又鬧脾氣了。」

我的白眼就快翻到肚臍眼，我望著齊雲問：「傲嬌妹又想要幹嘛？」

自從林怡津跟她解釋病情與治療計畫後，陳喜妹似乎並未體認自己的疾病有多嚴重，反倒是一心一意想著幾個風馬牛不相及的問題。

「如果接受放射線治療後，卵巢還會不會有功能？」

「如果治療完成後，我還能生孩子嗎？」

「如果我想要凍卵，有沒有健保給付？癌症病人，不能有點優惠嗎？」

關於這些問題林怡津都逐一向她解釋清楚，同時建議以目前的情況來說，要先把治療完成後才考慮後續生育問題。如果連命都保不住，哪還有懷孕生子的機會。但是陳喜妹只挑她想聽的答案聽，也只挑她喜歡的治療做。

化學治療常見的副作用是掉髮、噁心、嘔吐。她從開始打藥後便持續食慾不振且全身懶睏，沒多久就向護理師吵鬧要休息不繼續滴藥。問題是藥物每天規律地配置回來，並且有保存期限。如果沒法在期限內用完，就只能把藥物丟棄。那都是大家上繳的健保費，就這樣被丟棄不用實在可惜。

但傲嬌妹哪管你那麼多，她不想繼續打藥就不打，藥物過期與否，都與她無關。

好不容易替她撐過兩次化學治療，終於開始放射線治療，但大小姐脾氣時常無預警地發作。放射線時間若是安排在上午，她會說時間太早，還沒睡飽，所以不想去。若是安排在午後，她覺得吃過午飯之後犯睏，得先睡上一覺之後再說。

而放射治療科下午五點鐘下班，四點半是最後一趟治療時間，傲嬌妹說今天不想去做就不去做治療。

應該規律天天執行的治療，卻做一天休兩天，有時候我還真想跟她說：妳要不要放棄治療乾脆出院算了，何苦住院又不好好治療地糟蹋護理師們？

像現在還沒中午，這位大小姐不知道是哪裡不暢快，鬧著脾氣不去治療。

我走到病房門口停下腳步後，跟著深呼吸三次，為自己預先作好心理建設。

沒關係，沒關係，樂樂。她只是小女孩——

不對，陳喜妹早成年了，何來小女孩之說？重來，重來。

深呼吸、深呼吸。

樂樂，她只是個不懂事的妹妹，忍著點、忍著點。

作好心理建設後，我推開門走進去，走到最裡面那一床，伸手拉開床簾後喊了聲：「喜妹，我進來了。」

只見棉被底下蜷縮著一個人影，果真如同護理師說，傲嬌妹把自己蒙在棉被裡面。

我站在床前先不動手，開口問道：「喜妹，怎麼了？不去做放射線治療嗎？」

床上的人半晌沒有回應，我又開口道：「喜妹？喜妹？」

棉被突然掀開，陳喜妹一雙大眼直直望著我，帶點怒氣地說道：「妳很吵欸，我要睡覺。」

「喜妹，妳今天再不去放射線治療，就要重新排隊，那又要等很久之後，才能開始治療。」

陳喜妹把棉被蒙著頭不打算回應我。

「喜妹，妳知道治療很重要，不能中斷……」

「妳很煩欸。」陳喜妹掀開被子怒氣沖沖地說道：「不治療就不治療，我現在就不想要去啦。」

我望著她感覺到有把火從肚子裡面燒起來，但我還是忍住即將爆發的火爆脾氣，臉上堆滿笑容地說道：「妳知道放射線治療很重要，如果這樣不配合我們的治療計畫，就麻煩妳辦理出院別繼續住院。」

陳喜妹不打算理我，於是翻過身又把棉被蒙住頭。

我收起笑容，帶著點威嚴的語氣說道：「陳喜妹，如果妳不要治療，我會跟林醫師說，然後請妳出院回家。」

陳喜妹沒有動作。

我伸出手去搖搖她，「陳喜妹，妳聽到沒有，如果妳不繼續治療，那我打電話給妳的家人，請他們來幫妳辦出院。」

陳喜妹倏地坐起身然後望著我，「我沒有不治療，我只是心情不好，所以今天不想去。」

心情不好？我望著她，從她的臉上讀出凝重的味道，莫非真的發生什麼事情？

「妳怎麼了？」我看看四周，發現桌上有幾碗泡麵跟餅乾零食，而之前陪著住院的男朋友，好像這次並沒有出現。

「妳男朋友呢？」我望著那袋食物後說：「這幾天妳就吃這些東西，泡麵？洋芋片？」

「男朋友跑了。」陳喜妹輕輕嘆口氣，「大概嫌我老是住院治病，還有很多麻煩事，所以不想繼續照顧我。」

喔，原來是因為這樣呀。我望著她說：「他另結新歡了？」

陳喜妹低頭玩著棉被上一條脫線的線頭，「大概吧，不知道。早上傳訊息跟我說，他不會過來醫院，叫我出院後也不要去找他，要我把家裡鑰匙寄還給他。」

「你們本來住在一起？」

「嗯。」陳喜妹把玩著線頭，有點無奈地說：「以前是靠我賺錢付房租，大概現在看我沒法再回去上班，所以就嫌棄我了。」

歡場無真愛，看來這真是亙古不變的道理。

陳喜妹高中畢業後就在八大行業打滾，待過制服酒店、酒店與茶室。最後她自立門戶當起傳播妹，而男友就是她的馬伕。

據她所說，有時候一天可以跑個四、五趟，收入之豐讓兩人可以一星期不用工作。但錢來得快也花得快。

陳喜妹望著我說：「生病後花的是我之前的存款，眼看就要見底了，他大概知道我身邊快沒錢了。」

「那妳以後怎麼辦？」聽了這些事情以後，我有點同情她的境遇，「日子總得過下去吧。」

「放心啦，死不了的。」陳喜妹不在乎地搖搖頭，「大不了，我再回去酒店上班賺錢就好。」

聽她這麼說讓我有點訝異，「妳真這麼打算？」

「不然怎麼辦？我只會賺這種錢。」陳喜妹躺下來，跟著無所謂地態度說道：「既然男人都跑了，把病治好後又有什麼用？不如就回去賺到死，至少還有錢可以花。」

「妳的世界裡除了男人之外就沒有別的事情了？」我有點生氣地望著她：「妳總還有其他家人吧？」

「家人？我算有家人嗎？」陳喜妹搖搖頭，像是在對自己說話，「我爸不理我，打電話給他，十次只有一次會接。我哥在跑路，就更不可能管我。」

哇，看來陳喜妹也是身世坎坷，我在一旁的椅子上坐下：「喜妹，前幾次住院妳有讓爸爸或哥哥知道嗎？」

「知道又有什麼用，他們都自身難保了，難不成還期望他們來醫院裡照顧我嗎？」陳喜妹冷笑一聲後說：「高二那年我媽死了以後，我們的家就算是已經完了，我爸除了賺錢就還是賺錢，但是跑計程車又能夠賺多少錢呢？我又喜歡名牌，所以我就離家自己生活自己賺。」

我望著眼前的女孩，想著前幾次她入院時，手上拿的是最新的iphone手機，包包是LV，連皮夾都是。而腳下踩的涼鞋也是名牌貨，不過縱然全身用名牌包裹住，她的內心卻如此空虛寂寞。

陳喜妹看了我一眼後說：「妳不用費心思幫我啦，如果妳趕我出院，我還是可以找到地方去。酒店裡面還有幾個姊妹，我可以去她們那邊借住幾天。」

「妳別覺得我在趕妳出院，只要妳繼續配合治療，我怎麼會要妳離開。」倏地起身後，我望著她說：「妳先整理一下，我去請他們聯絡轉送人員送妳去做放射線治療。」

「我不想做。」陳喜妹噘起嘴賭氣地說：「反正已經這麼嚴重，把病治好了又能怎麼樣？」

「妳把病治好以後會怎麼樣，我是不知道。」我笑著說：「不過，如果治好以後，就穿得漂漂亮亮的，然後去搧前男友幾個耳光，不是很痛快嗎？難不成妳就甘心，讓他這樣看衰妳？」

陳喜妹沒料到我會這樣對她說，有點訝異地望向我。

「好啦，妳趕緊整理一下，我去找人帶妳去治療，不然就要請妳辦理出院。」接著我逕自走出病室，而陳喜妹似乎也沒有抵抗，而是接受了這項安排。

我走出病房跟護理師交代聯絡轉送人員過來，幫忙帶陳喜妹去放射治療科，另外我也思索著下一步該怎麼幫她。

翻了翻她的病歷，上面的聯絡人都是前男友的資料，並沒有爸爸或哥哥的資料與電話。除非，我能讓陳喜妹主動告訴我他們的聯絡方式。

不過，我又不想讓她誤會，這些舉動是要趕她出院。我只是想讓家人了解她目前的情況，包含病情與處境。畢竟她沒辦法一輩子都待在醫院，得先想好關於未來的去處。其實傲嬌妹的內心，很渴望有人能夠關心她吧。

我打定主意要再找時間去跟她聊聊，問問她是否願意我們聯絡家人過來醫院。

總算這一天，陳喜妹順從地接受放射線治療，而我邊吃午飯邊思索著剛剛與她聊天的內容。

一個女孩，雖說不上是美麗動人，但也是面目清秀，卻在花樣年華把自己弄成這副模樣。一身癌病之外，瘦得像個紙片人，加上剛剛在病床邊看到那一袋物品，裡面都是些垃圾食物，她是如何把自己逼入如此這般絕境？

護理師齊雲拿著便當坐到我身邊，發現我似乎神遊四海去了。

「樂樂姊，妳在想什麼？」

「沒有，想些事情。」我笑了笑，跟著望了她的便當一眼，「噢，好大的雞排。」

「比臉大雞排。」齊雲打趣說著：「這雞排比我臉還大。」

「也比陳喜妹的臉大。」我不經意地說道：「她那麼瘦，還盡吃些垃圾食物。」

「妳說傲嬌妹呀，之前有男朋友陪伴的時候，可不是這樣。」齊雲回憶著過去陳喜妹住院那段時間，「我記得她男朋友，可是把她當成寶一樣，三餐供應無虞，而且什麼都有。從雞排飯到雞腿飯、披薩漢堡可樂、水餃煎餃玉米濃湯，只要妳想得到的組合，應該陳喜妹都有吃過。」

「可惜跑了。」我咬了口肉，搖搖頭說：「喜妹告訴我，她男朋友以後都不會來了，還叫她以後也不要去找他。」

「這麼絕情？」齊雲有點訝異地望著我，「上次住院，他們還抱在一起睡，大夜班學妹去巡房的時候被嚇了一大跳呢。」

「喜妹說身邊的錢花光了，所以男人就走了。」我感慨說道：「歡場無真愛呀。」

「真可惜，喜妹的男朋友還挺帥。」

「帥？」我壓低聲音後說：「不過是個吃軟飯的男人而已，帥又有什麼用。喜妹當傳播妹賺錢的時候，男友還充當馬伕載送她四處轉場。」

齊雲瞪大眼睛，有點訝異地望著我。

「妳不知道呀。」我感嘆地搖搖頭，「有時候我都挺好奇的，到底是誰欠誰？那是誰比較愛誰？不過那些事情對於喜妹來說，好像已經不再那麼重要了。」

「難怪她全身上下都是名牌貨呢，不只手機是最新的蘋果、包包皮夾是LV，連拖鞋都是名牌。」齊雲總算是弄清楚事情原委。

「做這一行的人，錢來的快去得也快。」我拍拍齊雲的肩膀，「我們還是腳踏實地認真工作吧。」

齊雲好奇問道，「樂樂姊，妳剛剛想得出神，又是在想什麼？」

「我在想，陳喜妹的男朋友跑了，旁邊就只有一些泡麵零食的，而且又沒人照顧她，這樣實在不是長久之計。我想去跟陳喜妹聊聊看，她有沒有家人可以來陪她並且照顧她。」

「她有家人嗎？」齊雲有點訝異，「我從她第一次住院開始，就只看過她男朋友，沒見過其他的人。」

「人總是會有父母吧。」我闔上便當盒，起身伸伸懶腰。

「唉呦，我又給自己掘了深坑大洞啦。」我看著齊雲，有點抱怨似地說道：「希望這次還完以後，林怡津就高抬貴手，饒過我這條小命吧。」

「我覺得林怡津應該還是會給妳找許多好差事。」齊雲笑吟吟道：「也只有妳能鎮壓得住林怡津。」

「如果壓得住就好，可惜最後都是累死我一個而已。」我邊走邊說：「這次幹完就好，下不為例呀。」

正當我要走出休息室時，就聽見齊雲送我一句：「樂樂姊，妳永遠都是下不為例啦，我看是不可能呦。」

是呀，下不為例。可惜，遇上林怡津就是永遠都有一次又一次的下一次。

我走進陳喜妹的病房時，發現劉絲虹坐在陳喜妹的病床邊，而陳喜妹正在吃便當。

劉絲虹也是我的病人，她二十八歲，是卵巢癌第二期，目前正在做化學治療，昨天剛剛入院治療。我倒是有點好奇，難道她跟陳喜妹認識嗎？

「樂樂，妳來啦。」劉絲虹熱情地跟我打招呼，「吃過午飯了嗎？」

「剛剛吃飽。」我站在床尾望著她們，床旁桌上有兩個便當盒，看來劉絲虹順道幫陳喜妹買飯過來。

「妳們正在吃飯？」

「嗯。」劉絲虹推推陳喜妹的手臂，「欸，沒跟樂樂打招呼？」

「不用，我早上來過了。」我望著劉絲虹，好奇問道：「絲虹，妳認識喜妹？」

「上次住院住在她的隔壁床，阿喜這次住院沒人可以照顧，剛好我住院要打化療，就順便買飯過來。」劉絲虹年紀比陳喜妹大，把她就當成自家妹妹般照顧，「要不是我早上過來看她，還不知道沒人給她買飯，這傢伙打算吃泡麵過日。」

只見劉絲虹輕輕敲著陳喜妹的頭，「阿喜，就算了吧。一個人過日子比較輕鬆。」

陳喜妹逕自吃著便當，沒有回話。

「喜妹，有人這麼關心妳，妳可要好好珍惜呀。」我也不忘叮嚀她幾句，「治療要好好做，不要老是這麼任性，說不做治療容易，實際上是自己倒楣。」

「嗯。」陳喜妹點點頭。

「老虎油俱樂部的大姊們都很關心妳。」劉絲虹望著陳喜妹，「她們說在群組裡留言給妳，妳怎麼都沒有回，也關心妳現在好不好？」

「總之死不了。」陳喜妹嘆了口氣，「不知道現在這樣是好還是不好。」

劉絲虹輕輕地拍打著陳喜妹的上臂，「說什麼死不死的，妳還那麼年輕，得好好治病，往後的人生還很長。」

我笑著說：「喜妹，絲虹沒有放棄自己，規律地做治療。只要妳好好配合林醫師，好好把治療做完，死神還不會那麼早把妳帶走。」

陳喜妹沉默不語。

我擔心若是繼續與劉絲虹一起疲勞轟炸下去，她可能快受不了，大概又要生氣與情緒爆炸罵人。於是乎轉移話題，改與劉絲虹聊著她自己的情況。

此刻我的心裡有了另一個想法，既然劉絲虹跟陳喜妹年紀相仿又如此有話聊，不如讓劉絲虹幫幫忙，去刺探陳喜妹關於家人的事情。

不知道陳喜妹到底有沒有跟爸爸或哥哥提起過自己的疾病？前幾次住院都由男朋友陪伴，如果說家人還不知情，也該是時候讓陳喜妹的家人知道她的疾病，以及後續治療與照護的事宜。

這幾天有劉絲虹盯著陳喜妹，又陪著她說話解解悶，這小女孩倒也乖覺。聽護理師們說，陳喜妹吃喝正常，也願意配合安排好的時間去做放射線治療。不過，劉絲虹也要完成自己的治療，準備明天出院。我也擔心這幾天的太平日子，恐怕不再延續。

我坐在護理站裡，正在查閱著病患的檢驗與檢查報告，劉絲虹提著一袋東西走到我身邊坐了下來。

「樂樂，妳有空嗎？」

我抬起頭望著劉絲虹，跟著點點頭回答道：「怎麼啦？」

「我明天要出院了。」

「嗯。」我點點頭，「我都已經幫妳安排好，老規矩，二十一天後見呀。」

「這都小事，我比較擔心阿喜。」

「喜妹怎麼啦？」我望著她不解問道：「又發生什麼事情了？」

「妳不是要我問阿喜一些關於家裡的事情。」劉絲虹壓低聲音說：「我問以後，阿喜本來不是很想講，後來我直接跟她說，要是跟家裡不愉快，擔心回不了家，可以講出來大家幫忙想辦法。我告訴她，之前妳幫著病人找到家人最後她還回家了。這件事情，妳不但出了全力並且功不可沒。」

我微微一笑後說：「喔，妳是說劉玉蘭的事情，那也不全是我的功勞，還有社工師跟警察、里長他們，大家一起努力才能順利找到玉蘭的家人。」我覺出劉絲虹話裡的意思，「該不會，陳喜妹也是離家出走吧？」我想了想又搖搖頭，「不對呀，她之前有說過，她會打電話給爸爸，只是爸爸不一定會接。」

劉絲虹嘆了口氣後說：「是不一定會接，不過就算爸爸接了，阿喜跟爸爸說話的態度也沒有很和善。我也唸過她，要對爸爸稍微尊敬一些，口氣不要那麼兇巴巴。她卻回我，他們之間已經習慣這樣的相處模式。」

這點我倒是不意外，陳喜妹對待人事物的態度都一貫地差，唯一的例外就是前男友。大概只有前男友吃得到她溫柔的甜糖，其他人都是看她的臭臉，再加上兇巴巴的說話語氣。

「她怎麼可能聽得進妳的話。」我淡然一笑，「妳也別放在心上，喜妹就是這樣子，妳看她對護理師們的態度，就知道這孩子已經習慣這樣武裝自己，把每個人都當成敵人。」

「就是這樣才糟糕。」劉絲虹依舊想拉這位妹妹一把，即使她們認識的時間不久，但劉絲虹對陳喜妹可是掏心掏肺地好。

「她跟家人的事情，我再另外想想辦法。」我看不如就直接去跟陳喜妹要她爸爸的電話，父女倆曾經發生過什麼事情，有過什麼齟齬，我並不清楚。但眼下，本著醫者父母心，我得盡快讓陳爸爸知道她女兒病情與治療情況。陳喜妹這次出院以後，已經不能回到前男友身邊，那麼至少還有家可以回去。

我心中打定主意，隨即謝謝劉絲虹這些天對陳喜妹的照顧。

後來讓劉絲虹在旁打邊鼓，我死皮賴臉地跟陳喜妹要電話，最後她終於願意告訴我爸爸的手機號碼。

跟陳爸爸聯絡上後，隔天下午他就來到醫院。

我也把林怡津找來，讓她跟陳爸爸詳細解釋著陳喜妹的病況以及目前治療的進度，然後順道告知這段時間，陳喜妹的治療進度並不理想。

「伯父，陳喜妹對於治療的遵從度並不高，常常拖延治療，這樣對於她的疾病治癒率不好，」林怡津望著陳爸爸說道：「前幾次住院，都是她的男朋友陪著來，我沒有機會遇上你。不知道喜妹有沒有跟你提起過她的情況。」

陳爸爸搖搖頭後說道：「這孩子，從國中開始就讓我很頭痛，常常去住朋友家，都不回家。我上次跟她見面應該是兩年前的事情了。有時候她打電話給我，碰上我正在跑車沒空接電話，再回撥給她的時候，她就生氣故意不接我電話。」

陳爸爸望著林怡津表情擔憂問：「林醫師，她的病這麼嚴重，會不會治不好？」

「如果好好治療，還是會有機會。」林怡津話鋒一轉：「不過，現在才剛開始治療，她不積極配合療程，我擔心治療的效果不如預期。」

陳爸爸陷入沉思，沒有回話，空氣間也瀰漫一股凝重的氣息。

我想對他來說，突然接到醫院的電話，接著又被告知女兒罹病而且情況不好，這般打擊之重，非常人可以承受。

「伯父，如果喜妹的治療告一段落，我們會讓她出院回家休養，到時候你能接她回家嗎？」我望著陳爸爸說道：「我們會找你來，一方面是要讓你了解喜妹的病情，另一方面就是她後續出院後的事情，眼下她似乎無處可去。」

我的話讓陳爸爸的表情顯得有些凝重，他似乎有難言之隱。

林怡津趕忙打圓場，「伯父，我們並非趕喜妹出院，而是治療到一個階段後，病患得要出院回家休養。」

「我知道，這些日子辛苦你們了。」陳爸爸開口道謝，跟著抬頭望著我們緩緩說道：「我是計程車司機，為了討生活也不可能待在家裡照顧她。她媽媽十年前乳癌走了，哥哥因為詐欺背信的案子被判刑，目前正在跑路，我也不清楚她哥哥目前在哪裡。我能做的就是帶她回家，照顧她的三餐及生活起居。我是她的父親，該要承擔的責任我不會躲避。」

陳爸爸的話，讓我感覺到陳喜妹覺得父親不關心她，但實情並非如此。

跟著我立刻就又想到後續的經濟問題，於是開口問陳爸爸。

「伯父，你是計程車司機，收入並不固定。生活上需要找社服人員來幫你們評估看看嗎？」

陳爸爸看了我一眼後又驚又喜地說道：「可以嗎？」

我點點頭跟著說：「這部分我來聯絡看看，至少喜妹住院這段期間的伙食費，應該可以幫忙補助一些。出院以後，我請社服人員幫助你們申請社會補助多少幫點忙。」

「那就拜託你們了，我一個大男人遇上這種事情，唉。」陳爸爸輕嘆口氣後，陷入沉默。

看著他的樣子，讓我很難過。無論喜妹以前有多壞，在爸爸的心目中一樣是心愛的孩子。

或許他們家經歷過一些事情，才讓父女間的關係變的僵硬無解。

那些過往我已來不及參與，但至少眼下能幫上忙就盡力協助。於是我找邱曉娟過來，讓她與陳爸爸談話，收集資料後評估是否能提供協助。

而關於陳家這些年的故事，邱曉娟問得更加完整。

十幾年前陳爸爸開了家貿易公司，那是他一生中最意氣風發的時刻。當年，陳喜妹跟哥哥都還是小學生，那時家中經濟情況優渥。陳爸爸給兒女最好的物質享受，陳喜妹就像是小公主一樣被父母捧在手心裡過日子。

在喜妹國三的時候，陳爸爸為朋友的公司擔保，沒料到後來朋友周轉不靈，公司倒閉落跑。陳爸爸無辜受到牽連，背上朋友的債務，連帶自己的公司也被迫關門大吉，一生心血付諸東流。陳媽媽也於此時被診斷罹患乳癌，雪上加霜之際，陳爸爸只能去跑計程車賺錢過日子。兩年後陳媽媽不敵病魔，丟下一雙兒女與丈夫離世而去。陳喜妹驟然失恃，加上家庭遭逢巨變，對於物質的慾望日益加深。陳爸爸為了彌補女兒喪母的傷痛也只能扭曲地滿足喜妹的慾望，卻也促使她走上偏頗追尋物慾的道路。

漸漸地，陳爸爸微薄的收入無法滿足喜妹對於物慾的追求速度，她發現仰賴爸爸不如自力更生賺錢來花用。於是她離家去朋友家住，跟朋友一起到酒店當公主端盤子打工賺錢，後來為了滿足更強大的物慾，就下海賣身快速賺錢。

感覺這段故事很老套，卻又如此真實發生在陳喜妹身上。

陳爸爸到病房跟陳喜妹談話幾句後，跑去樓下買晚餐，父女倆面對面坐著吃飯，場面靜默無語。陳爸爸離去前幫陳喜妹備好幾份麵包跟牛奶，讓她萬一晚上肚子餓可以果腹。而陳爸爸得去跑夜車賺錢，但說好隔天中午會再來醫院看她。

等忙完病房的事情預備下班，我坐電梯到達一樓，經過大廳要離開醫院時，正巧陳爸爸走在我前面。我望著他的背影，那蹣跚的腳步，微駝的身軀，經歷今天這些事情，內心想必十分疲憊。陳爸爸的年齡應該還不滿六十歲，但是他已花白的髮色，滄桑的外表比實際年齡還大上許多。壓在身上的重擔如此沉重，想必生活的壓力亦讓他感覺萬分沉重。

突然我很心疼這一家人，陳家經歷一連串變故，到如今算是顛沛流離之態，就像陳喜妹那天那句：從我媽媽走了以後，我們家算是完了。

面對傲嬌妹，我能伸出援手主動提供哪些幫助嗎？

那天之後陳爸爸每天早上跟晚上都會到醫院陪陳喜妹，給她送送飯、點心之類的。聽護理師們說，他們父女倆大部分時間都靜默不語，偶爾陳爸爸問陳喜妹身體還好嗎？陳喜妹有時點點頭，有時沒回答。雖然他們之間的互動似乎有點冷漠，但是護理師們告訴我，這段時間陳喜妹都乖乖配合安排好的時間，規律接受放射線治療。終於她的情況穩定下來，林怡津也準備讓她回家，開始日日通勤於門診繼續治療。

而社服課那邊，也替陳家向政府部門申辦低收入戶，並且申請了急難救助金，至少可以先解除眼下的燃眉之急。

一週後，陳喜妹順利出院了。林怡津安排兩週後，在門診繼續幫她做化學治療，因為合併放射線治療，只需要接受一種化學藥物即可，所以陳喜妹不用繼續住院，改在門診化學治療室就可以完成。

因為林怡津接連收了好幾位住院病患，我天天日子十分精彩，也就沒時間再去追蹤陳喜妹的治療近況。我想著，有林怡津在門診盯著，還有老虎油俱樂部裡的幾位姊姊關心著，這小妮子應該出不了什麼大亂子。

時間過得飛快，某日我接到放射治療科的電話後，才驚覺原來陳喜妹竟然已經出院兩個多月之久。

他們告訴我，陳喜妹已經一個月沒去做治療。接連撥打過好多通電話都沒接，打給陳爸爸，他也只說會再提醒陳喜妹要去做治療。

三天打魚，五天晒網。這是放射治療科給陳喜妹起的外號，也就是說約莫兩個月的療程，她已經做了快四個月，卻還只做了不到一半。

這時候，我想起了林怡津，既然她沒規律地做放射線治療，那化學治療有沒有繼續做呢？

此刻恰巧林怡津結束門診，抵達病房預備查房。

我告訴她，放射治療科告訴我的狀況，林怡津卻告訴我更驚人的事情。

「樂樂，陳喜妹只有在出院後的第一次約診有來，我也開了化學治療藥單，但是後來她並沒去門診化療室注射藥物。」

林怡津的話讓我有點驚訝，那麼這傢伙到底想要幹嘛呢？

林怡津望著我，有點無奈地說道：「這段時間我太多事情要忙，後來就忙到忘記。是門診化療室打電話給我，說陳喜妹一直沒有去做治療，打電話也都不接，問我是否要取消這筆治療單。」

「這傢伙到底是在幹嘛？」我有點氣惱地說，「虧得老虎油俱樂部裡幾位姊姊這麼關心她，但是她對自己的身體卻這樣不在乎。」

「別提老虎油俱樂部了，我聽溫銀珠說，陳喜妹分別跟她們傳了私訊借錢，借到錢以後就退出群組不見蹤影，一堆訊息都不讀不回。」

我驚訝地張大了口，久久無法言語，這些事情怎麼沒聽病友們提起過。

天哪，這孩子跟姊姊們借錢，她到底想要做什麼？

「既然陳喜妹這麼不珍惜自己，我們也沒有辦法。」林怡津帶點失望的語氣說道：「命是她的，她這麼不珍惜自己，任我們旁人多麼焦急也是沒有用。」

林怡津的話在理，陳喜妹要這樣揮霍自己的青春年華，拿自己的生命開玩笑，其他人怎麼著急都沒有用。

於是乎，接下來的日子裡，陳喜妹就像是消失在人海裡一樣，無聲無息。我試著打電話聯絡她，都是轉語音信箱。打給陳爸爸很多次，終於有一次接了，他告訴我陳喜妹離家出走，沒了音訊。

沒有人知道這位女孩到底發生什麼事情，後來我問銀珠姊後，才知道陳喜妹跟老虎油俱樂部裡幾位姊姊總共借了兩萬多元。

有時候，我忙碌後靜下心來，就忍不住會想起這位讓人頭痛的傢伙。

兩萬多元能讓她在外面獨自過活多久時間？

離家出走後還能跑到哪裡去？

如果沒有持續地繼續治療，她的癌症會持續進展，到時候真的要想認真治療，可就是「神仙難救冇命子」。

哎，林唯樂呀，林唯樂，真是慈悲心氾濫。

我拍拍自己的臉頰後說：「那種自暴自棄的孩子，不值得的啦。」

此時，葉心走入休息室剛好聽到我的話，好奇地問道：「樂樂姊，什麼東西不值得？」

「噢，沒什麼啦。」我急忙轉移話題，「葉心呀，等等下班要去哪裡？」

「回宿舍呀，我還要上四天才有放假，回宿舍窩著不花錢。」

「真是節儉。」我笑了笑，跟著又想起一身名牌的傲嬌妹，跟眼前的葉心實在是反差對比。

葉心微笑著說：「我喜歡簡單吃晚餐就好，不然吃太多又得去健身房跑步，不是更累。」

「也是啦。」我起身預備走出去繼續忙，「不過，該顧的營養也不能少喔。」

關心葉心過後，我回到護理站。這時候住院醫師李淳皓走進護理站，看到我喊了聲：「樂樂姊。」

「嘿，大鳳梨。」我望向李淳皓打趣地說：「昨天又從急診收了什麼樣的病患給我們？」

「樂樂姊，最近我非常peaceful，」然後他壓低聲音說道：「我有跟阿長一起走路繞境。」

繞境？我瞄見他的識別證後面放著護身符，立刻明白他居然跑去參加媽祖繞境活動。

「喔，李淳皓，你想擺脫大鳳梨這個封號呀。」

李淳皓伸出食指示意小聲：「繞境過後，我感覺到已經能把鳳梨這項封號送給林怡津醫師，樂樂姊以後就辛苦妳。」

我捶打了一下李淳皓的肩膀，故意氣惱說道：「欸，你看我很閒是吧，非得把鳳梨群都往我身上推。」

「樂樂姊，只有妳鎮得住林醫師，就算給妳再賽、再難搞的病人，妳總是能輕鬆搞定。」

李淳皓壞壞地說道：「所以，樂樂姊以後就麻煩妳。」

「臭小子，非得要這樣搞我才行呀，罰你請我喝咖啡，我只喝熱拿鐵。」我望著他，有股不妙的感覺，「不對，你今天不是值急診，該不會你又收進複雜難搞的病患吧。」

「剛剛替林醫師收了一個年輕女生，大量陰道出血，應該是子宮頸癌。」李淳皓望著我，「是她的老case。」

「陳喜妹？」腦海裡立刻迸出這個名字，「她回來急診了？」

「陳喜妹？好像不是這個名字，」李淳皓想了想跟著說：「應該是陳妍希。」

「陳妍希？」我印象中林怡津的病人清單中並沒有這號人物，那麼應該是新朋友吧。

「很夢幻的名字吧，那個女生瘦瘦的，右邊鎖骨病理性骨折。現在掛著三角巾，在急診等床上病房。」李淳皓跟我交代病患的情況，然後又被急診call走。

我走回護理站，總覺得有點怪，陳妍希？陳喜妹？我半信半疑地打開電腦，把病患名單叫出來，果真林怡津帳下多了位新病患，是陳妍希沒錯。跟著點開電子病歷，發現幾筆之前住院紀錄。

媽的，陳妍希就是陳喜妹。

「她居然跑去改名！」我點閱著急診紀錄，距離她最後一次住院，已經四個月。

陰道大量出血、暈眩、血紅素下降。到底這段時間，傲嬌妹到底做了什麼？

因為癌症加上營養不良，現在又發生病理性骨折*，這些種種都意味著或許已經骨頭轉移。對她來說目前的處境真的是雪上加霜呀。

陳喜妹，不，應該改口叫陳妍希，如此看來她的生命已進入倒數階段。

「哎，臭鳳梨。」我嘆了口氣後說：「我明明沒有偷吃鳳梨，也在護理站放綠色乖乖，怎

---

* 作者註：病理性骨折：許多的原發性癌症，均有可能轉移至其他器官。而「骨頭」，就是一個相當容易被轉移的地方。一旦骨頭發生轉移（bone metastasis），不但會疼痛，更會帶來三種我們擔心的問題：病理性骨折、脊椎神經壓迫與高血鈣症。病理性骨折是因為腫瘤或是骨髓炎等，而造成骨頭結構的破壞，只要輕微創傷極易骨折。因病理性骨折病患的健康狀況不佳，故手術與麻醉風險均較高。加上病理性骨折之骨頭結構破壞較多，故術後骨折之癒合能力不良。

麼林怡津還是這麼帶賽。」我搔搔頭跟著有點後悔，早知道跟護理長一起去參加媽祖繞境祈福活動。假設保不了林怡津，至少得保住自己。

「早知道就跟阿長去鑽轎腳，李淳皓這個臭傢伙居然偷偷來，把鳳梨旺旺往我這邊丟。」我拿出筆開始筆記著，思索著還能幫陳妍希做些什麼事？

會診骨科？是否能幫忙在骨折部位打上骨釘還是鋼板？

不過鎖骨的骨折必須仰仗自己復原，加上她已經癌症末期又合併骨轉移，手術這條路大概不可行了。

那麼做復健會有效嗎？陳妍希呀，這段時間妳到底做了些什麼事？把自己搞成什麼樣？大量陰道出血，意味著癌症的情況持續進展，眼下合併骨轉移，接下來還剩下多少時間呢？

因為陳妍希未定期接受治療超過三個月，她入住病房後我們安排全身電腦斷層檢查，最終結果如我所料，與之前的檢查結果相比，子宮頸癌的情況並沒有改善，反而在多處的骨頭與肝臟都出現轉移現象。

我看著電腦斷層片子，覺得頭痛且暈眩難耐，雖然早就預期會是這樣的結果，但是真的攤在眼前了，還是有點不甘心。

「唉，是她自己揮霍青春把大好生命給玩掉。」我搖搖頭又想起昨天，陳爸爸到病房來看陳妍希，他們父女一見面就吵架。吵鬧的聲音之大，驚動了本來在護理站書寫病歷的我。

我跑進病房，正巧聽見了陳爸爸正在指責陳妍希。

「喜妹這個名字好好的，為什麼要去改名？妳明明知道喜妹是阿公親自取名，因為妳是我們陳家百年來唯一的女孩子，所以代表陳家喜獲妹妹的好意頭。偷偷離家出走就算了，為什麼要改掉妳的名字？」

「我高興。」陳妍希語氣高傲又刻薄地說：「我討厭這個俗氣的名字，不知道的人以為喜妹是七老八十的老太婆，你知道陳喜妹聽起來有多難聽。」

「妳離家出走跑去找那個男人了？」陳爸爸氣急敗壞地罵道：「妳不好好接受治療就算了，去跟那個傢伙廝混在一起，妳看看自己現在是什麼樣子？他如果真的愛妳，怎麼會把妳送來醫院丟在急診，然後跑到不知去向？」

「不准你這樣說他。」陳妍希拿起衛生紙往陳爸爸身上丟，「我就是愛他，我就離不開他，怎樣啦！」

陳爸爸接起衛生紙後往地上丟，跟著氣惱地說道：「好，妳離不開他，妳就是要跟他在一起，那妳打電話叫他到醫院來照顧妳呀。既然妳不需要我，我走就是了。」陳爸爸一轉身看見我，稍稍呆愣了一下，然後逕自走出病房。

我沒料到，他們父女見面後會是這種場面，眼下陳妍希的手骨折，應該是沒辦法跑掉。我轉身往病房外面走出去，在電梯口追到了陳爸爸。

陳爸爸站在電梯口，臉色漲紅看得出來還在生氣。

我走了過去後開口說道：「伯父。」

陳爸爸抬頭望著我，接著搖搖頭，滿腹無奈，「這一切都是她自找的。」

「伯父，你別生氣了。」

陳爸爸搖搖手，失落地說道：「我生氣又有什麼用？這孩子從以前就是這副模樣，想要做什麼就去做什麼，根本不管後果。」

「喜妹她……」我猛然住口然後改口說道：「妍希需要你。」

「她需要男朋友。」陳爸爸輕嘆口氣，「我知道她需要愛，她需要男人給她愛。」

「她也需要你給她父親的愛。」我望著陳爸爸誠懇地說道：「從妍希的媽媽過世以後，她就渴望你給她關愛，只是你一直忙著賺錢，希望滿足她物質上的需求，以此來取代父親的關愛。」

陳爸爸訝異地望著我。

「伯父，妍希生病了，會更依賴有人關愛她。也許這與你們一直以來的相處模式，是不一樣的。但是你可以試試看，坐下來跟妍希好好聊聊。」

陳爸爸搖搖頭，「我跟她向來說不到三句話就會吵架，根本就沒法好好聊聊。」

「就是因為這樣，才要試試看。」我望著陳爸爸，「趕緊把握時間去試試看，或許快沒有時間了。」

這句話讓陳爸爸猛然醒來，他望著我急切地問：「妳的意思是說……」

「今天的檢查結果不是很好，你們應該把握可以相處的時間。」我擔心這次入院，陳妍希就出不了院，或者是另一種出院方式。

我的話讓陳爸爸陷入沉默，如同被人在心上劃了一刀般難受，他久久沒有言語，暫時難以面對眼前的情況。

彷彿過了許久，他開口問我：「大概還剩多久？」

「人是何時出生又是何時離開人世都由上天決定，沒有人可以給出準確的時間，我們唯一能做的就是把握當下，珍惜每一分每一秒。」

陳爸爸的眼眶微紅，感覺他的心裡十分難受。我從口袋裡拿出面紙遞給他，然後靜靜地陪著他站在電梯間。

電梯來了好幾次，隨著電梯鈴聲響起，伴隨電梯門開開闔闔，陳爸爸都沒有進入電梯離開之意，我默默地陪伴著他。同時，我在心中思索著，該讓安寧共照團隊一起參與陳妍希的後續治療。

林怡津跟陳爸爸解釋電腦斷層的檢查結果後，建議讓陳妍希接下來改採取姑息性治療。所謂的姑息性療法以改善不適症狀為主，並非以治療為手段。也就是哪裡痛就幫忙止痛，而大量陰道出血起因於子宮頸的惡性腫瘤，這部分可採用局部放射線治療，讓血管萎縮以達止血效果。

另外，林怡津也讓安寧團隊介入，協助陳家一起渡過最後的時間。

我跟安寧共照師楊佳齡聯絡，與陳爸爸約好時間讓她碰面會談。

果真不出我所料，陳妍希第一次見到楊佳齡，依舊習慣性武裝自己，不大理會她。面對癌末病患的消極反應，楊佳齡早已見多不怪，我在一旁不動聲色，協助楊佳齡幫陳妍希進行芳香按摩。

楊佳齡告訴我癌末病患因為長期臥床，淋巴循環情況不佳，所以協助她們做淋巴精油按摩，可以減輕下肢腫脹等不適症狀。

接受過兩次按摩後，某天陳妍希在查房的時候問我：「楊護理師會再來看我嗎？」我望著她說：「妳希望她再過來嗎？我看妳上次好像不大想跟她講話？」

「我只是手痛。」陳妍希又把棉被往頭上一蒙。

「所以呢？妳希望共照師過來一趟嗎？」我望著棉被沒有動的樣子，於是動手拉開棉被，「欸，陳妍希，妳喜歡有人關心妳嗎？」

陳妍希沒有回答。

「妳有想過嗎？其實大家都想要幫妳的，不是要害妳的。」我忍不住又開始開導她，「不只楊佳齡、劉絲虹跟銀珠姊她們都是，大家都很關心妳，還有妳爸爸。」

陳妍希聽到爸爸這個字，突然有很大的反應，轉頭看著我說：「妳們有，但是我爸爸沒有。」

「妳爸爸怎麼會沒有？妳想過沒有，他年紀那麼大，還那麼辛苦跑夜車賺錢，為的是什麼？還不是要賺錢養妳？」

「我沒有要他養我。」陳妍希把頭撇過一旁，任性地不願意面對現實。

這小妮子還真是嘴硬，於是我告訴她最近父親發生的事情，「陳妍希，難道妳沒有發現，這兩天妳爸爸手臂上貼著痠痛貼布嗎？」

「那又怎樣。」陳妍希一副關我屁事的態度。

「陳爸爸前幾天跑夜車載到喝醉酒的客人，臨下車不給錢就算了，還出手打了他。」出事那天我就發現陳爸爸手上的傷，多事問了幾句後才知道他被醉客攻擊。而陳妍希從不關心自己父親，她只關注在自己的疾病，並使用憤世嫉俗的方式來對待所有人。

她心中覺得自己生病了最大，所以身邊其他人都虧欠她。

我看到她臉上露出有點訝異的神情，接著說：「也許在妳心中，妳覺得爸爸當初生意失敗，是造成家道中落的原因，但後續一連串的事情，並不是他造成的。妳可曾想過，妳爸爸努力賺錢供家裡花用，為的是什麼？」

我停頓了一下，深深望著她：「陳爸爸很愛你們兄妹倆，所以不想讓你們的生活因為他的生意失敗而有所改變。他努力工作供你們花用，就是希望你們可以開心成長。可惜他疏忽了，其實除了金錢、物質以外你們更需要的是父愛。」

陳妍希聽了我的話之後，半晌沒有回應，也許她不認同我的看法，又或者我說中她的心事。這時候一下子知道這麼多事情，我想陳妍希也需要時間消化，後來我就離開病房，去找楊佳齡商量後續計畫。

我把這些事情大抵跟楊佳齡提了以後，我們決定分頭進行。楊佳齡會去跟陳妍希會談，想知道她心裡的想法，另外，或許這是促使他們父女倆，解開長久誤會的契機。

楊佳齡找陳妍希會談，而我找來陳爸爸，我告訴他這段時間以來，我對陳妍希的觀察與想法，然後陳爸爸也願意跟陳妍希，坐下來面對面開誠布公地好好聊聊。

也許，這對父女從來沒有試過這樣好好說話，但是這次有我跟楊佳齡在場充當他們倆的潤滑劑。

陳妍希望著父親，跟著小小聲地說：「你前幾天被打？」

陳爸爸臉上有點疑惑跟著點點頭，「妳怎麼知道？」

「受傷了怎麼不跟我講？」

「沒事，小傷而已。」陳爸爸下意識摸摸上臂，「不想讓妳擔心。」

「爸爸，對不起。」陳妍希突然就開口道歉，「這些日子以來，我讓你擔心了。」

陳爸爸望著陳妍希，突然間眼眶紅了起來。

陳妍希看著父親後說：「我知道自己很壞也不乖，生病後還只想往外跑，對不起，我是個壞孩子，讓你擔心了。」跟著就哭了起來，「我只是……只是想要有人可以陪我，跟我說話，不是一整天只有我一個人孤零零地待在家裡。」

陳爸爸眼淚掉下來後說：「爸爸也不對，爸爸只想著賺錢，忽略了妳也需要有人陪。」

陳妍希伸出沒有骨折那邊的手臂，像是在向父親討抱。

我輕輕推了陳爸爸手臂一下，提醒著他：「伯父。」

看著他們父女倆抱在一起並哭了起來。終於等到，期盼已久父女間的大和解。

我個人覺得雖然有點晚，但是至少在陳妍希病情繼續惡化之前，能讓他們父女倆，敞開心胸放下之前的成見。

在大和解後，社服那邊又送來一個大紅包，邱曉娟為陳妍希募來小額款項，雖然金額不大，但至少能夠稍微解除燃眉之急。

接著，陳妍希接受完十次的姑息性放射線治療，並緩解陰道出血的症狀之後，陳爸爸與陳妍希決定接受安寧治療，她轉入安寧病房走向人生最後一哩路。

陳妍希轉走後，我經由楊佳齡斷斷續續知道她的近況，父女倆偶爾還是會拌嘴吵架，但陳妍希像是變了個人一樣，不再對護理師兇巴巴，對父親也不再惡言相向。

三個月後，楊佳齡打電話告訴我，幾天前的凌晨，陳妍希走完了短短的人生，原本應該揮灑花樣年華的青春就此結束。

因為早知道陳妍希的時日不多，所以邱曉娟提前將市民聯合公祭相關事宜，提供給陳爸爸參考。

掛上楊佳齡的電話，我感覺到有點失落。腦海裡浮現的是，那天陳爸爸孤寂的背影。

白髮人送黑髮人，是何等滄桑。何況陳爸爸在這世上唯一的親人兒子，如今也還在跑路，對他而言身邊沒有子女在側，讓人不剩唏噓。

世事多滄桑，世上最讓人痛心疾首之事，莫過於親送子女離開。陳爸爸心中的哀傷需要許久時間來平復，願逝者安息，遺世的家人們也能善活。

第四章　蘭因絮果

骨科病房轉了一位病情與人生境遇都極其複雜的病患過來。還記得娃蒂卡嗎？我們幫忙募款回家的印尼移工。就這麼巧，這位新病患也是印尼人，不過她不是移工，而是嫁入台灣而且已經有身分證的新移民。

病患叫安娜柔，今年四十五歲。剛開始只覺得下背痛不舒服，先到外院求治，後來外院的骨科醫師幫她安排復健治療後，情況並沒有改善，才又轉到我們醫院來。

我們醫院的骨科醫師為她安排了核磁共振檢查後，發現了一個天大的錯誤。安娜柔的骨盆與腰椎根本就不是退化性關節炎，而是腫瘤侵蝕造成的疼痛，也就是說所謂的復健治療根本無法發揮效果。

經過一連串精密的檢查後，骨科醫師發現安娜柔的腫瘤原發在子宮，會診婦產科後就轉入我們病房接受後續治療。安娜柔轉入我們病房那天，陪著她的是同鄉姊妹，她們會講一點點中文。我透過她知道了，安娜柔與她們一起在外面租房子住，平常做些打掃清潔的工作。因為動作快且清理得很乾淨，所以收入尚算豐厚。

從安娜柔生病後，就無法繼續工作賺錢，但同鄉姊妹還是很有義氣地陪她住院。林怡津判斷以安娜柔的情況無法手術，必須採取化學治療。

這天我們一起到病房去看安娜柔，解釋病情後，安娜柔一臉著急地看著我們。

「醫師，我這樣子還會好嗎？」安娜柔急迫地問著，「我復健這麼久，情況沒有好轉，反而漸漸地就沒辦法走路了，如果打了化學藥物後還有機會能走路嗎？」

從影像學來看，安娜柔的骨頭侵蝕狀態很嚴重，已經造成腰椎骨塌陷及腰椎神經壓迫，所以造成她下肢無力且無法自行走路。關於這部分骨科已經評估並不適合手術，眼下只能試試看化學治療。

依照我們的經驗來說，安娜柔的生命已經進入倒數階段。平均約莫剩下三到六個月，整體來說無法撐過一年。因為安娜柔的病情非常嚴重，我把她的印尼姊妹叫到護理站，由林怡津解釋病情與目前的情況。

林怡津跟她解釋過後問她：「安娜柔有其他親人在台灣嗎？」

只見印尼姊妹搖搖頭說：「她的家人都在印尼。」

不對呀，安娜柔擁有台灣身分證，那就代表她不是以移工的身分進入台灣，而是採取依親的方式。

我看著印尼姊妹說道：「安娜柔不是有我們的身分證嗎？那麼她應該有台灣親人才對，還是妳不知道詳情？」

印尼姊妹輕嘆口氣，似乎知道紙包不住火，於是說道：「她有台灣老公，可是已經很久沒有聯絡了。」

「那妳有他的電話嗎？妳能不能跟他聯絡，告訴他現在的情況？」我趕緊把握機會追問。

印尼姊妹搖搖頭跟著說：「我不知道電話，也不知道她老公住在哪裡，我只知道當初安娜柔領到身分證以後就離開老公，也沒跟他聯絡。」跟著她又說出一個驚人祕密，「其實安娜柔在家鄉有老公跟小孩。」

哇賽，所以是假結婚嗎？

「如果不知道安娜柔老公的電話，」林怡津低吟著，「這下子就比較困難了。」

我想應該不難，既然安娜柔有身分證，那就會有戶籍資料。有了戶籍資料就可以透過社工幫忙，去把老公找出來。

只是，我根本沒想到，這一找還真的讓我把老公找出來，而後續的故事發展，亦出乎意料之外。

新移民是目前對於外籍配偶的新名稱，而婚姻移民指的是外國人與國人結婚後，以依親長期居留為目的入境本國之遷移行為，原則上與技術性移民或經濟性移民不同。

對於假結婚換取得我國國籍的案例，時有所聞。為防止有心人士藉由假結婚方式來取得移民的利益，移民署會藉由面談審查釐清雙方婚姻的真實性。

眼前，對於安娜柔的情況，不知道是否算是假結婚，眼下我只急著想把她老公找出來，然後告訴他關於安娜柔的病情與預後。

而我能找的就是社工師邱曉娟。

那天邱曉娟接到我的電話，跟著就來病房準備收案。她去病房會談後，走出病房告訴我目前的情況。

「樂樂，妳的病人本來什麼都不肯說，只是對著我一直哭。」邱曉娟有點無奈地望著我，「後來我告訴她，我是來幫妳的，不是來抓走妳後，她才停止哭泣。」

「我們抓她幹嘛？」我有點頭疼地捏捏頸項，「我們既不是警察，又不是移民署，我只是想幫她治病。」

「是呀，她可能誤會我們要找老公出來的意思。」

我瞇起雙眼秀出點貓膩之色，「所以她是假結婚嗎？因為想要來台灣打工，所以找台灣人結婚混進來？」

「妳覺得她會告訴我事情的真相嗎？」邱曉娟苦笑著反問：「而且就算真如妳所預測，以她目前的處境，我們應該先以治病為首要吧。」

「也是。」我點點頭，然後著急問著：「那她先生呢？安娜柔有沒有聯絡方式？」

邱曉娟搖搖頭：「他們已經很久沒有見面，根據安娜柔告訴我，她當年抵達台灣後，曾經短時間跟先生一起生活。直到居留滿兩年拿到身分證後，她才離開先生。」

「離開先生？」我不解地望著她，「為什麼？」

「她沒有講原因，不過從她離開後就沒有跟先生聯絡。」

我低頭想了想，眼前的情況真是複雜。

我又問邱曉娟，「那現在怎麼辦？妳能試著找到她先生嗎？她的情況很嚴重，搞不好就只剩下三個月的生命了。」

邱曉娟拿出一張身分證，然後笑著說：「妳會找我過來，我還能讓妳失望呀。幸好她的戶口還跟先生在一起，可以利用戶籍系統去找出先生。」

哇，我就知道邱曉娟不會讓我失望。

我伸出大姆指比讚，然後問她，「那麼大概要多久時間？」

「應該很快吧，我等等先把身分證後面的地址抄下來，然後回辦公室處理一下後續。」邱曉娟嗔道：「每次接到妳的電話，就知道沒有好事。」

「唉呦，我還不是被林醫師帶賽害的。」林怡津常常給我意料之外的事情，為此我也是無言。

邱曉娟明白不到必要時刻，我也不會央求她協助。於是，找尋安娜柔先生的事情就拜託給她。

而這段時間，我就專注在治療安娜柔的疾病，除了化學治療，林怡津也找了放射腫瘤科，藉由小範圍的放射線治療，減緩因腰椎骨轉移壓迫引起的疼痛。然後再搭配化學治療，希望跟癌細胞賽跑，為安娜柔多爭取一些時間。

安娜柔因為腰椎骨轉移的關係，下肢無法行走，終於在某天出現了大小便失禁的情況。癌細胞進展的情況比我與林怡津所預料得快了許多，而這一天安娜柔的同鄉姊妹，特地來找我，告訴我一件事情。

「樂樂專師，安娜柔很想念家鄉的家人，妳們能讓她的家人申請來台灣嗎？」她的同鄉告訴我，「安娜柔都會跟家人電話視訊，昨天跟家人講到一直哭，說是怕自己回不了家鄉。」

「安娜柔家裡還有誰？」我好奇問道。

「家鄉還有先生、兩個兒子，還有爸爸媽媽都還在。」同鄉嘆了口氣後說：「要不是家鄉賺不到錢，安娜柔也不會冒險來台灣賺錢。」

「她還有兩個兒子？」我有點驚訝。

「大兒子今年要大學畢業了，安娜柔會來台灣賺錢，就是為了供小孩子讀書。」

好偉大的母親呀，我又問她：「那她先生呢？難道他不會賺錢嗎？幹嘛讓老婆跑到這麼遠的地方賺錢養家？」

「樂樂專師，其實我們印尼人很可憐。」同鄉輕嘆口氣，「印尼的鄉下不好謀生，何況安娜柔還有兩個小孩，如果希望孩子別跟自己一樣貧窮沒出息，唯一方法就是讀書。可是讀書很花錢，所以當初安娜柔才會決定嫁到台灣賺錢。」

「可是，就法律上來說，安娜柔在台灣有先生，如何能申請她印尼的家人來台灣看她？」我想了想，「而且現在還沒找到她先生，所以我真的不知道怎麼幫她。」

安娜柔的情況還真是複雜，就法律上來說安娜柔只有這位台灣先生，所以印尼的孩子跟前夫，並無法以依親方式來台。

看安娜柔日益變差的情況，還能有機會康復回印尼嗎？

「那樂樂專師，我們能出院嗎？安娜柔想回家鄉。」

「回家鄉？回印尼嗎？」

同鄉點點頭，「安娜柔說就算要死，也不能死在異鄉。我們穆斯林必須在生命最後一刻，回歸天家，又叫復命歸真。」

「可是以安娜柔目前的情況，妳覺得她有機會可以上得了飛機，平安地飛回去嗎？」安娜柔已經下半身癱瘓且大小便失禁，真要登上飛機可能需要臥鋪才行，而且還要經歷長時間的飛行考驗，總之我覺得這是項不可能的任務。

我當下不是很懂，為什麼穆斯林臨終前一定要回鄉，我本來以為是像華人所謂落葉歸根，後來才知道我大錯特錯。

查詢相關資料後發現，伊斯蘭教殯葬儀規定，穆斯林實行土葬。因為《古蘭經》中記載：凡有氣血者，都要嘗死的滋味，我以禍福考驗你們，你們只被召歸於我。對穆斯林而言死亡為必然歸宿，但只是肉體消失與精神昇華，屬於人生復命歸真，而非生命終結。

但不論如何，以安娜柔目前的情況，要登上飛機再飛回家，是項很艱鉅的任務。除非我們能治療好她，讓她至少能夠坐五、六個小時，況且除了飛到印尼還要轉國內小飛機到家鄉，簡直不可能。

思量許久過後，只能寄望再幫她爭取一點時間，但我沒有把握完成她返鄉的願望。

某天，邱曉娟回電話給我。

「樂樂，我找到安娜柔的先生了。」

安娜柔的老公住在基隆，因為工作需要輪班，所以一時半刻來不了醫院。

邱曉娟告訴我，當她老公接到社會局的電話時，先是有點訝異，似乎他以為安娜柔早已經人間蒸發了。

邱曉娟問他，老婆失蹤那麼久，怎麼沒去報警提報失蹤人口。

安娜柔的老公沒有明確回答，只對邱曉娟說已經過那麼久了，也不知道該怎麼找人才好。

嗯，直覺告訴我，這件事情之中必有隱情。

我手中拿著邱曉娟給我的電話號碼，以及一個姓氏。邱曉娟告訴我，安娜柔的老公要我們稱呼他郭先生就好。

我把安娜柔的情況大概跟林怡津提了一下，然後打電話給郭先生，跟他約好至醫院病情解釋的日期與時間。

林怡津擔心安娜柔的病況會逐步走下坡，也許會瞬間變差也不一定。

我打電話給郭先生，從電話裡聽來他很客氣。因為他是保全人員，工作需要輪班，無法立刻安排過來醫院的時間，在確定班表後約好週五下午在病房見面。

週五下午，郭先生到病房來，林怡津先把安娜柔大致的情況告訴了他，接著問他：「請問你們有小孩嗎？如果有小孩，請他們趕緊多多把握時間陪伴安娜柔，因為她的日子不多了。」時間彷彿靜止般，郭先生始終保持著沉默不語。

我站在他們後面，心裡有點著急，他不說話的原因是什麼？莫非內心有什麼難言之隱嗎？

郭先生抬頭望著林怡津，開口說道：「我跟安娜柔沒有小孩，當年結婚的時候就已經約定好，我們只是給彼此作伴，沒打算生孩子。」然後郭先生又說：「她在印尼有兩個小孩，都已經很大了。如果按照時間算，應該大學畢業了。」

郭先生輕嘆口氣後繼續說：「安娜柔願意跟我到台灣，是因為兩個孩子。他們家在印尼的鄉下，不容易討生活，她嫁給我是為了到台灣賺錢，然後寄回去給孩子讀書。」郭先生娓娓道來，關於他與安娜柔之間的事情。「剛到台灣的時候，安娜柔很勤奮四處去打工，她賺的錢都全部匯回印尼，我並沒有多過問。只是後來，當安娜柔拿到身分證以後，有天我下班回家，就發現她帶著行李，離開家也離開我。」

「你沒有試著找她嗎？」我好奇問著。

郭先生點頭後又緊接著搖搖頭，「有試著私下找過，但我想多半是找不到，所以後來就放棄繼續找。」他有點無奈：「我的朋友告訴我，安娜柔想要留在台灣賺錢寄回去家鄉，根本不是要跟我一起過日子，所以才會一拿到身分證以後就跑掉了。」

郭先生感嘆地說道：「我一直沒有去警察局報案，就是留著一絲希望，也許有那麼一天，安娜柔自己就回家了。她只是去比較遠的地方賺錢，等賺夠了錢以後就會回來。」

我聽著郭先生的話，突然覺得他是傻瓜還是純情呢？

也許他是真心需要一個老伴，但沒料到遇上安娜柔，還發生後續一連串的事情。

此刻我想起了蘭因絮果這句話。

蘭因，出於《左傳．宣公三年》，是鄭文公妾燕姞夢見了祖伯儵贈予蘭草，所以生下穆公以後取名為蘭的故事；後來「蘭因」被用來比喻美好的前因。而「絮果」，則是比喻如飄絮離散的後果。合在一起，「蘭因絮果」引喻為始合終離的婚姻。

此情此景，對應此詞，恰如其分。

郭先生望著林怡津追問：「林醫師，那麼安娜柔還剩下多久的時間呢？真的沒辦法治好她的病嗎？」

「郭先生，我必須告訴你，以安娜柔目前的情況，要能完全康復真的只能仰仗奇蹟發生。」林怡津堅定地望著他，「我們只能以緩和醫療的方式，盡量減緩她的痛楚，希望未來她的生活品質能夠好一些。」

林怡津的話讓郭先生陷入靜默。

過了一會兒後，郭先生又不死心地問了句：「那她還能夠站起來走路嗎？她有沒有機會恢復到自己走路呢？」

「基本上來說，這是件非常困難的事情。」林怡津又再度無情敲醒他。

郭先生低聲說道：「如果不能走路，那該怎麼回家？」

「郭先生，你想帶安娜柔回家嗎？」我好奇追問。

郭先生搖搖頭後說：「不是，安娜柔想要回印尼老家，就好像我們台灣人必須落葉歸根一樣，她希望有機會搭上飛機飛回印尼，然後回到家鄉。」

「我覺得這件事情很困難。」林怡津不贊成現階段讓安娜柔冒著風險搭機返回印尼，她的情況跟之前娃蒂卡的情形不同。

像前面說到過的，安娜柔已經下半身癱瘓並且大小便失禁，此時的她如若真要上飛機，唯一的可能就是能夠平躺並且有醫護人員陪伴在側，那大概只有醫療專機才能完成她返鄉的夢想。可是醫療專機的價格非常昂貴，我想無論是安娜柔或郭先生都負擔不起這項天價的花費。

郭先生大概知道我們的意思，便沒有繼續追問。

後來他離開護理站到病房探望安娜柔。這麼長的時間不見，他們有許多話要說，於是乎我跟林怡津就把時間保留給他們。

郭先生離開醫院後，透過印尼同鄉我才知道，郭先生對安娜柔很好。這次來醫院探望她，不但特地帶了營養品過來，還留了三千元給同鄉。希望住院期間如果安娜柔有想吃的東西，再麻煩印尼同鄉幫她買過來。

面對逃家的妻子，郭先生卻如此不計前嫌，不但來醫院探望還留下錢讓她可以用。除了是真愛以外，我實在想不出別的詞彙來形容。

郭先生知道安娜柔把台灣賺的錢通通寄回家鄉，身邊沒有多餘的錢財可以使用，同鄉也有自己的生活要過，自然無法持續資助下去，於是他以自己微薄之力幫助安娜柔。

以郭先生的情況，其實他的生活必定也很拮据，從他的穿著與談吐，不難發覺他是位樸實古意人，轉了好幾趟公車才來到醫院。為此對於安娜柔我無法坐視不理，她的經濟上需要協助，自然又是找上邱曉娟。

後來邱曉娟告訴我，安娜柔與郭先生依舊是名義上的夫妻，經過她的評估因為郭先生還有謀生能力，而且名下有間房子，所以無法申請低收入戶。

不過，她還是幫忙籌措一些小額捐款，至少在日常生活用品跟伙食上幫點小忙。

我知道邱曉娟向來不會讓我失望，雖然每次找她似乎都沒有好事。

某天，安娜柔的同鄉跑來護理站，希望我幫忙處理一件事情。

安娜柔想要開一份診斷書。

「她要診斷書做什麼？」我看著印尼同鄉好奇問道：「她不是沒有私人保險？也沒有需要跟公司請假呀？」

印尼同鄉看著我說：「安娜柔昨天跟兒子講電話，她兒子想申請到台灣看她。」

印尼的兒子居然想要來台灣探望安娜柔！

安娜柔的兒子是印尼人，他想來台灣看媽媽，能夠順利申請得到簽證嗎？

我不清楚台灣的法規如何，但是讓親生兒子申請簽證來台灣探望生病的母親，似乎是一件天經地義的事情。

於是，我趕緊找李淳皓幫忙開立診斷書，然後交給印尼同鄉，讓她趕緊幫忙送申請文件出去。這種要跟官署交手的事情，有時候需要一點時間，面對安娜柔的思鄉情切，希望能抓緊時間趕緊完成她的夢想，而且或許這是母子間的最後一面。

李淳皓幫我開好診斷書後，有點不解地望著我說：「樂樂姊，妳說安娜柔在印尼有老公、有兒子。」

「嗯，對呀。」

他好奇問我，「那安娜柔在台灣沒有小孩嗎？」

「根據社工告訴我，安娜柔來台灣後沒有再生小孩。」我有點不耐煩地望著他說：「你問這些要幹嘛？安娜柔想讓兒子過來台灣看她，有那裡不對嗎？」

「是沒有不對，我只是在想，安娜柔應該已經跟印尼的老公離婚了吧。」李淳皓推理著整件事情，「當初她要離婚之後才能再嫁給現在這位台灣老公，既然已經離婚，那小孩應該跟她沒有關係吧。」

「小孩是她生的，怎麼會沒有關係？」

「不是啦，在台灣這叫監護權。我不清楚國外算什麼，但我覺得移民署那邊應該不會放行。」李淳皓跟我說，之前外科有個類似的案例，那是位越南外配，也是在越南離婚後嫁來台灣。後來因為越南的孩子生病，她拿著相關病歷到醫院諮詢後，想申請小孩過來台灣治療，但是搞了很長一段時間都無法成行。

問題就是卡在，越南小孩與台灣配偶沒有血緣關係，也沒有法律關係。

「樂樂姊，妳要不要打賭，我敢說病人兒子的簽證申請一定不會過關。」李淳皓賭性堅強，偏偏遇上我也不是個示弱的傢伙。

我伸手比出二的手勢。

「兩杯咖啡？」李淳皓問我。

我搖搖頭後說：「請護理站所有人喝飲料，兩次，怎麼樣？要不要跟我賭？」既然要賭，就賭大一點。

李淳皓點點頭，「沒問題，就賭這個。」然後他與我擊拳表示立下賭約。

只是，我沒想到，這次居然會是我輸。

安娜柔的申請，真的被外交部領事事務局打了回票。

首先，安娜柔的兒子已經超過二十歲；其次，當初安娜柔與前夫離婚時，小孩的監護權是歸前夫所有。所以這項申請被打了回票。

唉呦，真是讓人頭大。

我不是心疼要請護理站喝兩次飲料，而是無法完成安娜柔的期盼，讓我感到十分失落。

李淳皓喜孜孜地喝著飲料，他看著我嚴肅的臉，有點歉意地說道：「樂樂姊，妳不高興呀。」

「我沒有不高興。」我轉頭望著他，「李淳皓，如果兒子沒法申請過來，那安娜柔的爸爸媽媽應該可以吧。」

李淳皓思索一下後說：「應該比較容易吧。」

然後我趕緊去查了電腦，發現我國對於外配申請相關家人來台的規定限於二等親，也就是說，依據領事事務局的相關規定，外籍配偶親屬以探親事由申請來台的相關規定，申請來台的親屬須為二親等內，即父母、兄弟姊妹。

「那我去建議安娜柔申請她父母親過來探親，應該會比較容易。」我心中打定主意，然後去找安娜柔討論，沒料到被她打了回票。

「樂樂專師，我不能讓爸爸媽媽過來，不能讓他們看到我現在的樣子。」安娜柔突然很激動地哭了起來，「我已經不能走路了，下面都沒有感覺，連大便、小便都不知道了。」她抽抽噎噎地哭訴著，「我的爸爸媽媽都很老了，如果讓他們看到我的樣子，他們一定會很難過。」

「安娜柔，妳有想過嗎？如果妳現在不讓他們來，或許你們就永遠見不到面了。」我提醒著她，「妳的情況一直在變化，而且是持續地變糟糕。」

安娜柔聽了我的話之後靜默不語，似乎也正在思考著。

「安娜柔，依據妳目前的情況，想要坐飛機回家鄉是不可能的，唯一的可能就是讓妳的家人過來陪妳。」我懇切地望著她，「如果妳願意，我可以再請醫師開一份診斷書給妳，讓妳改申請爸爸媽媽或是兄弟姊妹過來台灣。」

「兄弟姊妹？」安娜柔眼睛一亮，「兄弟姊妹可以嗎？」

我點點頭，「我去網路上查過資料，兄弟姊妹也可以。」

「樂樂專師，我還有姊姊，那我可以試試看，改申請我姊姊過來。」安娜柔像是在汪洋中抓住最後一根浮木般，眼底露出點點星光。

「那好，我去處理診斷書的事情。」我拍拍她的手，「妳放心，我們會盡量幫忙妳。」

安娜柔眼中含淚，對我點點頭，「謝謝妳，樂樂專師。」

我趕緊回到護理站，找李淳皓處理診斷書的事情。同時間，我腦海裡不停地盤旋著剛剛安娜柔的那幾句話。

「我不能讓爸爸媽媽過來，我不能讓她們看到我現在的樣子。」

「我的爸爸媽媽都很老了，如果讓他們看到我的樣子，他們一定會很難過。」

想不到又在安娜柔的身上印證，這種白髮人送黑髮人的哀傷。命運並不由我們掌控，意外、病故等突發狀況，發生了也只能接受。只是心中那份遺憾，需要透過多久的時間才能沖淡？

後來，我找機會跟安娜柔的印尼同鄉聊聊後，又發現一件驚人的事情。

安娜柔並沒有讓父母親知道自己罹患癌症，而且目前的狀況很糟糕。

印尼同鄉很擔憂地對我說：「樂樂專師，妳覺得安娜柔有可能好起來嗎？她有機會可以好起來？甚至站起來走路嗎？」

「以她目前對於治療效果的反應來說，我覺得很困難。」這段時間，安娜柔的情況正在持續退步，短短一個月就從下肢無力到癱瘓臥床，目前已經大小便失禁。我沒有把握她是否有機會能夠恢復到和從前一樣。

印尼同鄉輕嘆一口氣後說：「當初安娜柔的爸爸媽媽反對她來台灣賺錢。」

我一時間沒有聽懂她的意思，於是問她：「來台灣賺錢？」

「安娜柔的家鄉在印尼的鄉下，有幾畝田可以耕種。可是收入很不穩定，為了兩個兒子的未來，安娜柔接受了同鄉姊妹的建議，找了台灣先生嫁過來。」印尼同鄉把安娜柔當初來台的前因後果都告訴我。

「郭先生是安娜柔的印尼姊妹介紹，他的老婆在幾年前生病過世，到印尼想找老婆作伴。因為郭先生的年紀比較大，想找跟自己年紀差不多的對象就好。」

「所以郭先生就找到了安娜柔？」我好奇地問。

印尼同鄉點點頭，跟著說道：「安娜柔跟印尼的前夫辦好離婚，然後把小孩的監護權都給前夫，自己則是跟著郭先生來台灣。等她拿到身分證以後，就離開郭先生。她努力地四處打工賺錢，存下的錢通通匯回印尼讓小孩讀書。」

印尼同鄉看著我，眼眶紅紅地繼續說：「安娜柔很努力賺錢，她不只讓小孩讀書讀到大學畢業，還幫娘家蓋了新房子。本來她想等兒子今年大學畢業，在雅加達找到穩定的工作後，就可以不用這麼辛苦工作，回家鄉享福。誰知道，她突然生病倒下。」

老天爺總是捉弄人，安娜柔以為自己辛苦了一輩子，終於苦盡甘來可以享享清福的時候，卻讓她被診斷出癌症，而且還是末期，讓她原本的計畫整個都打亂了。

「樂樂專師，要是安娜柔的爸爸媽媽知道她現在的情況，他們一定會受不了的。」印尼同鄉哭著說：「我很怕安娜柔如果真的在這裡過世，又該怎麼辦？」

一時間我沒有聽懂她的意思，不解地望著她。

印尼同鄉開口說道：「如果安娜柔真的在台灣過世了，你們可以幫助她完整地回到家鄉嗎？」

「完整地回到家鄉？」我不解地問她：「這又是什麼意思？妳想要直接把安娜柔的大體運回去嗎？」

印尼同鄉點點頭，「我們穆斯林若死在異鄉，絕對要保持軀體完整回到家鄉，不然會與我們的教義相違背。」

信奉伊斯蘭教的教徒又稱為穆斯林，禁止火葬是因為他們相信在末日來到後，惡人才會受到火獄的懲罰，所以一般亡者的遺體是以土葬或是薄葬等來安葬，而在海中遇難的人，則可以選擇海葬。此外，遺體只能用白布包裹，不能使用棺木，亦不能超過三天未舉行安葬儀式。入土時，穆斯林不可以使用殉葬物品，不能建大型墳墓，也不舉行拜墳儀式。印尼同鄉這段時間守護在安娜柔身邊，看著她的身體一日接一日地走下坡，我想她心裡一定擔心又害怕。

但是幫忙運大體回印尼？哇，我還真的沒有試過這麼做，光是想像就覺得很不可思議。這件事情我跟邱曉娟提了一下，她馬上就不停地哀號給我聽。

「樂樂，妳一定要交給我這麼艱難的任務嗎？」

「拜託，又不是現在馬上要，只是一個備案而已。」我輕嘆口氣後說：「眼前安娜柔的情況還沒有那麼糟糕，我還是擔心萬一真遇上了，總是要超前部署吧。」

邱曉娟無奈地望著我，「以前聽過運大體回國，但我不知道需要花費多少錢，我會問問其他同事有沒有遇過類似的情況。」

「除了問以外，記得順便幫忙籌錢。」我不忘提醒她。

邱曉娟翻了白眼給我看，我想她一定正在腹誹我。

「好啦，我欠妳兩杯熱奶茶。」我趕緊圈住她的手撒嬌似說道：「最後一次。」

「算了吧，妳下次又會說一樣的話。」邱曉娟比出三的手勢提醒著我，「總共欠我三杯。」

「知道了。」我調皮地眨眨眼，跟著比出ＯＫ的手勢。

唉呀，近來真是破財大劫難找上門，一下子打賭輸了請護理站喝兩次飲料，一下子又欠邱曉娟三杯熱奶茶。

看來改天得和苦主林怡津討一討，讓她幫著補貼一點，不然以我那點微薄的薪資，怎麼能承受得起三天兩頭請客呢。

一個月後，安娜柔的姊姊抵達台灣。那天，郭先生特地撥空去接機，然後跟姊姊一起到醫院來探望安娜柔。

安娜柔看到姊姊，因許久未見加上情緒激動，姊妹倆抱在一起痛哭失聲。然後在印尼同鄉的協助翻譯下，林怡津向姊姊解釋安娜柔的病情以及預後。姊姊聽完以後就很激動地一直捶打自己的胸口，嘴裡不停地說著我們不懂的語言又哭天喊地。一時間讓我跟林怡津呆愣住，不知道如何回應。

安娜柔的姊姊突然對著林怡津跪下來，跟著激動地哇啦哇啦說個不停。我先愣住，跟著趕緊動手拉她起來。

一旁的印尼同鄉被氣氛感染也哭得眼睛紅紅的，然後翻譯說道：「醫師，拜託妳治好安娜柔，一定要想辦法治好她，她不能死在台灣。爸爸媽媽還有她的孩子都還在等她回去家鄉。」

我扶著姊姊，感受到她的渴望與期望，只是該怎麼對她說，治好安娜柔根本就是件不可能的任務。

林怡津有點為難地望了我一眼，似乎希望我幫她說話。

我拍拍姊姊的肩膀後對印尼同鄉說道：「這段時間都是妳陪在安娜柔身邊，妳應該很清楚她的情況正一天天退步當中。我們已經盡力給她最好的治療，可是目前看起來真的很困難。」

印尼同鄉點點頭後，開口對安娜柔的姊姊說著家鄉話，幫忙解釋著這段時間以來安娜柔的病情與治療情況。

安娜柔的姊姊開始嚎啕大哭，似乎無法接受現在的情況。

我能體會她的心情，畢竟之前與妹妹分開的時候，人都還健康無虞。後來透過視訊畫面，安娜柔也都還能說話，誰知道踏上異地與親人重逢，卻發現是這種可怕的情況。

印尼同鄉走過來跟姊姊抱在一起，兩人的臉上都是淚水。眼下只能讓她們哀傷的情緒有個出口，於是我跟林怡津就把協談室留給她們。

我與林怡津走出協談室，她沉默了許久後望著我問道：「樂樂，接下來該怎麼辦？」

我有點不明究裡地望著她，「什麼怎麼辦？」

「安娜柔呀。」

「就治療呀，不然妳還能怎麼辦。」我覺得有點好笑，「林醫師，不然妳還想要做什麼？」

林怡津無奈地雙手一攤，「我已經無計可施了。」

我拍拍她的肩膀後說：「我們都盡力了，妳想想看，能幫安娜柔打的化學治療、放射線治療都已經上場了，如果真要試試看，大概就是自費的標靶藥或是免疫治療了。」然後我自己先搖頭，「但那些治療非常昂貴，我想安娜柔應該沒有錢可以嘗試。」

「我來問問其他醫師，最近有沒有臨床試驗可以參加。」林怡津想起或許可以讓安娜柔參與臨床試驗，也許能有機會免費接受這些貴重的藥物。

「我已經問過了，沒有適合她的計畫。」我早就已經問過臨床試驗中心，目前並沒有適合安娜柔的臨床試驗可以參加。

「噢。」林怡津又低頭沉思。

「林醫師，我看只能先這樣。」我有點無奈地搖搖頭，「眼下也只能盡人事聽天命了。」

林怡津輕嘆口氣後說：「唉，一切都是命呀。」

是呀，都是命。

有時候就是這般無奈，人的命運真的不由自己。有些病人的運氣很好，被診斷癌症以後就遇到很多臨床試驗計畫正在進行收案，病患還能選擇參加哪項計畫比較好。有時候就像安娜柔一樣運氣不好，剛好都沒有合適能加入的計畫，只能維持傳統治療。

傳統治療不是不好，只是像安娜柔病情如此複雜的情況，我們還是希望能多些治療方法來治病。猶如在戰場上有許多不同種類的武器可以用來攻打敵人一樣，希望可以嘗試不同的選擇，最終帶來好的結果。何況，安娜柔心心念念地想回家鄉，希望能夠落葉歸根。如果有機會可以好起來，當然無論如何都要嘗試看看。

現在很現實的問題，就是自費藥物代價非常昂貴。就算我去找邱曉娟，她應該也只會送我一個白眼，最終送來一句不可能。

不過，邱曉娟真是我的好朋友，她沒有送我白眼也沒送我用來買自費藥物的錢——我知道用捐款打免疫藥物的要求很過分——不過她幫安娜柔進行的小額募款，款項可以用來支付安娜柔與姊姊在住院期間的飲食餐點。自費打昂貴藥物是不可能的，畢竟錢要花在刀口上，但基本的生活開銷，她們倒是很願意協助。

既然如此，安娜柔與姊姊在住院期間就不怕沒飯吃，郭先生也會贊助一點點生活費。於是，接下來的日子，安娜柔的姊姊就接手住院看護的事務，讓印尼同鄉可以回去休息，畢竟她要去上班賺錢才行。

剛開始，我們都需要透過安娜柔的翻譯來跟姊姊溝通，日子久了以後，護理師也跟姊姊熟悉許多。

姊姊叫貝蒂娜，護理師們跟她聊天後，才知道她有三個小孩，都已經成年外出工作了。因為她先生已經過世，所以平常她跟父母親一起住在老家，方便照顧年邁的雙親。

聽著這些故事，我心中感慨萬千，妹妹安娜柔離開家鄉，賺錢匯回家鄉提供孩子讀書並幫娘家蓋房子。而姊姊貝蒂娜，則是留在父母親身邊，照顧年邁雙親的身體。生女如此，夫復何求。

只可惜，遠在千里之外的小女兒，如今突然病重，怕是未來無法繼續承歡膝下。

我也偷偷為安娜柔祈禱希望有奇蹟發生，或許有一天，安娜柔忽然就可以動動手腳，然後起身走路，甚至出院返回印尼。

可惜我的這些期望與貝蒂娜的希望都隨著時間過去而破滅，安娜柔的下半身始終紋風不動。某一天，護理師告訴我，安娜柔大量陰道出血，我腦中的警鐘直接響起來。壞了，癌症應該對這些治療無動於衷並持續進展著。

我趕緊通知林怡津，接著在病房進行陰道內診檢查，果真在陰道頂端看到一大坨惡形惡狀的腫瘤。

當下我的心情盪到谷底。這段時間我們努力地給予化學治療，再加上放射線治療，這腫瘤卻絲毫沒有被抑制的感覺，甚至還持續囂張地擴散出去。

回到護理站後我望著林怡津問道：「我們還要繼續努力拚搏下去嗎？」

林怡津洗著手並沒有回答我，似乎也在思考著。

我見她這副模樣，知道她也在想辦法，於是就乖乖閉上嘴巴。

然後她輕嘆口氣後說：「樂樂，我們會診放射腫瘤科，讓他們幫安娜柔做點局部放射線治療。眼下先把血止住比較重要。」

「噢。」我點點頭，跟著趕緊打電話聯絡會診的事情。

然後林怡津走到電腦前面坐下來後，並沒有任何動作。

我聯絡完成後，先去交代照護的護理師，大概幾點去放射腫瘤科門診會診，以及要聯絡印尼同鄉來幫忙翻譯等等事務。

等我回到林怡津身邊的時候，她沒頭沒腦地問了一句話：「如果搭乘醫療專機，大概要多少錢？」

我丈二金剛摸不著頭緒，「什麼？」

林怡津自言自語說著：「以她目前的情況大概也只能坐醫療專機了。」

「誰要坐醫療專機？」我看著她，「妳的誰要坐？」

「安娜柔呀，她應該沒辦法坐普通飛機。」

我輕嘆口氣後說：「一趟飛行要價兩百萬，妳覺得安娜柔有辦法負擔得起這麼龐大的金額嗎？」

「兩百萬！」林怡津睜大雙眼，這個天價一定把她嚇壞了。

我點點頭，「這是台灣到印尼的價格。」

林怡津吐吐舌頭，「居然那麼貴。」

「所以，這是不可能的。」我搖搖頭後說：「她無法負擔得起醫療專機這筆巨資。」

林怡津望著我問道：「不如我們來募款呢？」

我突然笑了出來，這和娃蒂卡的情況差那麼多，「欸，林醫師，妳真是看得起我，這次是兩百萬，不是兩百塊欸。我可不是樣樣都使命必達。」

「那就真的難了。」林怡津點點頭，表示了解我的難處。

關於這部分我已經沙盤推演許多次。募款？這個金額數目很大，我無法獨自發起，而且還有款項交付的問題，所以OUT！

找其他印尼同鄉幫忙？去找印尼同鄉會？似乎是個好方法，也許找一天讓印尼同鄉去試試看，保留！

我心中有許多想法，後來找了邱曉娟一起討論，看到底哪個方式可行。

如果真的讓安娜柔回到故鄉，可以讓她遵循教規，也能在家人的陪伴下，走完人生最後一哩路。我以為這應該是對安娜柔在人生最後一段旅程最好的安排。但是，這項提議去到安娜柔那邊，就被打了回票。

我們跟安娜柔提議說去找印尼同鄉會幫忙，看看能不能募款坐醫療專機回家。想不到，安娜柔直接搖頭拒絕。

然後她跟姊姊抱在一起痛哭失聲，我跟印尼同鄉在一旁也弄不清楚到底發生什麼事情。

我問印尼同鄉說：「安娜柔不是很想回家嗎？那如果我們有辦法幫助她，為什麼她又不要呢？」

印尼同鄉聽著他們姊妹間的對話然後對我說：「樂樂專師，安娜柔離家的時候很健康，如果回家讓爸媽看到她生病的模樣，老人家必定無法接受。」

這下子換我呆懵了，原來之前安娜柔非常渴望回印尼，是因為她對於自己的病情還抱持著恢復的希望。但這些日子以來，她的情況每下愈況，讓她逐漸體認到自己也許已經沒有恢復的可能。那麼如果以現在的狀態回到家裡，又該如何面對父母？

我能體會那種無助與失落，對於安娜柔來說，在台灣這段時間，她必是報喜不報憂。離鄉背井打拼，就是為了幫助家裡脫離貧困，現在她完成這項願望，但也生病倒下。

我對邱曉娟提起整件事情的發展，幸運的是我們不用傷腦筋幫忙募款。但是，對於安娜柔來說，到底還能怎麼幫助她？

直到某一天，林怡津對我說：「樂樂，我們找安寧共照師來看安娜柔，是時候讓安寧共照團隊介入了。」

後來我找安寧共照師楊佳齡過來，在印尼同鄉的協助下，讓她跟安娜柔與貝蒂娜聊聊，了解她們對於後續治療的看法與安寧療護的安排。

在楊佳齡的幫助下，安娜柔動筆寫下幾封留給家人的信件，還留下許多錄音檔。而貝蒂娜在旁邊協助妹妹完成這些事情，透過這段過程協助病患回顧自己的人生，也從中與重要他人道別。

這段期間郭先生到訪過幾次，明白安娜柔的情況逐漸走下坡，他透過社工了解後續喪葬事宜。

某天清晨，安娜柔在病房裡走完人生最後一哩路。由貝蒂娜親手幫妹妹完成身體清潔後，使用白布緊緊包裹住安娜柔的遺體，而後續由殯葬業者接走了安娜柔。

安娜柔走之後半個月，社工師邱曉娟到病房來收案，順道帶來消息給我。

「樂樂，安娜柔的姊姊前天離開台灣了。」邱曉娟看著我說：「她離開前已經把安娜柔的骨灰海葬了。」

海葬？我有點驚訝，反問她：「怎麼最後是海葬呢？」

「安娜柔火化之後，本來要讓姊姊帶著骨灰返回印尼，但是姊姊告訴我們，她不能這麼做，因為伊斯蘭教並不允許穆斯林火葬。」

似乎有這麼件事情，我之前查過資料在伊斯蘭的教義中提到，火獄是世界末日到來才會發生的事。

「協調過後姊姊選擇海葬安娜柔，在郭先生籌足船隻出海款項後，由他們兩人一起到外海，將骨灰全數撒入海裡。」

海洋將世界每個角落串聯在一起，安娜柔最後雖然沒有回家，但是骨灰隨著洋流還是能回到自己家鄉的海邊，這也算是完成她的心願。

接著我想起某件事情追問道：「姊姊還是沒讓家裡人知道安娜柔已經走了嗎？」

邱曉娟點點頭後說：「這是安娜柔的心願，她希望家人覺得她在台灣過得很好，也相信爸爸媽媽體諒她無法回家。」

「原來如此，那些留下的書信呢？又該怎麼處理？」

邱曉娟輕嘆口氣後告訴我，「信件跟著安娜柔一同火化燒掉，至於影片檔就不清楚有沒有留下。」

安娜柔最後決定隱瞞病情與死訊，避免家人為她傷心難過。

我覺得貝蒂娜最可憐，因為她知道真相卻必須隱瞞妹妹死訊，未來的日子裡她必須面對父母，心裡的痛苦又能向誰傾訴？

整件事情中郭先生最讓我意外，雖然安娜柔與他只有短短兩年的夫妻感情，但在最後這段時間，他對安娜柔卻無怨無悔地付出一切，到病房探訪也一定帶著東西過來。雖然他們之間因為分離太久，常常都是靜默相對，但安娜柔海葬的船隻費用，也是由郭先生四處籌措而來。

他的內心深處，依舊把安娜柔當成妻子看待，而妻子的心願，依舊責無旁貸地完成。郭先生為安娜柔所做的一切，讓我感覺到他有情有義。我作為旁觀者看著這段故事，唯一感覺人生真的是一項很難的課題。

第五章　好死不如賴活著……嗎？

人的一生有多長？人到底能夠活到幾歲？這些問題都沒有標準答案，因為只有老天知道，你的壽命是多少年，能夠活多少時間。

在遇到蕉治婆婆以前，每次遇到病患初診斷癌症，哀傷難過又不想接受治療的時候，我都想盡辦法勸說病患，接受治療來延長生命。但是蕉治婆婆，卻讓我對於活著這件事情，有了極大的反思。

蕉治婆婆八十六歲，因為腹脹合併腹水被送進急診，接受一連串檢查後，確定為卵巢癌第四期，林怡津建議婆婆接受三次化學治療之後再安排廓清手術清除病灶。

婆婆聽完解釋與治療計畫後靜默不語，林醫師問她是否要請家人到醫院一趟，詳盡了解病情。

那時蕉治婆婆淚眼婆娑地對我們說：「我老公已經過世十幾年，女兒們也已經不在了，現在剩下外孫及外孫女，但是他們做不了主，我自己決定就好。既然醫師說要治療，那就治療吧。」

婆婆做完第一次化學治療後出院休養，預計三週後再度入院進行第二次化學治療。

那天是蕉治婆婆住院的日子，下午時分她坐在輪椅上由看護安妮推著入院，剛剛進入病房，婆婆一見到病床就淚流滿面，無論護理師怎麼問都問不出所以然來。於是，齊雲趕緊找我並且告訴我病房發生的事情。

當我走入病房，婆婆滿面淚水坐在輪椅上，此刻她正拗著脾氣不願意移動到病床上休息。

我走到婆婆身邊輕聲喚了她一聲：「蕉治婆婆，我是樂樂，妳怎麼了？」

婆婆抬起淚眼望著我，緊緊抓住我的手，只見她急切地說道：「樂樂，妳讓婆婆走了好不好？婆婆活得好辛苦好累，我想要走了。」

從婆婆手掌傳來強勁的力道，她看似瘦弱無力，手勁之強讓我有點驚訝，加上這句「走」，讓我不禁好奇出口問道：「婆婆，妳不想要住院嗎？」

蕉治婆婆搖搖頭，沮喪地說道：「太痛苦了，真的很痛苦，我不要治病了，我想要走了。」

我望著婆婆心中一陣酸楚，化學治療可以毒殺癌細胞，但是對於正常細胞也造成不小的影響，年輕力壯的病患都不一定招架得住，何況是年近九旬且身形瘦弱的蕉治婆婆。

「婆婆，上次打完化學治療回去以後很難受嗎？讓妳的身體很不舒服嗎？」我握住婆婆的手柔聲問道：「是因為這樣，所以才讓妳不想要繼續治療了嗎？」

蕉治婆婆連連點頭，用哀傷的口吻說道：「我一吃就吐，而且一直感覺到眩暈不舒服，根本沒辦法下床。安養中心的護理師告訴我，如果我還是什麼都吃不下去，就要幫我插上胃管用灌食的方式餵我。」她悲切地哭聲說道：「我已經八十多歲了，只想活得像個人，不要被強迫灌食，那只會讓我感到更痛苦。」

我沒有料到婆婆接受完治療回到安養中心以後，會面臨到這些情況，也許安養中心裡的護理師擔心婆婆不吃不喝而產生營養失調的危險，所以才想為她放上胃管餵養。但她們忽略婆婆的感受，因此讓她對後續的化學治療產生抗拒與疑慮。

我拍拍婆婆的手背安撫她：「婆婆，妳先別傷心難過，我會把妳的意思跟林醫師說，我們先幫妳挪到床上休息，好不好？」

蕉治婆婆情緒稍稍平緩一些以後又說：「我活到八十幾歲，人都已經躺進棺材裡了，眼下就只差把棺材板蓋上而已，我覺得很夠本了。」

我望著婆婆心中有點震撼，原來對她來說，人生活到這個年歲已經足夠。只是，難道對婆婆來說，真的已經了無牽掛嗎？

安撫好婆婆之後，我帶著五味雜陳的心情回到護理站。對於蕉治婆婆的情況，我只概略知道她住在安養中心，至親家人只剩下孫子與孫女們？不知道他們了解婆婆的病情與治療情況嗎？

當天下午，林怡津到病房查房，抵達蕉治婆婆那裡之後，只見她苦苦哀求林怡津不要再繼續給予化學治療，她只想要一走了之、只求一死解脫。

因為婆婆這次入院的體重比上次出院前減輕了五公斤，林怡津暫緩了化學治療，讓營養師來會診評估婆婆的營養狀態與需求，並且祈求以時間換取空間，先養好婆婆的身體，之後視情況給予癌症治療。

走出了蕉治婆婆的病房，林怡津沉思片刻後，下定主意後對我說道：「樂樂，妳還是想辦法幫我勸勸婆婆接受化學治療。」

我有點吃驚地望著她，「妳還是希望婆婆繼續治療嗎？」

林怡津點點頭後說道：「婆婆的腫瘤指數下降得很好，我覺得只要繼續把化學治療做完，治療的成效一定很好。如果婆婆真的受不了副作用，我們可以考慮把劑量向下調整。應該還是可以試試看。」

此刻倒是我有點猶豫，我望著林怡津遲疑地說：「可是婆婆真的很辛苦，難道只能繼續化學治療而已嗎？能不能做點別的治療？」

「化療的效果那麼好，妳就勸勸婆婆堅持一下，我們會調整劑量，讓她不要那麼難受，只要再稍微撐一下就過去了。」林怡津拍拍我的肩膀，把這項重責大任交給我，「樂樂，再拜託妳去跟婆婆溝通。」

既然林怡津這般看重我，我只有這條路可走，不過我沒什麼把握。

我想起婆婆淚眼婆娑的姿態，還有她說的那句：「我活到八十幾歲，人都已經躺進棺材裡了，眼下就只差把棺材板蓋上而已，我覺得很夠本了。」

婆婆似乎已經生無可戀，如此這般的境地，我還真沒把握，能勸動她繼續接受化學治療。不過，我依舊會嘗試溝通，而且我想知道婆婆的故事。

完成查房後，我先把手上的事務處理完畢，然後就跑去跟蕉治婆婆聊天。

我進入病房的時候，安妮正在幫蕉治婆婆進行腿部按摩，我走進去坐在婆婆身邊。

「樂樂，妳來了。」蕉治婆婆握住我的手。

「婆婆，妳中午有吃飯嗎？吃得好不好？吃得香不香？」我望著旁邊放著便當，好奇問道。

蕉治婆婆點點頭後說道：「還可以，我有試著多吃幾口，勉強自己一定多少要吃一些。」

「婆婆，這段時間妳瘦很多，在安養中心都吃不下飯嗎？」

婆婆輕嘆口氣後說：「上次出院後食慾變得很差，後來幾天連喝水都會吐，那時候把安養中心裡的護理師們嚇壞了。後來，她們改給我喝牛奶、吃布丁，但我就是沒胃口也吃不下去，整天躺著看天花板，我的心裡面好苦呀。」婆婆轉頭望著我說道：「那時候我就想，繼續這樣活下去，有意思嗎？真的好嗎？」

這句話一出，讓我無比震撼，是呀，人活著到底是為了什麼？如果只是為了一口氣，那麼只能被困在小小的床鋪上，每天望著天花板發呆哪裡都不能去，這樣的人生，有什麼意義？

何況婆婆接受化學治療以後的副作用，這樣巨大且強烈，讓她小小的身軀承受不了。當下我還真開不了口，苦勸婆婆繼續接受治療。

我望著婆婆半晌沒說話，心中猶豫著該怎麼接話說下去。

這時候，蕉治婆婆接著說道：「樂樂，妳不知道，我家老頭子是在十幾年前腦溢血走的，走之前那段日子，他總是跟我說脖子不舒服，覺得頭有點脹不大舒服，結果某天晚上睡覺後就一睡不醒了。天亮的時候，我喊他、推他都沒有反應，人就這樣突然沒有了。」婆婆眼眶含淚地望著我：「那段時間我很傷心，總覺得他無情無義，要走了都不跟我說再見。後來連著好幾年我沒法去靈骨塔祭拜他，因為我心裡放不下他。總覺得說不定有一天，大門突然打開之後，他就又回來了。」

蕉治婆婆以手揩去面上的淚水後說：「後來我大女兒勸我，人走了就是走了，再繼續傻傻等下去也不會等到。」

的確，這種親人驟然離世的狀況，最難接受的就是生者，因為沒有任何心理準備就失去親人，那種震撼與難過，需要很長的時間來平復。

蕉治婆婆嘆口氣，「於是我放下了，也不繼續等了。只是後來沒多久，換我大女兒車禍意外走了，那時候我想他們父女倆在地下重逢，還能給彼此作伴。」婆婆情緒低落繼續說著：「既然老天爺是這麼安排的，我只能接受。那時候小女兒還在，但是有自己的家庭要顧，於是我就住進了安養中心，不讓他們煩惱我沒人照料。」

我緊握婆婆的手，心裡感受到她的淒苦，她的故事讓人難過，我終於能夠理解她為什麼如此抗拒接受治療。她的人生走到現在，身旁至親一一離世，對她來說獨活於人世，並非樂事，反倒是件悲苦的事情。

「樂樂，妳知道嗎？我小女兒兩年前也因為乳癌走了，現在我身邊只剩下幾個外孫、外孫女，平常大家各自過著自己的生活，偶爾電話報個平安，知道彼此都安好就好。」蕉治婆婆無奈搖頭後說：「我一個人獨自生活，心裡想著如果到最後一刻，就瀟灑地離去。能夠活到這個年歲真的已經足夠。」

原來婆婆的故事是這樣的，先生與兩個女兒都已經離世，而她平日就獨自住在安養中心，對她來說，人生至此已了無罣礙，難怪她覺得人生已經沒有繼續活下去的意義。

不過我還是不免俗地好奇，於是多問了一句：「婆婆，妳有沒有什麼事情還沒有完成，是在妳離開之前想要完成的事情？」

婆婆不解地望著我，「沒有完成的事情？」

我點點頭，「就是想見的人或是想做的事情？或是想吃的食物？什麼事情都可以。」

婆婆沉思片刻後望著我說：「如果可能，我想要再見兒子一面。」

兒子？我好奇地問：「婆婆妳有兒子嗎？」

蕉治婆婆點點頭後告訴我，「我除了兩個女兒還有一個兒子，只是已經很久沒有聯絡。」

我不解地望著婆婆。

婆婆又接口繼續說道：「我兒子三十年前到南美洲做生意，剛開始前幾年都還有聯絡，後來就音訊全無。老頭子還在的時候，曾經託付朋友到南美洲打聽，但是都沒有訊息。這麼多年過去了，依舊沒有他的消息，我早已不抱任何希望。」她嘆口氣後說：「我想這孩子可能已經死在國外，但是生要見人、死要見屍，怎麼可能會連根毛都找不到呢？」

婆婆帶點失落地搖搖頭，「老頭子走得突然，什麼話都沒有留下，不過夫妻多年，我知道，他心裡最放不下的就是兒子。當初會託人去找找看，就是還抱著一絲能夠找到這孩子的希望。只可惜到最後還是沒消沒息。」

看來，蕉治婆婆的心願還真是難如登天呀。都已經過了三十年且了無音訊，如果真讓我找出來，那我得認真考慮改行當偵探了。

知道蕉治婆婆的情況與心願後，我猶豫了很久，最後還是決定不苦勸婆婆繼續接受治療。特別在知道這麼多事情以後，我頗能體會她的心情與決定。

的確，接受化學治療的痛苦這麼劇烈，對她來說優劣相比之後，似乎繼續接受化學治療並非唯一道路。

我將這些事情一五一十告訴林怡津。討論之後，林怡津決定退而求其次，想改用低劑量化學治療。我這邊則是聯絡婆婆的親屬出面，讓婆婆不要孤軍奮戰。我請邱曉娟跟安養中心聯繫後，聯絡上了婆婆的外孫女。

外孫女李小姐，約莫三十出頭，對話後讓人感覺很和善且客氣。她到病房後林怡津把蕉治婆婆的情況與治療計畫詳細跟她解釋，並期望她能幫忙跟婆婆溝通，完成後續的治療。李小姐聽完後靜默許久沒有說話，面對這樣的情況，讓我跟林怡津有點著急。

林怡津望著李小姐有點急迫地說道：「李小姐，我們希望改採低劑量化學治療，這樣婆婆會比較輕鬆一些，也能讓癌症進展速度緩解下來。」

李小姐望著林怡津開口說道：「我明白醫者父母心，妳們希望能夠治好阿嬤的病，只是第一次的化學治療已經嚇到阿嬤，導致她抗拒繼續接受治療。」

林怡津點頭表示了解，「所以我會把劑量調整一下。」

「林醫師，阿嬤不想要繼續接受化學治療，她希望維持現況就好，不再接受任何治療。」李小姐心疼地說著，「阿嬤年紀很大加上身體很瘦弱，她已經經不起接受任何化學治療，所以我們決定不接受治療。」

病患與家屬已經明確表示意願，我們無法繼續強迫他們，畢竟藥物打在婆婆身上，自然必須經過她的同意才行。

我好奇地望著外孫女問：「所以妳們要改採緩和治療嗎？」

李小姐點點頭跟著說：「阿嬤覺得治療很痛苦，她希望順其自然不要被折磨，如果妳們覺得很為難，我們可以寫切結書給妳們。」

我想起《病人自主權利法》於是對外孫女說道：「《病主法》就能符合妳們的需求。」

外孫女有點疑惑地望著我，「什麼是《病主法》？」

人生中正常的生離死別課題，往往對多數人來說難以啟齒。而《病人自主權利法》（簡稱《病主法》）是讓每個有完全行為能力的人都能帶著親人去跟醫療團隊作預立醫療照護諮商（Advance Care Planning, ACP），再簽署預立醫療決定（Advance Decision, AD），藉此機會來了解彼此對生死的想法，並討論要不要接受某些醫療處置。當無常來臨，病人和家屬都能減少痛苦、遺憾。

《病人自主權利法》已於二〇一九年一月六日起實施，每個人都有機會提前思考這些生命的問題，讓生死大事自己作主。因為愛自己，所以生命即將走到盡頭的時候，讓自己少受苦並且保有尊嚴，也讓家人不用在面臨離別時刻，無法作出決定而感傷。

我望著李小姐說道：「《病人自主權利法》讓病患與家屬一起接受預立醫療諮商、簽署預立醫療決定。蕉治婆婆不用馬上作出決定，在諮詢了解相關內容、確定自己的意願及選擇後，再簽署相關預立醫療決定就好。婆婆可以自己決定在面臨重大疾病的時候，是否要接受維生醫療。」

《病主法》的內涵為尊重病人醫療自主、保障其善終權益，促進醫病關係和諧。而「病人」必須符合末期病人、處於不可逆轉之昏迷狀況、永久植物人狀態、極重度失智、其他經中央主管機關公告之病人疾病狀況，或痛苦難以忍受、疾病無法治癒且依當時醫療水準無其他合適解決方法之情形。並且病患有預立醫療決定者，醫療機構或醫師得依其預立醫療決定終止、撤除或不施行維持生命治療或人工營養及流體餵養之全部或一部分。

外孫女眼睛透出一絲光亮，「我們就是需要《病主法》。」

「我幫妳們預約諮詢，好嗎？」我拍拍外孫女的肩膀，「不過諮商需要付費，妳們可以接受嗎？」

外孫女點點頭，「沒關係，樂樂專師，這都是小問題，再麻煩妳幫我們處理。」

我點點頭，原本擔心假設外孫女與蕉治婆婆的意見相左時，該怎麼幫助她們。還好，外孫女能體諒婆婆的心情，這算是比較好的情況。

相比之下，我另一位病患的情況就複雜許多。

沛涵在二十歲時被診斷卵巢癌第二期，後續接受手術與化學治療後進入緩解期。在她二十六歲的時候遇到了先生，兩人交往一年後決定步入禮堂，婚後一年卻癌症復發。

復發情況來勢洶洶，腹水、胸肋膜腔積水一起找上門，引流兩處的積液後，沛涵覺得食慾不振伴隨嘔吐不止。外院先幫她放上鼻胃管引流，建議她接受人工肛門手術。因為抗拒人工肛門手術，所以沛涵轉診到我們醫院，由林怡津接手治療。

回憶起初次見面的情景，沛涵面無表情躺在病床上，鼻胃管引流袋裡一大袋胃液與膽汁。望著那袋引流液，讓我心中七上八下。因為沛涵的腸胃道完全阻塞不通，腸胃道消化液都下不去，只能往上逆流而行。

人體每天會產生消化液來消化食物，包含了唾液、胃酸、腸液、膽汁等。每日由各種消化腺分泌的消化液總量達六至八公升。正常情況會由腸胃道吸收回人體後再度利用，倘若腸胃道阻塞不通暢，消化液無法正常向下，只能選擇逆流而上。

面臨腸胃道阻塞不通的狀態，首先要引流消化液，接著思考如何協助阻塞處暢通。我看著護理師的紀錄，沛涵的引流液每天高達二五〇〇毫升，除了需輸注點滴補充之外，營養方面亦是一大挑戰。

目前因無法由口進食而改採靜脈營養，但只是暫時的權宜之策，畢竟病患無法終身經由靜脈輸注營養，得恢復正常飲食，同時幫助腸胃道暢通或是協助改道來改善阻塞的困境。

林怡津仔細看著沛涵的電腦斷層片，她的腹腔中有數顆復發腫瘤，就是腫瘤使得腸胃道糾結不通而造成阻塞。但手術摘除病灶的風險頗大，且切除的部位太多，即便順利切除腫瘤與受影響的腸道，病患後續可能變成短腸症候群。

所謂短腸症候群，是因為小腸較短，功能較弱所引起的吸收異常。主要症狀是腹瀉，其可導致脫水，營養不良和體重減輕。其他症狀可能包括腹脹、胃灼熱、感覺疲倦、乳糖不耐症等。如果小腸剩餘量不足或無法與大腸維持連接，病患除了會有短腸症候群外，就只能外接至體表做人工肛門造口。而沛涵的情況十分複雜，即便為她摘除受腫瘤影響的腸道，能否在術中同時進行腸胃道重接也是一大難題。

此時，改採改道的人工肛門是比較合宜的選擇之一，但是病患必須接受終身須經由體表排便。

我坐在林怡津身旁，正想著其他事情，這時候林怡津突然拍拍我的手。

「樂樂，妳覺得外科有辦法幫沛涵把這段轉移的腸子切掉，然後作腸道重接手術嗎？」林怡津望著我問：「如果這樣就不用做人工肛門。」

我望著電腦然後說道：「沛涵的阻塞部位很高，在迴腸段這邊，如果無法立即重接，大概只能做人工肛門。」

迴腸是小腸的一部分，指連線空腸和盲腸的一段小腸，形狀彎曲，位於哺乳動物的小腸中十二指腸和空腸後方的部分，之後連接大腸。

林怡津下定決心後對我說：「我們找外科來評估看看，我想沛涵的腸阻塞位置很高，經過這段時間的治療都沒有改善，可能還是需要接受手術解決問題。」

「我聽護理師說，因為外院建議沛涵做人工肛門，她不願意才會轉來我們醫院。」我提出自己的擔憂，「如果會診外科之後，還是一樣的建議，我想她還是不會同意。」

林怡津沉思了一下後說：「對年輕女性來說，聽到要做人工肛門真的挺嚇人，不過我們就先請外科來評估看看，說不定沒有那麼糟糕。」

既然可能還有別的選項，眼下只能會診外科，希望他們能給予不同的建議。

而外科醫師看過沛涵的相關檢查報告及影像後，告訴我們不可能摘除腫瘤後重接腸道，所以他們建議直接從迴腸端拉出體表做人工肛門。這樣，沛涵可以經口進食維持營養狀態，至於腹內復發腫瘤就透過後續的化學治療處理。

「我不要。」沛涵聽了外科醫師的建議後，連想都沒有想就直接拒絕，「我死也不要做人工肛門。」

沛涵的丈夫許大哥站在一旁靜默不語。

只見沛涵很激動地對外科醫師說道：「如果只剩下這條路可以走，那我寧願死掉。」護理師葉心站在外科醫師身邊，急忙安撫著沛涵的情緒。

「沛涵，這是外科醫師的建議，妳先別這麼激動，妳可以再跟家人討論看看。」葉心趕緊出面打著圓場。

沛涵斷然拒絕：「這是我的身體，我自己可以作主，根本沒有商量的餘地。我不接受以後從肚子大便，我不要！」說完後，沛涵激動痛哭。

「沛涵……」許大哥正要開口說話卻立刻被打斷。

「不要勸我。」沛涵情緒失控地怒吼著：「我是人，我不要變成怪物。」

因沛涵情緒激動讓許大哥安靜下來，不敢繼續多說些什麼。

外科醫師只好先行離去，而葉心急忙安撫沛涵一陣子後，回到護理站跟齊雲提起這段經過。

齊雲搖搖頭後說：「如果我是沛涵，我也不要做人工肛門手術。」她感嘆說道：「沛涵這麼年輕，她哪裡接受得了肚子被打一個洞，臭臭的大便都從肚子出來。」

「可是學姊，人工肛門手術可以救命。」葉心望著齊雲說道：「只要做了人工肛門之後就可以正常吃飯。」

「好像也沒錯啦。」齊雲輕嘆口氣，「唉，人生真的是很難抉擇。」

我走入護理站後好奇問道：「什麼東西很難抉擇？幹嘛？發生什麼事情？」

「不是齊雲姊啦，樂樂姊，是妳的病人。」葉心走過來望著我說：「剛剛外科醫師來過了，已經看過沛涵。」

「噢，外科建議沛涵做人工肛門手術。」我無奈地搖搖頭，「她的阻塞部位很高，基本上很難在摘除病灶後立刻進行腸道吻合重接手術。」

「對年輕的女性來說，身體心像最重要了，終身要從體表排便，任何人都無法接受吧。」葉心傷懷地說道：「沛涵好可憐喔。」

「可是如果不做，腸道就不通，不通就沒法經口進食，這樣也非長久之計。」齊雲輕敲自己的額頭，「所以人生苦短，我們還是要把握當下。」

「如果沛涵不接受，那她會怎麼樣？」葉心有點擔心地說道：「再轉去下一家醫院嗎？」

「沛涵因為無法接受別家醫院建議做人工肛門，才會轉到我們醫院來尋求第二意見。」我搖搖頭：「如果我們還是給予相同的建議，我也不知道接下來她會怎麼選擇。」

沛涵的事情讓我們三人感受到氣氛低迷，這時候許大哥跑到護理站要找我。

我趕緊出去看他需要什麼協助。

許大哥有點手足無措地望著我，「樂樂專師，剛剛我太太很激動，不過我想請外科醫師安排讓她接受手術。」

我有點驚訝地望著他說：「許大哥，手術必須要病患本人同意才行，你雖然是沛涵的先生，這麼重要的事情，我們還是要尊重沛涵本人的意願。」

許大哥搔搔後腦杓：「我剛剛有打電話給沛涵的爸爸媽媽，他們下午會過來醫院一趟，這個手術如果不做，沛涵就沒辦法吃東西。她現在已經很瘦，如果再這麼下去，我怕沛涵很快就會因為營養不良走掉。」

「許大哥，有人繼續跟沛涵溝通當然好，只是你們要以沛涵的意願為主，畢竟人工肛門造口是要做在沛涵身上。」我提醒著許大哥。以前我曾經遇過病患不想手術，卻在家屬的情緒勒索下勉強接受手術，最後手術成功了，病患出院後也選擇自我了斷。因為她無法接受術後已非原本的自己。

「沛涵非常抗拒人工肛門，因為她無法接受將來必須從體表排便，你們要想清楚，以後要面對人工肛門的人是她，而不是你們。」我語重心長地對許大哥說：「也許你們要站在沛涵的立場想一想，為什麼她這麼抗拒做人工肛門手術？她知道手術後就可正常進食，不用插著鼻胃管也不用每天輸注點滴，甚至可以出院回家。感覺上接受手術有很多優點，但是為什麼她不要？如果你們要跟沛涵溝通，必須把這些事項都考慮進去，並非一味地強迫她接受手術。」

我的話讓許大哥沉靜下來，貌似在思考我給予的建議。我能體會沛涵的心情與想法，但是也擔憂她父母親來醫院，是否能跟我一樣可以認同沛涵的心境呢？

與許大哥談過後，我希望他能體會、理解沛涵，並且把這些建議傳達給沛涵的父母親。

當然我也在思考如果沛涵不接受人工肛門手術，那麼還有其他的選擇嗎？

終身必須接受鼻胃管引流？終身打靜脈營養針？

這只是處理腸胃道阻塞而已，沛涵還要面對癌症復發的問題。

一時之間，我覺得千頭萬緒引起頭腦脹痛，這麼多問題接踵而來，真的是難解且無解。

這時候，突然有一陣哭天搶地的嚎哭聲傳來，打斷我混亂的思緒。

「妳要當個不孝的女兒嗎？爸爸媽媽都還在，難道妳要丟下我們，自己先走了嗎？我的寶貝女兒呀，妳一定要努力撐下去，妳怎麼可以放棄自己，如果妳放棄治療，妳是不要自己寶貴的生命了嗎？」

「寶貝女兒，妳是媽媽最珍愛的寶貝，妳一定要珍惜媽媽給妳的生命，不要輕易放棄，好不好？」

循著聲音，我來到了沛涵的病房門口，站在病房門口就聽見從裡面傳來陣陣哭泣聲。沛涵與母親抱頭痛哭，母親近似哀求地說道：「我的心肝寶貝，妳一定要加油。媽媽不能沒有妳，妳是我唯一的寶貝，我不能失去妳。」

我從病房外面看見沛涵蒼白的臉上，掛著兩行清淚且靜默不語。面對母親的淚眼婆娑，她無法反駁與拒絕，只能任由母親抱著自己，靜靜地流著眼淚。

我望著這一切，選擇轉身離開。我心中大致上有底，這一次沛涵輸給了母親，輸給了親情，她應該會被動地接受人工肛門手術。

但是，這一切，真是她想要的嗎？

面對這個難題，我沒有答案，但是沛涵臉上無聲的淚痕，卻讓我感到心疼不已。在外科醫師面前，她那般斬釘截鐵地拒絕了人工肛門手術，但面對自己的父母親卻無言以對。

那句「這是媽媽給妳的生命」，不停地在我腦海裡盤旋，久久無法抹滅。

是呀，沛涵的生命是父母親所賦予，如若她真放棄治療，世俗將讓她背負上不孝的罪名。

只是，手術之後必須承擔的一切，卻是生命無法承受之重呀。

後續的發展果真如同我所預料，沛涵接受外科的建議接受人工肛門手術。

但是從那一天起，沛涵變得很沉默，不多話也不會笑。接受完手術回來之後，我安排她與許大哥到肛門造口室，學習如何照護造口以及一些居家照護衛教。大部分時間都由許大哥為沛涵清理造口袋，她連正眼都不曾看過肚子上的人工肛門造口，也從來都沒有動手去清理過造口袋。

沛涵的母親在術後，天天準備許多營養的食物及湯水，送到醫院來要讓她補養身體。但沛涵總是說自己沒有胃口，最後大部分的食物都進了廚餘桶。

某次許大哥去倒廚餘的時候遇上我，我看著那一大鍋要丟棄的湯水，心中感慨萬千。

許大哥無奈地搖搖頭：「欒欒專師，沛涵的心情很不好，我還能為她做些什麼事情嗎？」

「你們再給沛涵一點時間吧，也許過一段時間以後，她就願意接受現在的自己。」

許大哥嘆氣：「可是她現在都還不願意看自己的造口，都是我在幫她清理造口袋，每回我在清理的時候她都會把頭撇開。有時候造口袋滿了，她都是面無表情地呼喚我去清理。」

沛涵的表現代表著無聲的抗議，因為人工肛門是父母親跟先生施予壓力，不得已之下作出的決定。所以即便人工肛門造口在她身上，她依舊無法面對並處理。

我鼓勵許大哥：「我覺得沛涵面臨到很大的壓力，你們就多包容她，再給她一點時間好好想清楚，總有一天沛涵會想通並且接受這一切。」

許大哥釋懷地點點頭，「好吧，也只能這樣了。謝謝妳。」接著他就先回病房陪伴沛涵。

我望著他離去的背影，心中感慨萬千，我無法評論誰是誰非，畢竟這件事情並沒有對錯。也許對沛涵來說，先決條件是能活下來，至於後續適應造口這件事情，就再多給她一點時間。

沛涵完成手術後一週，因為傷口恢復情況都很良好，而癌症復發部分，林怡津為她安排六次的化學治療。於是在完成第一次化學治療後，沛涵就先行出院返家休養。

我默默祝福她早日抗癌成功，希望未來她能面對人工肛門並與之和平相處。

而之前蕉治婆婆與外孫女在完成預立醫療照護諮商後，簽署了專屬於蕉治婆婆的預立醫療決定，後續婆婆規律地在林怡津的門診追蹤癌症的情況。

在兩個月以後，蕉治婆婆因為呼吸急促由急診入院，這次的問題是肋膜積水。因為婆婆已經簽署預立醫療決定，不接受侵入性處置。所以她入院後就採用氧氣治療及自費使用白蛋白輸注並且輔以利尿劑，希望能對肋膜積水有些幫忙。

同時間，外籍看護安妮告訴我這兩個月發生在蕉治婆婆身上的事情。

原來，在婆婆完成簽署預立醫療決定書以後，外孫女就主動告知婆婆關於小兒子的下落。我知道了事情的來龍去脈，也覺得唏噓且感嘆不已。

我到病房看看蕉治婆婆，走到婆婆身邊拉住她的手後，輕聲呼喚道：「蕉治婆婆。」

蕉治婆婆睜開眼睛望著我跟著微微一笑，「原來是樂樂來了呀。」我點點頭。

婆婆握住我的手跟著說道：「樂樂，謝謝妳。」

我搖搖頭，然後問：「婆婆，妳要謝我什麼？」

「謝謝妳介紹我去簽醫療決定書，讓我可以主宰自己的命運。」蕉治婆婆滿心感謝地說道：「而且，我也已經完成夢想。」

「婆婆，妳找到小兒子。」我向安妮的方向比了比：「我剛剛聽安妮提起了。」

蕉治婆婆點點頭後釋懷道：「其實這些年，他渺無音訊，我心裡大致上有底，只是生要見人、死要見屍。當年我看著他上飛機離開，雖然經過這麼多年他都沒有回來，我的心裡其實還是抱持著一丁點希望。」

停頓一下後婆婆望著我繼續說：「我先生走掉的時候，我四處去尋找塔位，同時我就把自己的也準備好，後來在我們旁邊又買了一個位置。」她轉頭望著我問：「妳知道為什麼嗎？」

我不解地搖搖頭。

蕉治婆婆感嘆說道：「本來我也希望永遠用不到，結果那天孫女告訴我，其實小兒子在二十多年前就因為販毒事件，在泰國被判了死刑。那時候，女兒們擔心我跟先生承受不了這件事情，就瞞著我們去泰國把弟弟的骨灰接回來。」

蕉治婆婆眼眶微微溼潤，「這孩子，不知道是因為笨還是蠢，居然幫朋友帶東西到泰國，那包東西裡面被夾帶了毒品都不知道，就這樣莫名其妙地死在異鄉。」

「婆婆，妳不要難過。」我輕拍她的肩膀，「還好妳女兒到泰國把弟弟接回來。」

「前些日子，我讓孫女把兒子的骨灰移到預備好的塔位，就放在我跟老頭子的身邊。」蕉治婆婆面上帶著釋懷的笑容說道：「生無法團圓，至少死了之後還能一家人在一起。等我走了以後，我們一家人就能天上地下生死相伴。」

蕉治婆婆已經達成心願，此刻心靈平靜已無遺憾，或許她心中最牽掛的事情，都在離開人世之前完成。

此次入院蕉治婆婆依舊拒絕接受侵入性的治療，於是我安排讓安寧共照團隊介入，在共照師楊佳齡與婆婆會談後，協助婆婆回顧自己的一生。藉由「四道人生」*，婆婆回想著自己的過去，並放下對於兒子的傷懷與執念。

安寧團隊接手後，蕉治婆婆轉入安寧病房，讓婆婆的人生最後一程走得平靜而圓滿。

就在婆婆轉走後隔天，沛涵從急診緊急入院，這次她是被一一九送入醫院。

她因為服用過量安眠鎮靜劑被送入急診，緊急處置後先照會了精神科，接著就入住我們病房。透過護理師的交班內容，我得知沛涵在家中仰藥自盡。

* 作者註：四道人生是指道謝、道愛、道歉、道別，透過回顧並化解人生中的愛恨情仇，唯有放下遺憾才能充滿感恩地離開人世。

沛涵入住病房後，大都心情沮喪且愁容滿面，相較以前更加沉默不語。大多數時間她都躺在病床上望著天花板發呆，否則就是閉著眼睛不講話。

妳問一句，她不一定會回答。有時候得多問幾次，她才會回應妳，但大多是單詞。例如是、不是，有、沒有。齊雲試著用開放式問句跟她對話，得到的回應大都是沉默以對，讓場面無比尷尬。

齊雲無奈地對我說：「沛涵把自己封閉起來，任誰都敲不開她的心門。」觀察後，我們發現沛涵對許大哥同樣的冷漠。

在翻閱沛涵到達急診時的紀錄後，我發現當日是許大哥報警。

沛涵吃了約二十多顆安眠藥，在急診醒來後的第一句話是：

「我怎麼還沒有結束這麼悲哀的人生。」

沛涵是有多麼絕望，才會說出這麼傷心的悲嘆字句？到底沛涵在家裡發生什麼事？

我必須找出形成死結的關鍵，才有機會把結打開。於是我趁許大哥去倒水的時候，在茶水間門口問他，到底那天發生什麼事情。

面對我的詢問讓許大哥有點傻住，然後無奈地搖頭後把當天的情況告訴我。

原來，沛涵自從出院回家後，依舊無法面對人工肛門，每當造口袋滿了以後，就會大聲呼喚許大哥幫忙處理。

幾次下來，許大哥對她說，無論有多不喜歡，希望她堅強面對這一切並試著看看人工肛門，然後學習與它共存。

「後來沛涵就崩潰了。」許大哥語帶哽咽地說道：「她哭著對我說，人工肛門是為了我跟她爸媽做的，不是為了她自己。是我們逼迫她去面對這一切，這一切都不是她想要的。」

許大哥眼眶微紅地看著我，「沛涵情緒很激動地一直罵我，對我說如果不想幫她清洗造口袋，覺得她是大麻煩，那就直接離婚還我自由。」

之前我就知道沛涵無法接受自己身上有人工肛門，但沒料到她的反應居然如此強烈且偏激。

「那後來呢？」我追問著，「你們大吵一架了？」

「她拿造口袋裡的糞便丟我，當下我氣到有點過頭，所以留下她獨自在家跑出門。」許大哥搖搖頭又輕嘆口氣：「我覺得彼此需要時間冷靜一下，所以就沒有想太多，自己跑到巷口的便利商店買了杯咖啡，坐在店裡放空。後來我仔細想了想，沛涵其實很可憐，她也不願意生病。而我跟她爸爸媽媽以為只要她做了人工肛門以後，她就能活下去，所有的一切都是為了她好，但其實她一點都不快樂。」

「你也發現沛涵不快樂了？」許大哥終於體會到沛涵根本就不願意接受人工肛門手術，當初在趕鴨子上架的狀態下，她才勉強接受手術。所以從始至終，她都沒有接受過人工肛門。

許大哥點點頭：「沛涵出院回家以後就很少說話也不出門，某天我提議到公園散心，她居然回我說，你是想讓大家都跑出來觀賞我這個怪物嗎？要讓大家都來看我的笑話嗎？」終於許大哥控制不了情緒而痛哭出聲，「我根本就沒有那個意思，我不知道原來她是這樣看待自己。」

人都希望能夠擁有身體的控制性與完整性，當疾病造成你無法控制身體，且失去完整性，因疾病或治療過程而造成身體結構、功能、外觀的改變，會使你的身體心像產生干擾，而產生相關的心理問題。

許大哥悲戚地望著我：「我在跟她大吵一架以後跑出去，只是想讓彼此冷靜一下，我怎麼也沒有料到，她會跑去翻箱倒櫃，把醫師開的安眠藥翻出來，然後一口氣全部吃下去。」他哭著說：「沛涵留給我的遺書說要還我自由。其實我們吵架時，當下說的都是氣話，那些話又怎麼能算數呢？」

我拿出面紙遞給許大哥，安撫著他：「許大哥，你別難過，幸好沛涵沒事。」

「可是她都不跟我說話也不理我。」許大哥感慨地搖搖頭：「我很擔心再繼續這樣下去，沛涵可能會把自己逼瘋。」

我拍拍他的肩膀說：「我來想想辦法，既然知道事情的緣由也知道沛涵心結是什麼，我來想辦法打開。」

許大哥用渴望的眼神望著我：「妳有辦法能打開沛涵的心結嗎？」

「我試試看。」眼下我也只能先硬著頭皮答應下來，反正船到橋頭自然直，我還是會想到辦法。

回到護理站後，我思索著能尋求哪方的協助，接受過人工肛門手術的病患之間應該有病友會吧。

我想起了大學同學陳美瑤，她是直腸肛門科的專科護理師，我想她一定有這方面的資訊，應該能介紹病友來給沛涵打打氣。

於是我打電話給陳美瑤，跟她說明了沛涵的情況，美瑤也告訴我人工肛門病友們都稱自己是玫瑰之友。因為人工肛門造口，顏色鮮艷紅嫩恰如美麗的玫瑰。而這朵玫瑰，就像一般常見的玫瑰一樣帶刺。玫瑰之友們最大的人生課題，便是經由學習與磨合，慢慢摸索與適應，逐漸接受身上這朵美麗的玫瑰花。

陳美瑤為我引薦了一位年輕的直腸癌患者，楊諾菲。

楊諾菲二十五歲，剛診斷出直腸癌的時候，因為醫師告知腫瘤部位十分接近肛門口，所以無法保留肛門，只能接受人工肛門手術。她也曾經自暴自棄過一段時間，不願意接受治療。直到後來加入玫瑰之友會，認識許多病友，在他們之間獲得支持力量，勇敢接受手術。現在她不但能坦然面對自己的玫瑰花，還勇敢出國旅遊。在陳美瑤的牽線下，楊諾菲一口應允到婦癌病房，為沛涵加油打氣。

那天下午，楊諾菲依約來到我們病房，之前我先跟許大哥提起會請病友去探望沛涵。許大哥滿口答應，也很期待楊諾菲的經驗分享，但沛涵依舊維持冰冷的態度來對待眾人。

我帶著楊諾菲進入沛涵的病房裡，簡單介紹之後我對沛涵說：「沛涵，這位是諾菲，她小妳一歲，也是位癌症患者。」

沛涵轉過頭望著楊諾菲跟我，跟著面無表情地說道：「妳們來看怪物嗎？」

正當我驚呆不已想著該如何應對之時，楊諾菲微笑著拉開自己的上衣，然後說：「妳都這樣稱呼自己的玫瑰花嗎？」

楊諾菲的造口呈現鮮豔的紅色，她很大方且自然向眾人展示。

沛涵的臉上逐漸出現表情，她有點驚訝地望著楊諾菲問道：「妳……妳怎麼也有人工肛門？」

「我的腸子生病了，所以只能切掉，醫師說因為剩下的長度沒辦法重新接合起來，所以只能接到外面。」楊諾菲把衣服覆蓋回去，泰然且釋懷地說道：「其實剛開始，我也很排斥她，一度覺得自己是個怪物。」

楊諾菲面帶微笑望著沛涵說道：「可是，後來我發現並不能沒有她。」

沛涵不解地望著楊諾菲。

只見楊諾菲笑著回答：「有了她以後，我才能正常吃喝，過正常的生活。所以我慢慢就接受她。」

楊諾菲伸出手輕輕拍拍自己的肚子後說：「我們病友之間都叫她是玫瑰花，因為她外觀鮮豔紅嫩，但也如同玫瑰花一般帶著刺。因為這些刺，所以我們要學習怎麼跟她和平共處。」

沛涵突然滴下淚來後說道：「我不行！我辦不到！我一想到身上有這麼一個洞，我就覺得自己像個怪物一樣。」她伸出手握住了楊諾菲的手後說：「她會一直大便一直大便，都不會停下來，大便好臭好臭，我好怕被別人發現，我的肚子上有這個洞，還會不停地大便。」

楊諾菲握住了沛涵的手，柔聲說道：「本來我們就會大便呀，只是因為生病所以改變了大便的方式。有些人因為無法接受，變得自卑又鬱鬱寡歡，整日宅在家裡不出門。但只要妳願意，其實還是可以過著跟以前一樣的生活。」

「要怎麼過跟以前一樣生活？這個洞代表我已經跟以前不一樣了，我也已經不是我自己。」沛涵不解地望著她。

「妳當然還是妳自己呀，只是多了一朵玫瑰花。而這朵花是身體的一部分，所以妳並沒有不一樣。」楊諾菲帶著調皮的口吻說道：「我曾經穿著比基尼去海邊游泳，就讓玫瑰花也沉浸在海水裡面。」跟著她拿出手機展示了她穿著比基尼的照片。

沛涵看著照片驚訝不已，相片裡的諾菲穿著比基尼，腹部的造口紅艷如一朵美麗的玫瑰花。諾菲很大方地向大家展示人工肛門，並不以她為恥或認為自己是怪物。

「她是我們身體的一部分，不是外來的物品。」楊諾菲握住了沛涵的手，堅定地給予她力量，「妳可以嘗試看看，用鏡子看看自己的玫瑰花。」

沛涵有點猶豫地摸摸自己的肚子，從手術至今，她從未正面看過自己的人工肛門。她應該從來沒有想過，其實這也是自己身上的一部分。

「不用勉強自己馬上就去看，等妳準備好了以後再來看也行。」楊諾菲明白這段歷程需要時間，不必強迫沛涵立刻接受人工肛門。

沛涵點點頭，我感受到她心裡那扇門已微微開了門縫，就再多給她一些時間，我相信終究有一天，她會坦然面對並接受她的玫瑰花。

後來，沛涵與楊諾菲交換了line，並且變成了無話不談的好友。

沛涵的父母親到病房來探望她的時候，沛涵與母親抱頭痛哭。沛涵仰藥自盡當日留下遺書給母親，說她覺得手術後感到痛苦，無法面對已不再完整的自己，只好把命還給母親先行離去。

沛涵母親為自己之前逼迫沛涵手術的事情向她道歉，希望她不要採取這般激烈的方式來表達心中的不滿。沛涵也表達希望掌控醫療上的主導權，希望未來面臨病危時分，能替自己作決定，不希望再被家人的情感牽引所勒贖。

我向沛涵及許大哥提到預立醫療照護諮商，向他們介紹所謂的病人自主法與預立醫療決定。

沛涵對此表達出濃厚的興趣，於是接受相關的預立流程諮詢。

後來林怡津告訴我，沛涵到門診回診，明顯地情緒穩定許多，而且也能自己照顧人工肛門、更換造口袋。關於自己的人工肛門接受度上，已明顯進步許多。

沛涵也告訴林怡津，她完成預立醫療照護諮商，並簽署好專屬的預立醫療決定。

透過了沛涵，我充分體認到，身體主導權應該交還給病患，並非由其他人主導。我們都必須尊重病人醫療自主，保障其善終權益並促進醫病關係和諧。

死亡是難以啟口的事，但因為避忌不談，使得我們錯過許多原本可以好好安排的事情，直到最後卻來不及完成。所以我們都應坦然地與家人討論死亡，並安排臨終時刻的事務。病患需要善終，而家屬則是需要善生與善活。否則家屬在病患走後，陷入無止盡的哀傷久久無法自拔，也非我們所樂見。

人生苦短，或許能求痛快好死，好過苟延慘喘賴活。對於死亡來臨的那一刻，我想要瀟灑地說再見，而非拖著病體惶惶不可終日地等待。

好死不如賴活著嗎？

或許，賴活不是唯一選項，你也可以為自己預備好面對這一切，提早規劃好你想要如何走過人生最後一哩路，同時與家屬一起準備，然後安心且優雅地迎接人生最後一刻。

第六章　我的孩子不是我的孩子

結婚懷孕生子是許多女孩一生的夢想，但是人生往往事與願違。

在婦產科這麼多年，常見到未成年懷孕生子，搞得家中雞飛狗跳；女方父母親揚言對「肇事者」提告，在病房上演戲劇般的劇情。

語菲的故事就比較特別，她在二十三歲被診斷出子宮頸癌，因為未婚、尚未生育，初期治療以保留生育能力為主，先施予放射線及化學治療。首度治療後成效頗佳，同時林怡津建議語菲早日結婚生子，她擔憂萬一癌症復發之後，就只能將子宮與卵巢摘除，屆時無法保留生育能力。

後來語菲到不孕症門診諮詢凍卵相關事宜，因費用龐大而作罷。那時語菲已經有男朋友，我建議她如果想生孩子，可以趕緊結婚。

語菲苦笑，「男友也想結婚，無奈爸爸媽媽對我罹患子宮頸癌這件事情有意見。」

我皺眉望著她，「妳的治療效果很好，難道他們擔心妳的疾病會拖累男友嗎？」

語菲嘆口氣，眼眶微溼，「他們擔心我的病會傳染給他們，跟他們一起吃飯，要用公筷母匙，似乎在提防什麼。」語菲傷心地以手背揩去眼淚後說：「而我專程買給他們的禮物，也都被丟進垃圾車。」

我倒是有點吃驚了，沒常識也該會看電視，現在還有人相信，癌症跟傳染病一樣，經由飛沫的方式傳染給他人？

語菲感嘆地搖搖頭，「男朋友的妹妹也勸過爸爸媽媽，這種病不會傳染給其他人，要他們放心。殊不知，其實他們根本把我當成異類。」

異類？我不解地望著她。

語菲突然哭出聲來：「男朋友的爸爸跟妹妹說，會得這種病是因為性生活太亂，都跟男生亂來，所以才會得這種骯髒病。還要妹妹少跟我接觸，免得被我帶壞。」

此番言論真是荒謬至極。子宮頸癌已經被證實與ＨＰＶ感染有關，雖說ＨＰＶ可經由性接觸傳染給性伴侶，但並非女生比較亂就會中獎。如果男生很亂，並且感染ＨＰＶ，也會傳染給性伴侶。

我輕輕攬語菲入懷安慰她，疾病的因果關係無法以三言兩語解釋清楚。

語菲抬頭望著我問：「樂樂，我想通了，如果男友父母家人無法接受我，我們只能分手。」

「別怕，反正森林那麼大，還怕找不到一棵良木可棲？」我安慰地拍拍她的後背說：「何況妳長得這麼正，不用擔心沒有男生喜歡妳。」

語菲語帶保留地望著我，「可是……」

「怎麼啦？」

語菲輕嘆口氣後說：「有時候我會想乾脆別老實告訴男生我罹患這種疾病，坦白說了以後，對自己也沒什麼好處。」

「但是妳想過嗎？如果不主動提起，也許未來被發現了，到時候男生沒辦法接受妳故意隱瞞一切呢？」我語重心長地說：「與其什麼都不說，還不如一開始就開誠布公，讓男生思考後作出決定。如果他真的因為這樣離開妳，那就代表他不是對的人。但如果他知道一切，卻還是願意留下來，那就是真愛了。」

我的話讓語菲陷入長考，我握住她的手說：「語菲，妳可以慢慢思考沒有關係，這是妳的人生，妳必須自己做決定。」

語菲對我點點頭。我退出病房同時心中滿是感嘆，語菲長得很漂亮，應該從求學時期就是校花等級的人物，身邊必定不乏追求者，但是俗話說「水人冇水命」，通常人無十全十美。

語菲外表美麗亮眼，但是家庭不健全。五歲的時候母親因病離世，父親將她交給外婆養育，因為隔代教養，讓語菲於青少年叛逆期離家與一群朋友廝混，勉強從高中畢業後，四處打工養活自己。

後來語菲的父親因工受傷，即便腿傷痊癒之後，也無法繼續從事粗重的板模工作。語菲回家照顧受傷的父親，半年後因父女間一次激烈爭吵，語菲負氣離家。後來父親找了份保全工作，微薄薪資可以養活自己。父女倆變成一年見兩、三次面的應付關係。

我和語菲聊過天，猜測她應該很渴望父愛。因為她的男友，年齡都大她十來歲，而且她喜歡被男友捧在手心呵護的感覺。

最後一次住院治療時，我發現語菲一個人住院，身旁沒有人陪同。直覺告訴我千萬別追根究柢，跑去追問語菲。經過上次的談話，我大抵知道語菲與男友之間的矛盾與問題。我猜測男友大概無法違背原生家庭的壓力，所以選擇父母而放棄了語菲。

男女之間的事情如果摒除掉許多外部因素，會單純不少。偏偏，當愛情走到了要談論婚姻的時候，就變得極其複雜起來。先是父母有意見，可能是女孩子家世部分，再來或許是阿公阿嬤有意見，最終連姑姑阿姨、舅舅叔叔，都可能跑來插一手。

所以經營婚姻不是一件容易的事情呀。

我選擇不去捅破那層窗戶紙，但別人不一定跟我一樣識相。隔天齊雲神祕地拉著我，到休息室裡面講悄悄話。

「樂樂姊，昨天葉心開口問語菲了。」

我倒是有點好奇了，啥時齊雲這般八卦。

「齊雲，我記得妳是不八卦的，妳什麼時候讓誰帶壞啦？」

齊雲壓低聲音說：「我才不信妳都不好奇。」

我輕鬆地聳聳肩，「我當然也很好奇，只是不想去揭人傷疤。」

齊雲驚訝地望著我，「所以其實妳知道嗎？」

「大概猜到。」我走到咖啡機旁倒了杯咖啡，「語菲上次住院我跟她聊過這些事情。」

齊雲感嘆地搖搖頭說：「語菲好可憐喔。」

我喝了口咖啡，然後問：「他們真的分手啦？」

齊雲點頭，補充道：「語菲自己提出分手，她不想耽誤男方的時間，希望他能夠找到更好的女孩共度幸福的人生。」

「挺好的呀。」我繼續喝著咖啡，卻冷不防被齊雲拍了下手臂。

我差點打翻手中的咖啡，齊雲有點氣惱地望著我說道：「樂樂姊，我以為妳站在語菲這邊的欸。」

我望著齊雲然後緩緩解釋：「我當然站在語菲這一邊呀。」

「那妳怎麼這樣說……」齊雲心急地打斷我的話，「妳不覺得語菲很可憐嗎？」

「就是因為覺得語菲很可憐，才救她出那個水火大坑。」我輕輕揉揉鬢角後又解釋說道：「妳仔細想想，語菲跟男友才剛剛起頭想結婚，男方父母就如此不待見語菲，先是嫌棄她有子宮頸癌，又說這是骯髒病，甚至還要女兒離語菲遠一點，如果真的勉強結婚，未來公公婆婆會給語菲好日子過嗎？」

「那……不過，只要男友護著語菲不就得了。」齊雲不服輸地反駁我，「只要男友真心愛著語菲，他們可以一起面對這些，必定能度過這些困難。」

我拍拍齊雲的肩膀，「真有那麼簡單就好，除非語菲希望男友當個不孝子，結婚以後跟家裡澈底斷絕關係。」

「況且真鬧到這步田地，語菲在男方家裡就更加妖魔化。」我望著齊雲語重心長地說道：「語菲從小沒有媽媽，是讓外婆帶大。她很渴望得到長輩的疼愛。」

齊雲沒料到我已經看到這麼深的層面。

我搖搖頭，「對女孩來說，結婚嫁人之後要融入另一個家庭，自然希望被公婆疼愛，被婆家人接受。現在八字剛要畫下第一撇，就面臨重重困難，語菲心裡自然會充滿猶豫。」

「可是搞不好男友願意陪她一起面對這些困難。」

我無奈地笑了笑，「當然他們可以選擇一起面對，只是要同時改變這麼多人的想法，最後往往依舊兩敗俱傷。此時分手才是最好的選擇。」

我知道可能齊雲無法認同我的想法，但我在臨床上見多類似的事情。語菲男友父母對癌症有偏頗的觀念，很難在一時之間就導正他們錯誤的想法；面對男方家長的質疑與不解，對於語菲來說，分手離開是比較好的選擇。

也許有人會覺得可以嘗試跟男方家人溝通，當然能改變他們的想法也很好，只是難保將來語菲癌症復發後，他們不會又反咬一口。

「你看，我就說不能娶這種女人，這種骯髒病耽誤兒子的一生。」

「你看，娶這樣生病的女人，既無法傳宗接代又要去照顧她。」

「你是我們家的獨子一脈單傳，真娶了這種女人，萬一生不出來，子孫就斷在你這裡，你要我怎麼跟列祖列宗交代。」

這些刺耳的話語讓人難受，卻也真實發生在其他病患身上。

雖然語菲與男友分手後，必定會難過一段時間，但我想她一定可以走過這段幽谷。

住院期間，我發現語菲帶來許多小工具，後來才知道她參加了光療指甲進修課程，轉移生活重心勤於進修學習，藉此轉移失戀的傷痛。

我看著語菲手上的光療指甲與她畫的各色甲片。

她興奮地跟我介紹著，「樂樂，這是我試做的顏色，妳喜歡嗎？如果喜歡我可以免費幫妳做指甲。」

做指甲？我望向光禿禿的手指甲後苦笑說道：「我連塗指甲油都很懶，而且因為職業的關係，並沒有留指甲的習慣。」

「這樣呀。」語菲看了我一眼後又說：「那腳呢？腳趾甲也能做光療喔。」

「太浪費了吧，我不穿涼鞋，做在腳上也只有我看得到。」

「自己看也很好呀。」語菲拉住我的手撒嬌似地說道：「樂樂，妳不是告訴過我，女人都應該更愛自己，多寵愛自己一些，做點美美的光療指甲，不是很好嗎？」

語菲言之有理，但是我不習慣在指甲上搞那些，正想著怎麼拒絕她之時，齊雲剛好走入病房，她探頭望著語菲說道：「妳又在找模特兒啦？」

語菲點點頭。

齊雲拉著我的手後說道：「樂樂，妳就幫幫語菲吧，把妳的腳趾頭貢獻出來，妳可別不識貨，外面做套光療指甲要耗費上千元以上欸。」

這價格讓我下巴快掉下來，做光療指甲這麼貴呀，我還真是沒見過世面。

齊雲望著語菲身旁一些做好的甲片，問道：「語菲，妳這麼勤著練習，難道預備參加比賽嗎？」

語菲聞言點點頭說：「我想先參加國內的比賽，闖出點名氣，這樣對以後工作室的生意也會有幫助。」

「妳已經成立工作室了？」我驚訝地望著她。

語菲嫣然一笑，「有呀，跟我朋友合開的，基本上成立工作室不需要太多資金，重點是要有客人才行。」她拉著我的手繼續懇求說道：「樂樂，拜託讓我幫妳做足部的光療趾甲，如果妳真的不喜歡，我再幫妳卸掉。」

語菲如此熱情邀約，我也不好拒絕，幸好齊雲也願意陪我入坑。於是我跟齊雲在語菲出院後，到她的工作室當模特兒，完成人生初次光療指甲體驗。

到工作室以後，我讓齊雲先做指甲，我則是坐在一旁的小沙發上，手裡翻著雜誌打發時間。大概二十分鐘以後，一位年輕女生牽著小男孩走入店中。

語菲抬頭看了一眼，跟著說：「向霆，等等先去洗手，然後吃點心。」她又使使眼神，只見一旁的小桌上放著一塊切好的蛋糕。

小男孩乖巧地去洗手，跟著坐下來安靜地吃著蛋糕。

而剛剛進門的年輕女生是語菲的好友：亞琪，是她的合夥人。她讓我坐在椅子上進行足部護理，等等再由語菲完成腳趾甲光療課程。

我看著小男孩乖巧地吃完蛋糕，跟著就拿出拼圖逕自玩耍，有點好奇地問亞琪：「亞琪，那是妳的孩子嗎？」

亞琪微微一笑跟著說道：「不是，那是語菲的弟弟。」

一旁的語菲邊幫齊雲畫著指甲邊解釋：「向霆是我爸爸跟阿姨生的孩子，只是阿姨不願意養，但是爸爸又照顧不來，所以我接他過來一起住。」

「阿姨是……」我記得語菲的母親早逝，這位阿姨是父親再娶的繼母嗎？

「她爸爸的同居人啦。」亞琪嘆了口氣後小小聲地對我說：「孩子生下來又不想養，前一陣子同居人丟下他們父子跑掉了，語菲捨不得弟弟跟著爸爸有一餐沒一頓的。而且弟弟也到了上幼兒園的年紀，所以語菲把他帶來身邊養著。」亞琪又壓低聲音說：「我覺得語菲還比較像他的媽媽。」

原來還有這麼一段故事，我望著語菲專注的神情，再想到她對家庭的渴望，她捨不得弟弟向霆未來會落得與她相同下場，在不健全的家庭中成長。同時弟弟也讓語菲心靈有了寄託，可以盡早走出與男友分手的傷痛。只是我沒有料到，因為弟弟的存在，後來讓語菲有了近乎瘋狂的想法與執念。

此時來了位和語菲同診斷境遇也相似的病患：四十歲的瓊芳，子宮頸癌復發且情況來勢洶洶，肺部出現轉移腫瘤合併肋膜積水，肋膜積水讓她連上廁所都覺得力不從心。瓊芳獨自租屋在外，因身體不適所以請一一九人員協助送醫。從急診轉送病房後，我們先給予支持性治療，包含氧氣輔助治療、支氣管擴張劑、放置引流管解除肋膜積液。

不久後肋膜積液的病理報告顯示為癌症復發轉移。林怡津向瓊芳解釋病況之後，建議施行第二線化學治療。

住院期間沒有家人照顧瓊芳，所以她訂購醫院的餐點，某次語菲住到她隔壁床，兩人相談甚歡便結為好友。

語菲到樓下買餐點也會順道帶小點心與瓊芳分享。這天下午，亞琪帶著向霆來醫院探望語菲，瓊芳隔著床簾聽著她們的互動。等向霆跟亞琪離開後，瓊芳主動跟語菲閒話家常。

瓊芳好奇地問語菲說道：「剛剛是妳弟弟來看妳嗎？」

「嗯，是我小弟。」語菲望著瓊芳說：「我爸爸身體不好，只能當保全，月薪不高。所以我把向霆帶在身邊照顧，我負責他的日常起居跟學費等等支出。」

「有姊姊真好。」瓊芳感嘆地說道：「不知道的人還以為是妳的小孩。」

「可惜我生不出來，不然我真的想要擁有自己的孩子。」語菲的內心依舊有些許遺憾，「我一直把向霆當成自己的小孩一樣照顧。」

瓊芳聞言靜默不語似乎想著些事情。

語菲看她若有所思的樣子，有點好奇地問：「怎麼了？瓊芳姊，妳在想什麼？」

「噢，沒事。」瓊芳驚覺自己的失態，然後微微一笑說：「只是想到一點事情。」

「是喔。」語菲只知道瓊芳未婚，生病後都獨自來住院並無其他家人朋友來照顧，或許也有難言之隱。

瓊芳靜默一會兒後說道：「如果我的孩子還在，應該已經大學畢業了。」

這話讓語菲驚訝地望著瓊芳說道：「瓊芳姊，妳的孩子這麼大了？」

瓊芳點點頭後長吁一口氣，「如果還在的話，那是我十七歲時候的事，因為年輕氣盛不喜歡讀書，高中沒畢業就離家出走。我跟著鄰居大哥哥到南部生活，我當檳榔西施賺錢過活，沒多久就懷上大哥哥的小孩。」瓊芳無奈苦笑說：「本來他要我拿掉，但那是我第一次懷孕，捨不得拿掉孩子，於是就偷偷逃走離開了大哥哥，之後到台中四處打工討生活。孩子生下來之後沒多久，等媽媽跟繼父出現在病房門口，我才知道醫院社工聯絡他們。」

語菲好奇地問道：「那妳帶著孩子跟媽媽回家了？」

「怎麼可能，因為討厭繼父我才會離開家，我怎麼可能跟他們回去。」瓊芳回憶道：「我趁著媽媽出去買午餐，就趕緊搭著計程車跑掉了，連孩子都沒法一起抱走。」

「那孩子呢……」語菲追問：「也許妳媽媽幫妳把孩子養育長大了，妳怎麼不回家裡去看看？」

「想到家裡還有繼父在，我就不想回去。」瓊芳搖搖頭說：「這麼多年我都沒有回家，雖然心裡很好奇後來到底孩子到哪裡去了、是不是被出養給別人？」瓊芳望著語菲有點羨慕地說道：「妳弟弟雖然沒有可靠的爸媽，幸好還有姊姊一肩扛起照顧他的責任。而我的孩子被沒用的媽媽丟下，我好想知道他現在哪裡。」

「瓊芳姊，那是男孩還是女孩？」語菲好奇地問。

「是個男孩。」瓊芳望著語菲帶點無奈地說道，「我曾經想像過他長什麼樣子，會像我？還是像鄰居大哥哥？不過想歸想，我連影子都沒有見過，只能憑空想像。」

瓊芳有點失落地望向天花板，「其實這次復發讓我很害怕。萬一哪天死了，去到地獄之後，被閻羅王問起是否還記得被我遺棄的孩子，我該怎麼回答？」

「瓊芳姊，妳怎麼會覺得自己會下地獄？」

「我生下孩子卻沒有養他還遺棄他，像我這種人應該要下地獄。」瓊芳很認分地說道：「我這種爛人還能上天堂的話，就實在太沒有道理了。」

瓊芳這席話堵得語菲靜默不語，後來語菲把這件事情告訴我，還央求我想辦法幫幫瓊芳。

我望著語菲，「語菲，妳希望我把瓊芳的家人找出來嗎？」

「樂樂，我感覺到瓊芳姊的情況沒有很好，她獨自一人又隻身在外。假如這時候能夠幫她找到媽媽，甚至找回當年生下的孩子，親情的鼓勵下，對她的病一定會有幫助的。」

語菲的話在理，只是我並沒有把握。

想要找到家人並不困難，只要有戶籍地址，透過社工都可以循著脈絡找到。問題是瓊芳的想法呢？假設她不想要找回家人，基於尊重病患意願，我無法強迫她。

語菲跟我透露這些事情後沒多久，瓊芳的下肢開始水腫，這顯示骨盆腔中那顆腫瘤正在變大，並且壓迫到下肢淋巴，使得靜脈回流不佳而導致水腫。這個狀況表示瓊芳的狀況日益變差，整體狀態正在走下坡。此刻我必須了解她內心的想法與願望，然後趕緊啟動協助完成最後的心願。

某日我到瓊芳的病房裡跟她聊聊，她對於自己的身體狀況，大抵心中有數。面臨身體每下愈況，瓊芳希望還有機會多活點時間，同時也擔憂如果病情持續變糟，身邊沒有家人的她，可以找誰來幫忙？

「樂樂，林醫師認為我大概還能活多久？是不是很快就會走掉？」瓊芳仰望著天花板面無表情地說：「到時候走掉，最大的苦惱就是沒人來幫我辦後事，會不會沒人幫我處理呢？」

辦後事？沒想到瓊芳已經想得那麼遠，這部分我倒是還沒幫她想到，畢竟還有更急迫的事情需要處理。

「瓊芳，如果真沒有人幫妳處理後事，我可以請社服幫忙，他們有政府提供的資源可以協助類似這種情況的病患。只是……」我看著她的眼睛，「在走之前妳還有想見的人，或是想做的事情嗎？」

「想見的人？」瓊芳輕輕嘆口氣後說道：「或許他已經不在世上，或者被送出國了也不一定。」

聽這番話，我大概猜測是瓊芳當年生下的孩子。

「樂樂，這麼多年來，我真的很想念那個孩子。我想像過他會長什麼樣子，會有多高？是胖還是瘦？」瓊芳激動地落下淚後哽咽地說：「我沒資格當他的媽媽，生下他以後就跑了，雖然這麼多年過去，我卻不知道該怎麼著手去找他。」

我心中突然有了個主意，於是開口提議說道：「瓊芳，我請社服找妳媽媽過來醫院，好不好？」

瓊芳稍微一怔，久久無法言語。

「說不定當年，妳媽媽把孩子抱回去養大。」我望著瓊芳繼續說道：「並不是像妳想的那樣，孩子被送養或是……」

「我媽……」瓊芳有點遲疑，似乎還有點疑懼。

「這麼多年了，難道妳不想念家人嗎？」

瓊芳輕嘆口氣，「我當然會想念媽媽，只是我覺得自己真的很不孝，小時候不懂事，因為不喜歡媽媽再嫁，就離家出走。長大以後，就能了解媽媽的苦心。我爸爸走得早，如果要媽媽獨自養育我長大，那過程必定很艱辛，她想給我一個完整的家庭所以才會再婚。」

我能體會，單親家長要獨自撫養小孩長大，必須花費許多心血，何況瓊芳媽媽一個女人家要獨自養育女兒，肯定沒那麼容易。

「現在還不晚。」我緊緊地握住她的手，「只要妳想要找回家人，我可以請社服試試看。」瓊芳眼底閃過一抹光芒，似乎帶點希望地口吻說道：「真的嗎？」

我跟邱曉娟完成過無數次任務，剛開始我也不帶任何希望，但是邱曉娟總是不讓我失望。

「瓊芳，只要妳願意，我請社服幫忙想辦法，協助妳找回家人。」

這次瓊芳毫不猶豫地點點頭，「好，我願意。」

有了瓊芳的應允，我就能沒有後顧地往前衝。

出了病房以後，我立刻打電話給邱曉娟，把瓊芳的情況告訴她，希望她幫忙協助尋找瓊芳的家人。

因為社工可以透過戶政系統去搜尋，我超級有信心能夠找出瓊芳的家人。

與此同時，語菲跟未婚夫帶著喜帖送到護理站來。原來語菲透過朋友介紹認識了小賴，兩個人交往一段時間後，決定要攜手共度一生。這回語菲對於自己的病情沒有保留，一字不漏且鉅細靡遺地告知小賴。小賴並不在意語菲是否能夠生育孩子，遇上真愛的彼此，相知相惜，決定結婚共度一生。而語菲參加台灣區光療指甲比賽，在創意組拿到首獎。兩個月後將要代表台灣到日本去參加亞洲區的總決賽，同時與小賴在日本補渡蜜月。

語菲在愛情上有了結果，事業也洋洋得意。

看見他們如此幸福，讓我覺得語菲終於守得雲開見月明。雖然她曾經為愛傷過心，但是老天爺終於把屬於她的幸福，帶到她的身邊。

邱曉娟透過社會局及民政局去搜尋瓊芳的家人，最後找到瓊芳的媽媽。邱曉娟告訴我，瓊芳的繼父已經過世，目前媽媽住在台中，當她知道瓊芳目前的情況時，先是沉默不語，過了許久之後就問瓊芳目前的情況，她告訴邱曉娟週末會到醫院探望瓊芳。

我把這個訊息告訴瓊芳，她表情略顯激動但隨即轉為憂愁，似乎擔憂些什麼。是因離家太久而近鄉情怯嗎？

同時齊雲詢問瓊芳，當天要不要稍微化妝打扮一番，女人通常都希望能以良好的形象示人。瓊芳猶豫了一下，翻出化妝包拿起隨身鏡子端詳自己的面容許久後說道：「我現在好憔悴，好難看。」又摸摸自己凹陷的雙頰，「媽媽會不會認不得我？」

齊雲望著化妝包裡有各色粉餅及口紅，心生一計：「瓊芳，妳可以上一點淡妝再擦點口紅，這樣子氣色會好看許多。」

瓊芳抬頭望著她，「這樣真的會好看嗎？」

齊雲點點頭，跟著就拿起她包裡的隔離霜，動作熟練地幫她妝點起來，只見她邊幫瓊芳上點粉霜邊說道：「女人都需要化妝，只要稍稍裝扮以後，就會很漂亮。瓊芳，雖然妳跟媽媽很久沒有見面了，但是母子天性，她一定會認出妳。」

突然瓊芳伸手緊握齊雲的手說道：「齊雲，不知道為什麼，那天邱社工師告訴我，繼父已經過世了，一瞬間我覺得自己好不孝。」瓊芳淚水潰堤而下，哀戚地說道：「其實當年媽媽會再嫁，大部分因素是為了我。那時候我正在讀國中，正是叛逆期的時候，因為同學嘲笑我說我是沒有爸的小孩，我跟同學打架，還進了訓導處。」瓊芳滿面淚水，苦笑著自嘲：「其實同學也沒有說錯，我是真的沒有爸爸，就算媽媽再嫁，那個人也不是我的爸爸。現在我是知道，但小時候不懂事，哪裡會想得到那麼深遠的東西，只覺得媽媽是為了她自己所以才會再婚。」

齊雲拿出面紙替她擦去臉上的淚痕，「瓊芳，如果阿姨來了，妳要好好跟她和解。以前做錯了也沒有關係，妳說出這些年自己心中的想法，我想阿姨一定會原諒妳。」

「原諒我有什麼用，我的病情只會越來越糟糕，本來我擔心媽媽會不會覺得我想找她，是希望她來照顧我。其實我根本就不敢求媽媽到醫院照顧我，甚至幫我處理後事。」瓊芳任由面上的淚水流下，哽咽地說道，「像我這種人，拋棄自己的孩子又離家出走，一天都沒有對母親盡過孝道，走到現在變成這樣，有時候都覺得自己是活該。」她握住齊雲的手，「我曾經想過，如果就安靜地死在醫院裡，沒人幫我辦後事就算了。反正人死了以後會去哪裡，誰都說不出正確答案。」

瓊芳的話讓齊雲有點傷懷，或許瓊芳在年少輕狂的時候，對母親與繼父有所誤解，當時的她採取比較激進的方式表達自己的憤怒，拋下母親獨自離家。如今年歲漸長，回首過往，瓊芳發現了自己過往的不懂事，對母親以及被遺棄的孩子有深深的歉意，卻又不知道該做些什麼來彌補他們。

齊雲告訴我以後，讓我深感幸好有幫助瓊芳尋找家人，如若沒有，她就會繼續把這份愧疚深藏心中，最後只能帶著遺憾離世。

週末很快就到來，那天我沒有上班，不過受邀在醫院裡舉行的醫學會中演講。上午演講之後，我就帶著便當來到病房跟齊雲一起共進午餐。

飯剛吃沒幾口，葉心就匆匆跑進休息室，她看到我像見到救星一樣：「樂樂姊來了，真是太好了！」

我丈二金剛摸不著頭腦，一臉狐疑地望著她，「怎麼了？有事要找我嗎？」

「不是我，是瓊芳。」葉心面帶微笑：「瓊芳媽媽剛剛到病房了，現在她們正在講話，瓊芳本來情緒很激動，但是她媽媽抱著她一直在哭。兩個人哭得像淚人一樣，害我也差點哭出來。」

我微笑著說：「母女兩人大和解，挺好的。」

「樂樂姊，瓊芳的媽媽想找妳。」葉心有點為難地望著我，「我知道妳今天休息，但是她說無論如何想當面跟妳道謝。」

我輕輕揮揮手，「不用啦。」我看看自己，雖然穿得挺正式的，但畢竟不是工作服，這樣子似乎不適合跑進病房裡面。

齊雲似乎看出我為難且在乎的點是什麼，她想了一下後提議道：「樂樂，還是讓瓊芳媽媽到協談室等妳。她大老遠從台中上來一趟，妳就在協談室跟瓊芳媽媽會面吧。」

我思索一下後，覺得瓊芳媽媽上來一趟不容易，當下也不好拒絕，於是乎就應允下來，由齊雲去安排後續事宜。

瓊芳媽媽年約六十出頭歲，看她的外觀打扮與談吐，感覺得到是位和藹的婦人。她走入協談室內，我先自我介紹，然後她就緊握住我的手不住地道謝。

瓊芳媽媽的眼眶微紅，看得出剛剛與失蹤多時的女兒見面，她的內心有多激動與澎湃。

「瓊芳媽媽，妳與瓊芳這麼久沒見，一定說了很多話吧。」

瓊芳媽媽輕嘆口氣：「其實過了這麼多年，瓊芳一直都渺無音訊。本來我已經放棄找她，有時候想如果上天垂憐我，或許在我走以前，會有機會找到。」她情緒轉為激動地望著我，「沒想到我居然還有機會見到她。」她擦擦眼淚繼續說：「那天派出所警察突然來我家按門鈴，問我是否還記得女兒李瓊芳，我先是傻住然後立刻問她在哪裡？警察告訴我，瓊芳住在醫院裡，她透過社工想找我。」

瓊芳媽媽的眼淚又簌簌流下，「已經過那麼久了，我根本就不敢想還能找到她。還好有找到，不然以後我到了地底下，該怎麼面對她爸爸。」她望著我好奇地問：「瓊芳應該有告訴過妳，她的親生爸爸已經走了？」

我點點頭。

「她爸爸走得早，我獨自一個人撫養她。本來也都好好的，誰知道她上了國中以後就開始叛逆了，不是跟同學打架就是常常好幾天不回家，一直到後來，她因為被同學嘲笑是沒有爸爸的孩子，那天我抱著她哭了一整晚。」瓊芳媽媽捶著自己的胸口悲戚地說道：「我的女兒在學校被這樣對待，我卻無法做些什麼事情彌補她。我真的很難過、很傷心。我以為再嫁之後，她有了繼父就能有完整的家庭。」

我輕輕撫摸她的手背，安靜地聽著。

「誰知道瓊芳不喜歡她繼父，覺得他會搶走我對她的愛。本就叛逆的她變本加厲，後來直接離家出走一去不回，我試著找她卻都沒有結果，一直到她十七歲時，社工通知我，她未婚生子。」

「我趕到醫院看她，瓊芳以為我會怪她，連孩子都扔著就跑掉了。」瓊芳媽媽用紅腫的眼睛望著我：「其實我怎麼會怪她，孩子再壞都是自己生的，我愛瓊芳當然也愛她生下的孩子。」

聽到這裡，我禁不住好奇地追問：「那後來，瓊芳生下來的孩子呢？讓社服出養了？還是……」

瓊芳媽媽閉上眼睛沉澱一下後說道：「我抱回家養了。」

此話一出，我驚喜地望著瓊芳媽媽，正要開口說話卻被她打斷。

「那時候我生下瓊芳的弟弟剛剛做完月子，我本來想接回他們母子回家同住，沒料到瓊芳又逃走了。後來我把她的兒子接回家裡，一時間我有了兒子也有了孫子。」

「所以，現在瓊芳的兒子……」我追問著孩子的下落。

「他……」瓊芳媽媽停頓了一下，似乎有難言之隱。

「算算時間這孩子也二十三歲，應該大學畢業了。」我掰著手指數著。

「如果他還活著的話。」瓊芳媽媽突然丟出震撼彈。

我驚訝地闔不上口。

所以媽媽的意思，瓊芳的孩子沒有養活嗎？

瓊芳媽媽悲切地望著我說道：「孩子四個月大時，在某天夜裡猝死了。」

我訝異地望著瓊芳媽媽，這段日子裡，瓊芳對孩子心心念念，而今卻是這樣的結果，假如她知道事情真相該有多傷心。

瓊芳媽媽不停地流下淚水，久久無法釋懷。

我遞上面紙後安慰著她，「對不起伯母，勾起妳的傷心往事了。」

瓊芳媽媽連連搖頭，我心中感慨萬千，怎麼也沒有料到會是這種結果。

「住院這段期間，瓊芳曾跟我提起過她的孩子，言辭之間感受到她對孩子懷著深深的思念，沒想到會是這種結果。」我望著瓊芳媽媽滿懷傷感地訴說著：「瓊芳也很想妳，但是擔心若主動找妳，會不會妳還記恨她，也不會來看她。」

瓊芳媽媽不住搖頭：「瓊芳再壞還是我的女兒，我又怎麼會恨她。她離家這麼久的時間我很掛念她，但她像是消失了一樣，讓我無從找起。」

我輕嘆口氣：「可惜瓊芳的兒子已經走了，這下子該怎麼跟她說才好。」

瓊芳媽媽突然欲言又止地看著我，似乎有難言之隱。

「伯母……」我對上她的眼神，覺察出她心底有話想說。

我望著瓊芳媽媽真摯地說道：「伯母，妳有很難開口的事情嗎？如果妳信得過我，妳可以跟我說。」

「我……」瓊芳媽媽期期艾艾地說：「我有件很私隱的事情，本來應該把這件事情帶進棺材裡永遠不提。但是現在找到瓊芳了，我似乎得說實話。」

她這些話沒頭沒尾，讓人抓不著頭緒，我好奇地問：「伯母，這件事情跟瓊芳有關係嗎？」

瓊芳媽媽點點頭：「其實她的孩子沒有死，他還活著。」

這下把我弄糊塗了，剛剛她告訴我瓊芳的孩子在四個月時猝死了，怎麼現在又說他還沒死？難道這件事情有隱情嗎？

我望著瓊芳媽媽，只見她搖頭後喃喃自語說道：「當年我把瓊芳的孩子抱回家養，本來我想兩個孩子一起長大，一定會是對感情很好的甥舅。但是誰也沒料到，四個月的時候，我的孩子在某天夜裡猝死。」

這下子換我張大口，什麼!?原來當初，猝死的那個是瓊芳的弟弟！

瓊芳媽媽面上滿是淚痕，她情緒低落地繼續說道：「那天清晨，我先生發現兒子沒了氣息，當時我們夫妻倆抱在一起痛哭失聲，先生想著自己無後了，沒有人可以在他百年後捧斗與祭祀祖先。」

當下我的腦門像被炸開一樣，覺得腦中一片空白久久無法思考。

如果猝死的是瓊芳的弟弟，那瓊芳的孩子在哪裡？

「正當我們傷心哭泣的時候，瓊芳的孩子哭了起來，我跟我先生同時望向孫子，跟著我先生突然提議，把猝死的孩子當成瓊芳的孩子，然後讓瓊芳的孩子頂替成為我們的孩子。」瓊芳媽媽閉上眼睛痛苦地說道：「冤孽呀，真的是冤孽呀。我們夫妻倆就這樣狸貓換太子，把孫子當成了兒子扶養。」

荒謬至極的事情如此真切發生，瓊芳媽媽與先生決定移花接木，把瓊芳的兒子變成自己的兒子撫養長大，而自己死去的兒子就接替了瓊芳兒子的位置。對外謊稱死去的兒子是孫子，並讓孫子頂替為自己的小孩，變成兒子繼續活下去。

「樂樂專師，這個荒誕的謊言與祕密，我已經藏了很久很久，可是看瓊芳這麼思念自己的小孩，我實在不知道應該怎麼做。」瓊芳媽媽哭紅了雙眼，「當年我曾經勸過先生，如果這樣做，以後瓊芳回來，要怎麼對她交代？但我先生堵我一句，如果瓊芳想要孩子，就不會丟下他然後自己逃走，他是看我的面子才會答應把孫子接回來養。」她輕嘆口氣：「先生說的話也有道理，所以我不好繼續拂逆他的意思。」

我也嘆了口氣：「但是目前的情況變得很麻煩。」我沉吟片刻，問道：「伯母，妳想把事實公諸於世，讓他們各歸各位嗎？」

瓊芳媽媽有點遲疑。

「伯母，還是妳再好好想想看。」我心疼地望著她，多年來背負這個祕密，必定讓她很痛苦。本來已經對女兒不抱任何期盼，沒想到有生之年還能找回瓊芳。倘若祕密公諸於世，真能如我所說這般簡單，讓諸人各歸各位嗎？

送走瓊芳媽媽後，我坐在休息室中沉思並整理這個爆炸性的祕辛。

我能夠理解瓊芳媽媽決定不告訴瓊芳真相，已經過這麼多年，真要上演母子相認大劇，旁人必定熱淚盈眶。但是對於孩子來說，會有多大的衝擊。

媽媽其實是我的阿嬤！這些年，我頂替了舅舅的位置活著，而姊姊變成我的親生媽媽！重點是，我的成長過程中親生媽媽缺席了。

我抿著嘴思考著，手上的咖啡涼了都不知曉，連齊雲啥時進來坐在我身邊都沒發現。

齊雲看了我一眼後狐疑問道：「樂樂，妳怎麼一副心事重重的樣子？發生什麼事了？」

我望著齊雲，沒頭沒腦地說道：「我的孩子不是我的孩子。」

齊雲被我弄得糊里糊塗，「什麼？」

「孫子變兒子，姊姊變媽媽，難呀。」我一口喝掉手中的冷咖啡。

齊雲靠近我追問道：「到底什麼東西很難？」

於是我把整件事情的來龍去脈告訴她，只見齊雲的嘴巴越張越大。

「太誇張了吧。」齊雲一臉不敢置信地望著我，「所以瓊芳的親生兒子變成名義上的弟弟。」

「妳要這麼解讀也行。」我拍拍齊雲的肩膀說：「這件事情先不要告訴其他人，瓊芳媽媽還沒想好該怎麼辦，我們稍安勿躁。」

「可是如果不讓瓊芳知道真相，那她不是很可憐？」齊雲嘆了口氣，「應該要讓瓊芳知道才對。」

「伯母先回家想想清楚，說不定她下次過來就有結果。」我決定等候瓊芳媽媽，暫時不要有任何動作，畢竟這是她們的家事，我們不要介入太多為宜。

瓊芳這邊就先擱置下來，靜候後續發展。

而語菲看似幸福的婚姻生活也發生了不平靜的進展。原來小賴和語菲是再婚，他與前妻有兩個小孩。而小賴雖然與前妻離婚，卻仍然保持聯絡。前妻知道小賴再婚後，就常常臨時聯絡小賴，要求他幫忙接送小孩。一次也就罷了，後來竟演變成幾乎每天都要小賴去接送小孩。

語菲看小賴似乎很喜歡小孩，於是提出跟小賴也生個孩子，希望藉此切斷小賴與前妻的連結。但是小賴認為語菲剛剛進入疾病緩解期，這時候嘗試懷孕太過危險而拒絕。兩人為此大吵一架，不歡而散。

語菲賭氣不回家，就躲在工作室後方的房間過活，幾天後發現小賴的前妻帶著孩子搬到她與小賴的愛巢居住，儼然一副自己是女主人的姿態。

旁人來看，也難以釐清此事到底誰是誰非。小賴這般無作為，任由前妻帶著小孩進住他們的家，讓語菲很生氣且無奈，於是她持續與小賴冷戰並住在工作室。

更有甚者，此時語菲因為偶發腹痛伴隨陰道點狀出血，到門診求治。接受相關檢查，發現子宮內長腫瘤，切片後報告為腫瘤復發。

難過的語菲把這消息告訴小賴，希望他到醫院陪病。當日約好在醫院門口見面，等了很久小賴卻沒有出現。語菲打電話小賴，他說在家裡照顧生病的小孩，所以沒辦法過去。

傷透了心的語菲獨自辦好住院手續進到病房後，對葉心哭訴這段時間發生的事情。她感覺到小賴變了，他只照顧自己的孩子根本就不理會她。

葉心把語菲心情低落的事情告訴我，讓我趕緊去看看她。

一踏入病房，就聽見語菲正在講電話，她正對著電話那頭大聲吼叫著：「所以你就不想到醫院來看看我嗎？你只想照顧孩子，那我呢？我是你的老婆，我也生病了，而且可能會死掉，你知道嗎？孩子還有他媽媽可以照顧，但是我只有你。」語菲淚流滿面：「等我死了以後，你直接到醫院太平間接我好了。」語畢就掛上電話，坐在床沿低聲哭泣。

我走過去抱住了她，讓她依偎在我懷裡哭著。

語菲緊緊抱著我放聲大哭，把滿腹委屈釋放出來。

約莫過了一刻鐘，語菲稍稍平復情緒後抬頭望著我：「本來我以為找到了幸福，結果這段感情竟然還是錯付了。」

我輕撫著她的後背安靜聽著，而語菲繼續說道：「就只有小賴看不出來，前妻是故意用小孩綁架他。要他日日接送孩子，我都可以忍，但是搬進我們的家裡是什麼意思？這是向我示威嗎？她要告訴我，小賴還是她們母子三個人的，小賴根本就不是我的嗎？」

小賴、前妻與語菲之間，他們之間的關係這般複雜，我也不好多加評論些什麼。不過，真要說句公道話，我覺得小賴真是個濫好人，既然已經跟前妻離婚，而且跟語菲再婚了，就該跟前妻保持點距離。他們兩人之間這麼般曖昧不清，難怪語菲會這般生氣。

「鳩占鵲巢，這應該就是妳最生氣的原因吧。」我望著滿面淚水的語菲心疼地說道：「小賴太沒原則，怎麼可以讓她們母子三人搬進你們家裡住。」

語菲連連點頭：「我看他那麼喜歡小孩，就提議幫他生個孩子，結果他擔心我身體受不了，所以直接拒絕我。」

目前語菲癌症復發，這時候確實無法考慮生育這件事情。

語菲望著我說道：「然後我提議領養弟弟來當我們的孩子。」

我聽了語菲的話，瞬間腦中一片空白，這是什麼奇怪的提議，我一臉驚恐地望著她問：「妳跟小賴說要領養弟弟？」

語菲點點頭後繼續說：「弟弟從出生後都由我照顧，他所有開銷支出都是我付錢，我就像媽媽一樣照顧他。我只是想要扶正自己，成為向霆的媽媽。」

可是這麼一來，輩分不就都亂了嗎？我這外人都覺得，這提議實在太瘋狂。

「小賴認為我的提議太過荒謬，他要我別胡思亂想，如果真的很喜歡小孩，就把他的孩子當成自己生的來疼。」語菲又氣又惱地說：「把他的孩子當自己生的來疼，我才是瘋了吧。他孩子的生母還在，我充其量只是繼母而已，就算我真的付出真心疼愛他們，到頭來他們會真心接受我嗎？」

語菲想要領養弟弟為自己的兒子，那她父親的想法呢？

我好奇地望著語菲問：「妳想要領養弟弟，那爸爸那邊呢？他同意嗎？」

只見語菲無奈一笑後說：「爸爸有什麼權利反對？本來當初他想把弟弟出養，是我不忍心看自己弟弟流落在外變成別人的孩子，才接手照顧弟弟。」她望著我懇切地說道：「我幫弟弟把屎把尿看著他長大，生病是我帶去醫院看病，上學是我拉著他的手進學校，我已經把自己當成他的媽媽。」

語菲對於弟弟向霆的情感已經超越姊姊的本分，難怪她想要領養弟弟，讓他變成自己的孩子。

但這在法律上，能行得通嗎？

小賴喜歡孩子，卻又擔憂語菲的身體無法承擔懷孕生子這個關卡，所以才會希望她把自己的孩子當成親生的孩子來疼愛。只是小賴忽略了一件事情，他的前妻利用他與孩子之間的親情勒索，介入了小賴與語菲的感情。

或許語菲與小賴都有他們各自的考量，也沒有誰對誰錯。

我安慰語菲過後，回到護理站，覺得最近遇上許多事情，需要時間好好消化與思索一下。

語菲這些事情已是這般亂糟糟，瓊芳與媽媽之間也有了巧妙的轉變。

這天下午，瓊芳媽媽帶著兒子嚴南來探望瓊芳。齊雲與我知曉其中的祕密，其實嚴南就是瓊芳的兒子。

我站在護理站看著嚴南跟著瓊芳媽媽一起進入病室，我也很期待，伯母是否安排讓瓊芳與嚴南母子相認？經過這段時間的思考後，伯母應該知道瓊芳十分深切地思念兒子，同時懊悔當年把兒子遺留在醫院裡沒有帶走。

如果瓊芳知道兒子不但被撫養長大，而且已經大學畢業，她一定會很開心。

齊雲晃悠到我身邊小聲地說道：「樂樂，我們要不要進去病房看一看？」

我盯著齊雲微笑說：「妳啥時變得這般八卦？人家母子相認的時刻必定情緒激動，熱淚盈眶，我們這些不相干的人還是別去打攪他們。」

「才不是八卦！我以為妳會想去幫忙遞面紙之類。」齊雲沒好氣地望著我，「畢竟瓊芳那麼想念兒子，甚至以為兒子被送到國外被別人領養，她應該沒想到，兒子不但沒被送到天邊遠，反而是近在自己身邊而已。」

「只是……」我突然感受很深地嘆了口氣，「這麼剛好，語菲與瓊芳的事情，都牽扯到母子親情。語菲想把弟弟變成自己的孩子，於瓊芳卻是兒子變成弟弟。這幾天我一直在想，就法律上來說，因為牽涉到輩分問題，所以語菲無法將弟弟變成兒子。但是，瓊芳的情況恰巧與語菲相反。」

齊雲思索過後問我說：「會有法律上的問題嗎？」

「什麼問題？」我好奇地望著齊雲，「詐欺嗎？」

「偽造文書之類的？」齊雲有點擔憂地望著我，「當初瓊芳媽媽狸貓換太子，讓瓊芳的孩子頂替了自己死去孩子的位置。」

「除非瓊芳想讓弟弟恢復身分，讓他成為自己的孩子，那麼她可以要求親子鑑定，然後告自己的母親侵犯親權。」我望著齊雲說出自己心中的假設，其實這幾天我反覆翻查法律，思索的也是這項難解的習題。

雖說瓊芳媽媽與繼父有錯，但是這些年他們沒有虧待瓊芳的兒子，讓他平安長大並大學畢業。當初的決定，是因為繼父希望有子送終，追究其根本並沒有大錯，只是自私罷了。

「我覺得瓊芳知道事實以後，並不會那麼做。」經過這段時間與瓊芳相處之後，我了解到瓊芳並不是會鑽牛角尖的人，她雖然想念兒子，也希望在有生之年找回兒子，但硬是要讓兒子正名？我覺得瓊芳不會想要這麼做。何況，養育之恩大如天，瓊芳媽媽不只養育了瓊芳，連她的兒子也接手照料養育，這份恩情已非大如天可以形容。

正當我與齊雲還在討論之時，突然瓊芳的兒子從我們面前奔跑而過，直接往電梯的方向而去，而瓊芳媽媽從後方追了上來，只見她邊跑邊呼喊著。

「嚴南！嚴南！」瓊芳媽媽年近六旬怎可能跑得過年輕人，只見她氣喘吁吁停下腳步。

我急忙上前望著瓊芳媽媽問道：「伯母，發生什麼事情了？」

瓊芳媽媽邊喘著氣邊說道：「幫我去追他，拜託幫我帶他回來。」

此時齊雲靈巧地往電梯方向追去，而我扶著瓊芳媽媽到一旁的協談室稍稍休息。

「樂樂專師，我說了。我剛剛把事實都說出來了。」

一時之間我沒有聽懂，「說了什麼？」

瓊芳媽媽紅著眼眶望著我，「我告訴嚴南，『瓊芳不是你姊姊，她是你的親生母親，而我是你的阿嬤。』」

果真如同我之前所預料，瓊芳媽媽把事情全盤托出。

那日我與瓊芳媽媽會談以後，她返回台中反覆思量這件事情，看著女兒這般想念兒子，覺得虧欠。瓊芳也對媽媽說過，想要試著尋找兒子的下落，想知道他是否還在世上。

如若瓊芳真開始去找，就會知道當初被遺留在醫院的孩子，早被媽媽抱回去養，那麼後續的事情也紙包不住火。

我望著瓊芳媽媽，「所以妳剛剛在病房裡面把祕密公開。」

瓊芳媽媽點點頭，嘆息道：「本來我還打算繼續隱瞞這件事，不要把事實真相說出來，就讓祕密永遠石沉大海跟著我進到棺材裡面。可是剛剛在病房裡，我聽到嚴南叫瓊芳姊姊，突然心中感到一陣酸苦，這件事情實在太可笑，我怎麼可以坐視這麼荒謬的事在眼前上演。於是，我把所有的事情都說出來，我告訴瓊芳：『其實這是妳親生兒子，當年猝死的孩子，是妳的弟弟，不是妳的兒子，妳的兒子就在眼前。』」

一切發生得太突然，難怪嚴南會跑掉。要他怎麼接受？媽媽變成了阿嬤，而從未謀面的姊姊卻變成了媽媽！

瓊芳媽媽紅著眼流著淚問我：「我是不是太衝動了？」

我拍拍她的肩膀：「不會，伯母，妳很勇敢。」

瓊芳媽媽像是釋放壓力般垂下肩膀，「可是嚴南一定被嚇到了，所以我把事實全盤說出以後，他先是睜大眼睛望著我，說我亂講話，然後就跑掉。」

我能體會嚴南不願相認的心情：他或許能夠接受多了姊姊，但姊姊怎麼會又變成親生母親？還有瓊芳，本來以為是弟弟來探望自己，卻突然找到朝思暮想的兒子，她心裡的衝擊一定也很大。

於是我先安撫好瓊芳媽媽，然後我們一起回到病房裡，此時瓊芳正躺在病床上靜靜地流眼淚。

瓊芳媽媽一走進，瓊芳立刻拉住她的手急切地問：「媽，妳剛剛說的事情都是真的嗎？嚴南真的是我的兒子？妳幫我把兒子養育長大嗎？」

瓊芳媽媽點點頭，她們母女倆抱在一起痛哭失聲。

瓊芳又驚又喜，「我的兒子還活著，沒想到他還活著。我居然還有機會見到兒子。」

瓊芳媽媽抱著瓊芳，語帶歉意地說：「對不起瓊芳，因為我跟妳繼父的私心，所以讓死掉的兒子頂替了孫子，然後把孫子當成兒子養大。」

只見瓊芳搖搖頭，「媽媽，我要感謝妳跟繼父才對，你們把嚴南當成自己的孩子撫養長大，把他教養得很好，要是當年他跟著我過，必定是過得顛沛流離，哪能有機會念到大學畢業。」

幸好瓊芳明事理，之前我擔憂的親子鑑定、偽造文書等事情都是多想。

「可是嚴南他……」瓊芳媽媽知道女兒不會怪她，但是孫子那邊就不一定了。

「伯母，妳先在病房陪著瓊芳，我去護理站看看，或許護理師已經把嚴南追回來。」我安撫母女倆的情緒，然後去了解嚴南的想法。

瓊芳與母親望著我，連連點頭道謝，我讓她們母女倆獨處，回到護理站。

齊雲當真不負「飛毛腿」的稱號，已經把嚴南追回來，只是他鬧著脾氣不肯進去病房。

「再怎麼說她也是你媽媽，你還是去病房裡看看她吧。」齊雲知道事情的來龍去脈，她正苦勸嚴南進去與瓊芳相認。

嚴南站著不說話也沒有任何表情，我發現他緊握著拳頭，想必他正處於萬般氣憤又強行隱忍不發的狀態。

我走到他面前後說：「你好，我是樂樂專師，是照顧瓊芳的專科護理師。」

嚴南看了我一眼然後沉默地點點頭。

嗯，還好沒立刻開口罵我，至少是好的開始。

「瓊芳住院期間都由我照護，所以我跟她很熟。我知道今天發生的事情很突然，如果你想要找人談一談，我可以幫忙。」我這種不要臉又喜歡行俠仗義的性格，實在無法坐視不管，於是主動詢問是否需要協助。
嚴南望了我一眼後沒有講話，他的拳頭依然緊握。看來眼下僵局難解，到底該怎麼辦才好？
此時，瓊芳媽媽走到護理站，看到嚴南急忙跑過來。
「嚴南，剛剛你跑去哪裡了？我很擔心你。」瓊芳媽媽拉拉嚴南的手。
嚴南轉頭望著瓊芳媽媽後說道：「媽，我們回家。」
聽到這句話，我猜測嚴南無法面對瓊芳，不過這也是人之常情，突然從天上掉下一個姊姊，然後姊姊又變成自己的親生母親，真非常人能理解與接受。
瓊芳媽媽急切地說道：「嚴南，去看看你媽媽，雖然你從出生後就沒有見過她，但是她才是你的親生母親。」
嚴南語氣轉為憤怒地說道：「妳才是我的媽媽，裡面那個人不是。」
瓊芳媽媽著急且緊張地解釋：「嚴南，我知道這是件很荒謬的事情，你一定無法馬上接受，但是我是你的阿嬤。」她淚眼婆娑地望著嚴南，「你是我女兒的兒子，當年因為我們夫妻倆的自私造成現今荒唐的場面，是阿嬤對不起你。」
嚴南把瓊芳媽媽擁入懷裡，悲切地說道：「媽媽，妳沒有對不起我。是妳跟爸爸把我養這麼大，這份恩情勝過一切。」
嚴南雖然無法接受瓊芳，但是他對伯母沒有恨意，那麼事情比較好辦。
於是我開口打岔說道：「伯母，如果嚴南不想進去看瓊芳，妳也不要勉強他，讓他好好想清楚。」

瓊芳媽媽一臉狐疑地望著我，她不解我不幫忙勸嚴南進病房探望瓊芳。

「一下子發生太多事情，嚴南需要時間好好想清楚。」我看著嚴南且真切地說：「嚴南，經過這段時間跟瓊芳相處之後，我發現她在外獨自生活的這些日子並不好過，當她知道是伯母照顧你長大，她慶幸當年逃離醫院時，沒有帶你一起走。她沒有自信能給你這麼好的生活，擔心如果你跟著她，一起過著顛沛流離的日子，也沒有機會能念到大學畢業。」

瓊芳媽媽邊聽邊流淚，而嚴南雖然依舊靜默不語，但是那握緊的拳頭已經悄悄鬆開。

「伯母，我想嚴南跟瓊芳都需要時間好好沉澱，妳別逼他們現在馬上再見面甚至相認。」我望著瓊芳媽媽建議道：「不如你們今天先回去，等嚴南有了決定以後再說吧。」

面對眼下這個僵局，只能期盼以時間換空間，讓彼此靜下心來，好好釐清楚自己的內心。我始終相信人心是肉做的，不是石頭。想清楚的那天終究會到來。

嚴南跟瓊芳媽媽離開醫院，我們只能期待後續。等嚴南想清楚了，就會接納自己的親生母親。

住院期間，瓊芳媽媽每隔幾天就來看瓊芳，讓人比較失望的是嚴南始終沒有出現，幸好瓊芳媽媽帶來許多嚴南從小到大的相片。瓊芳就透過這些相片，走過嚴南成長之路。雖然這條路上，瓊芳缺席了，但是我們依舊希望在未來，能讓瓊芳走回正軌，在嚴南的人生旅程中，擔任母親這個角色。

另一方面，語菲的情況不甚理想。這次復發狀態來勢洶洶，雖然更換過幾種化學藥物，但是效果始終不如預期。某天我發現語菲的雙腳開始水腫，而且伴隨行走困難。

本來以為只是靜脈血栓造成，在經過血管超音波檢查後，靜脈血管一切正常。而且血栓指數也正常，最終結果是腫瘤壓迫造成淋巴回流不順的水腫。

如此情況，讓我心中大抵有數，語菲在癌症治療上效果不佳，她的病情正在急轉直下。此時該不該讓小賴知道她的情況呢？

這次入院是由好友陪伴並照顧語菲，幾天後由父親與弟弟向霆接手照料。白天父親去上班，由向霆陪伴語菲。雖然向霆年紀小，但乖巧的他意外地超齡懂事，讓人感覺不到他只有五歲。

林怡津向語菲的父親解釋病情，然後希望他們有心理準備，語菲的疾病將會持續變差，如果語菲還有什麼心願未了，要抓緊時間完成避免遺憾。

林怡津解釋完後，語菲的父親沉默不語。

我在一旁接著問：「伯父，要讓小賴過來醫院一趟嗎？」

語菲的父親抬頭望著我：「他要用什麼身分來？」

這句話讓我有點摸不著頭緒。

「語菲已經跟小賴離婚，他不是語菲的先生。」語菲父親輕嘆口氣：「年輕人血氣方剛，愛的時候你儂我儂，非卿不可。不愛的時候，不聞不問。唉，真是無情哪。」

他們離婚了？語菲沒主動提起這件事情，她與小賴之間的變化實在太大。

小賴與語菲愛到濃烈時，時刻相守在一起，但又怎麼會搞到今天這般田地呢？曾經聽過有人這麼說：「愛欸時摻，山盟海誓。冇愛欸時，sorry拍謝。」聽來莞爾好笑，卻又帶點寫實的哀傷。

語菲還有什麼心願呢？我心中大致上猜想，她最想要的就是孩子。

她這次入院又聽說，瓊芳已經找回兒子。即便嚴南尚未正式認瓊芳為母親，但我相信母子天性，依舊有機會等到嚴南喊瓊芳一聲媽媽。

相較之下，語菲的願望比較困難。她也想要有孩子，如果退而求其次，讓向霆變成她的孩子呢？

父親得知語菲的心願，沉思許久後告訴語菲，法律上大概沒辦法變更她與向霆的姊弟關係。但是這麼多年來，她的確是姊代母職，一手拉拔向霆長大。

於是某天下午，語菲的父親拉著向霆的小手，交到了語菲的手中。

「語菲，爸爸感謝妳無怨無悔地幫我照顧向霆，也把他教得乖巧懂事。謝謝妳。」語菲的父親邊說邊哽咽，一旁的向霆不忘拿起面紙幫父親擦拭面上的淚珠。

語菲連連搖頭說：「爸爸，我可能會比你早走一步，以後向霆要靠你照顧。」

語菲的父親淚水直流地點點頭。

向霆望著語菲問：「姊姊，妳要去哪裡？」

稚兒哪裡懂得人生中的生離死別與悲歡離合，他以為姊姊要出門一趟而已。

「向霆，姊姊要去很遠的地方，要很久很久的時間，我們才會再見面。你要答應姊姊好好照顧爸爸，也要乖乖聽爸爸的話。」語菲仔細地交代著向霆，「爸爸的身體不好，你要幫忙做家事，好不好？」

向霆點點頭，然後睜著天真大眼問：「可是，妳到底要多久以後才會回來？」

「可能要比較久，這段時間你可以乖乖嗎？」

「我會乖乖，那妳可以早一點回來嗎？」向霆拉著語菲的手撒嬌似地說道：「我喜歡妳送我去學校，也喜歡妳接我回家。我答應妳會乖乖的，妳可以早點回來嗎？」

這些童言童語讓語菲痛哭失聲，她希望奇蹟出現讓病能立刻好起來。那她就能繼續拉著向霆的小手去上學，甚至看他上小學、國中到高中，再到大學。

只可惜，這些事情都不會發生。

語菲的父親突然對向霆說：「向霆，姊姊就像媽媽照顧你長大，可是姊姊沒有小孩，你喊她一聲媽媽好嗎？」

向霆遲疑地望著父親，跟著又看了一眼語菲。畢竟從小他與語菲就是姊弟，怎麼今天爸爸突然要他叫姊姊一聲媽媽？

「爸，沒關係。」語菲覺察出向霆的疑惑，希望父親不要強迫孩子。

語菲的父親在一旁傷心落淚，而語菲則是不捨地摸著向霆的頭髮，想多把握時間跟弟弟好好相處。

此時，向霆望著語菲突然喊出了一聲：「媽媽。」

語菲驚訝地望著向霆，語菲的父親也驚訝地看著他們。

向霆望著語菲久久沒有動作，反倒引得語菲熱淚盈眶，她拉著向霆入懷，也許向霆不一定懂得媽媽這句話的涵義，但是他的一聲媽媽，讓語菲覺得無憾。

語菲的父親也老淚縱橫，向霆這一聲媽媽，其中精神上的涵義大於實質。

一路走來語菲對向霆無怨無悔地付出與教養，如同俗諺所云，「生的請一邊，養的恩情大如天。」

向霆的這聲媽媽圓了語菲想當母親的夢想，某天清晨，語菲在睡夢中含笑離世。

而瓊芳的病況也逐日退步，林怡津提醒瓊芳媽媽，她的情況將持續變差，或許在這一個月內就會走完人生最後一程。

嚴南從上次來過之後就沒有再出現，瓊芳媽媽向我們表示，嚴南對於瓊芳仍有著難解的恨意。他覺得既然當初在醫院裡遺棄自己，如今何必又說想要找他回來。

這項難解的習題與心中的死結，大概只能等嚴南想通之後，才有解方。

而瓊芳則在病房護理師的建議下，動筆留下書信，希望未來有機會把信件親手交給嚴南。

短短一個月的時間，瓊芳留下一大盒書信，裡面承載著她對嚴南滿滿的思念與抱歉之情。可惜，嚴南的脾氣很倔，直到最後一刻依舊不願意探望瓊芳。

而瓊芳簽署了DNR意願書，表明在危急時刻，放棄電擊、插管、給藥等維生醫療。她希望在人生的最後一刻不要太過辛苦，能夠走得瀟灑且泰然。

語菲離世三天後，瓊芳在上午時分，被護理師發現已經沒了氣息，她的面容如同睡著般安詳。我們趕緊通知瓊芳媽媽，正當我們忙著幫瓊芳擦拭身體及更換衣物的時候，瓊芳媽媽與嚴南趕到了病房。

瓊芳媽媽拉著瓊芳的手無聲卻悲痛地哭泣。瓊芳從青春期就叛逆離家出走，瓊芳媽媽好不容易找到她，但是相處時間卻這麼短，短到來不及與她再敘天倫。

而嚴南依舊面無表情，他站在床尾看著瓊芳，讓人看不出心情是哀傷或是……

這時候齊雲手拿著盒子遞到嚴南面前，但嚴南望著齊雲，並沒有動手接過。

「你媽媽要留給你的，裡面都是她親手寫給你的信。」齊雲見他沒有接過之意，於是就拉起他的手，強迫性地把盒子塞進嚴南的手中。

「至於你想不想看都沒關係，總之這是媽媽留下的遺物，如果你真的不想看就自己處理掉。」齊雲望著他又補上一句：「我能理解你恨媽媽，但是都已經過那麼久時間，你可以不跟她相認，但你終究是從她肚子生出來的孩子。」

然後齊雲就轉身走出病房，我覺得她所言有理，而嚴南望著手中的盒子遲遲沒有動作。

唉，算了。此刻繼續逼他也沒有用，等他想開想清楚了，也只能到瓊芳的墳頭上哭喊悔恨地叫聲媽媽。

我留下瓊芳媽媽跟嚴南陪伴瓊芳，走回護理站後望著齊雲。

我感動地說：「齊雲，妳剛剛超棒的，有種一棒打醒夢中人的感覺。」

「我只是受人之託，完成瓊芳的心願而已。」齊雲搖搖頭：「瓊芳也知道嚴南應該不會到醫院看她，也不敢奢望嚴南原諒自己。只是她有很多話想對嚴南說，卻沒有機會當面說出來，唯一的方法就是寫下來給他。」

「只怕嚴南轉過頭就把信全丟了。」我覺得嚴南這孩子脾氣很倔強，剛剛看他的態度，似乎經過這段時間卻還沒想清楚。

「希望不會。」齊雲輕揉額頭感嘆道：「我還是期盼能夠看到美滿的結局。」

半小時後往生室派人推小床來接瓊芳，我跟著護理師們幫忙挪床，要換床的時候，不忘提醒瓊芳媽媽呼喚她。

「瓊芳，我們要回家了，先換到小床上喔。」瓊芳媽媽心碎呼喚，只見往生室的人員熟門熟路把瓊芳挪移到小床上面。

然後在外面覆蓋往生被，往生室人員又提醒他們叫瓊芳要緊緊跟好。

「瓊芳跟媽媽走，我們回家了。」

瓊芳媽媽跟在床邊，邊擦眼淚邊喊著：「瓊芳，我們要出門口了。」

而嚴南抱著那盒信跟在瓊芳媽媽身邊，依舊維持靜默沒有出聲。

從病房到電梯口，媽媽聲聲呼喚瓊芳要跟好腳步，在等候電梯的時候嚴南依舊沒有說話。

「叮。」電梯抵達的響音響起，往生室人員又提醒瓊芳媽媽：「來，我們進電梯了。」

正當瓊芳媽媽要開口之時，身邊嚴南突然伸手抓住推床旁的圍欄，跟著激動大喊：「媽媽跟我們一起進電梯，媽媽回家了。」

這句媽媽回家，瓊芳苦等許久，終究還是讓她等到了。

只見嚴南兩行淚水奔流，跟隨往生室人員推著瓊芳的小床進入電梯。而我、齊雲和其他護理師們都紅了眼眶，在電梯外面目送他們離去。

語菲因為對於弟弟盡心撫養，最終得到弟弟喊一聲媽媽，圓了當媽媽的夢。

瓊芳則是日夜思念自己生而無法撫養的兒子，被當成弟弟撫養的嚴南最終還是對她呼喚了一聲媽媽。

雖然她們的孩子在名義上都不是她們的孩子，但是實質上，語菲付出了養育之責，而瓊芳則是生育之任。我的孩子雖然不是我的孩子，最終還是都各自得償所望。

你有多久沒有抱抱媽媽，和她撒撒嬌了呢？今天就打個電話或是用力抱緊她，然後跟她說聲：媽媽我愛妳。

第七章　何處是我家？

古話有云，人生七十才開始，現在的老人家都安排好老年生活，有時上山下海四處遊玩，有時與三五好友聚餐聊天打發時間。

你可曾想過，自己到了七十歲時，會過什麼樣的日子？

對於阿致婆婆來說，活到七十歲卻是人生苦難的開端。為何這樣說？

七十歲以前，阿致婆婆獨自住在鄉間，每日到菜園看看自種的蔬果，有時就到隔壁妯娌住處聊天。日復一日，守在鄉間的老四合院裡，直到逢年過節，北部的兒女們才會回家團聚過節。

近幾年，兒女們幾度返鄉猶如沾醬油般快速來去。祭祀祖先一起吃過便飯後，兒女們便急忙離開老家返回北部。四合院中只裝載半天的人聲鼎沸，於祭祖過後就打回原形。

阿致婆婆的妯娌曾經建議她，閒暇時跟著老人會，參加康樂活動四處走走看看。阿致婆婆參加過一次，整個行程讓她感到十分無聊，在遊覽車上唱歌睡覺，下車尿尿買紀念品。她習慣早睡早起，不習慣在搖晃車中睡覺。下車後買一堆丹露，回家後又沒人可以一起享用，最終那些丹露都進了垃圾桶。

參加過一次以後，讓阿致婆婆覺得，假日時分還是留在家裡比較逍遙自在。每日得空便到菜園裡逛逛，或是去隔壁聊天，這都好過跟著遊覽車搖呀搖。她始終都沒搞清楚，晃了一整天，到底那天去了哪裡又看了什麼。

所有苦難始於那天一早，阿致婆婆一如往常，跑到菜園中逛著。看著前些日子種下的菜苗，正綠油油地長大，覺得心裡很踏實，想著再過些日子，恰好遇上重陽節，屆時就能讓兒女們採摘青菜帶回北部食用。

心裡盤算好後阿致婆婆起身欲走，卻感到一陣天旋地轉，滿頭星星旋繞，還來不及反應過來就直接暈倒在菜園裡。

幸好沒過多久時間，住在隔壁的妯娌拿著自己今年做的醬瓜過來要送給阿致婆婆，剛一進門就發現倒臥在四合院旁菜園裡的她，急忙叫了救護車送入南部一家大型醫院。

經過一連串的檢查，發現阿致婆婆腦部有顆腫瘤，此外腹部也有腫瘤。這兩顆腫瘤之間有無關聯性，得要進一步詳細檢查。

小叔與妯娌急忙聯絡阿致婆婆的兒女們，因考量到照顧的問題，連夜讓救護車把阿致婆婆送上北部。救護車直接把阿致婆婆送到我們醫院急診，緊急會診後，當天晚上就入住婦癌病房。

沉默不多話，是我對阿致婆婆的第一印象。

林怡津仔細看過阿致婆婆從南部帶來的光碟片及其他資料，大概猜測應該是由卵巢長出去的腫瘤。至於良性或惡性，需經由手術後的病理診斷方能釐清。

雖然婆婆的腫瘤很大，但幸好包覆完整並沒有破裂的跡象。加上並沒有腹水等轉移到其他部位的徵象，所以林怡津認為可以考慮先手術摘除後，視最後的病理報告再決定後續的治療計畫。

「那腦部那顆呢？」我看著腦部的電腦斷層片，有點擔憂地望著林怡津，「會不會是轉移？如果是轉移，那不是已經第四期了？」

「會運氣哪麼差嗎？」林怡津又仔細看看電腦斷層片上腹部的其他部分，很篤定地對我說道：「樂樂，妳看，腹部這些淋巴結都沒有腫大，而且卵巢這顆瘤外表包覆得很好，我想這兩顆腫瘤應該互不相干才對。」

「我們還是得讓腦神經外科來評估看看。」我望著林怡津提出自己的意見，「萬一那邊比較兇險，不如先讓他們手術好了。」

「我們這邊也很兇險呀。」林怡津指著圖上那顆腹腔腫瘤，「雖然目前沒有破，但是如果突然之間破了，那可就不好玩了。」

卵巢癌如果包覆完整，屬於一期A，因為沒破所以並未擴散出去，臨床上只要完整摘除掉即可，後續不用接受化學治療。但是如果卵巢腫瘤破了，就有擴散出去的危險，必須考慮接受化學治療來撲殺偷跑出去的癌細胞。林怡津的擔心也是有道理的，目前腫瘤這麼大一顆，不小心碰撞過後極有可能破掉。一旦腫瘤破掉，後續確診的期數就會上升，治療方針也會有所不同。

何況還須評估腦部腫瘤，總而言之這是複雜又十分棘手的狀態。於是先會診腦神經外科，詢問是否有接受手術的急迫必要。

截至目前為止，阿致婆婆的情況都還算穩定，並無腫瘤壓迫造成腦壓過高的情況。所以腦神經外科決定可以先由我們處裡腹部腫瘤，腦部則是之後再處理。

婆婆安靜沉默很少主動講話，每天見到醫師開口第一句話就是：「醫師呀，趕快幫我開刀好不好，妳不趕快幫我開刀，是不是不要治療我？」

但是尚未完成審慎評估，怎麼能貿然立刻手術，何況婆婆的情況這麼複雜。

林怡津很有耐心地握著婆婆的手，跟著堅定地說道：「妳放心，我一定會治療妳，先等所有檢查做完以後，就會開始安排後續的事情。」

阿致婆婆聽到這些話後，眼神黯然又靜默下來。莫非她有什麼心事嗎？

後來，照料婆婆的陪病看護告知其中緣由，才知道原來婆婆擔憂家裡那方菜園，同時也擔心此次北上後，就再也無法回家。

無法回家!?這又是何解？

看護告訴我，婆婆自出生成長到出嫁養育子女，漫長的歲月未曾離開過鄉間。

即便後來兒子北上工作打拼，她曾經北上探望兒子幾回，但都是來去匆匆，並沒有留宿北部或是旅遊觀光。

因為對家的留戀之深，這次離家近一週的時間，讓她焦躁不已。加上對於病情的認知，當她聽到身上長瘤，第一個想法就是動刀割掉，如果不能開刀，就會擔心是否情況不好甚至可能會死掉。

我同時觀察到婆婆住院這段時間，旁邊均由兒女聘僱來的看護照顧。目前為止，還沒有機會跟她的子女們碰面，所以林怡津決定等所有檢查完成有結論以後，就要召集所有子女們前來醫院，向他們解釋病情並且安排後續治療。

這樣的安排合情合理，我把這件事情告訴看護，沒隔多久看護卻告訴我，子女們對於婆婆後續的治療，產生嚴重的意見分歧。

這讓我感覺這次病情解釋十分重要，於是對看護說：「如果意見分歧就更需要他們親自跑一趟醫院，等醫師解釋病情之後也會提供治療的建議。至於治療與否，則是需要他們跟婆婆一起作出決定。」

「樂樂專師，這些我都明白。」看護有點為難地望著我說道：「只是，聽說婆婆的大兒子跟小女兒因為一些私人因素，已經很久沒有碰面。」

我挑挑眉毛，兄妹倆很久沒見面？莫非又與房產土地之類的事情有關？

看護似乎解讀到我的內心，刻意壓低聲音說：「樂樂專師，我做這行也很久了，各種情況我都遇過。有些子女為了老人家的錢，就在病房外大吵起來。或者為了誰必須支付住院費用、尿布費、伙食費之類，在我面前吵架甚至打架打到驚動警衛。」

這些事情我也聽過不少，還有病患在病房裡已經昏迷，最急迫的是決定下一步是要積極救治還是要改採緩和醫療，兄弟們卻在病房門口，為了房子土地要轉到誰名下而大打出手，搞到警衛上病房幫忙處理糾紛。

唉，我突然很心疼婆婆，說不定她身上的腫瘤還不及子女們的心那般險惡。

看護輕輕搖頭嘆息道：「我照顧婆婆這幾天，發現她很節儉也很樸實。整顆心都掛在她菜園裡面那些菜，昨天還借我的手機打電話給妯娌，要她幫忙到菜園澆水施肥。」

我好奇地問道：「婆婆是種菜在販賣嗎？怎麼這麼要緊她的寶貝菜園。」

「才不是咧。」經過這段時間的相處看護知悉內情，她感嘆地對我說：「婆婆種的菜都是為了子女們，她會算好時間播種，然後固定在節慶的時候，等子女們回家祭祖後，就讓他們帶著北上回家吃。」

好賢慧的媽媽呀，凡是所作所想都是為了子女們。

「婆婆告訴我，這回的菜要趕在重陽節前採收，到時候就讓子女們帶回北部吃。她會這般用心，是因為外面買的菜都有農藥，自己種的菜可是半滴農藥都沒放。」

當真是天下父母心呀，養兒一百歲，常憂九十九。老媽媽住在老家，守著一方菜園。日日所念所想，依舊是在外的遊子們，所種植的每顆菜都是媽媽要給子女們的愛。

不知道子女們是否感受到媽媽這份簡樸的愛？

暫且不管婆婆的子女之間曾經發生什麼衝突，那都是過去的事情，仇恨再深，他們也是同根同源的親兄妹。何況婆婆現在罹患這般重大疾病，若能在此刻放下對彼此的仇視，把焦點放回如何救治、照顧媽媽，應該可以勝過以往那股憤恨之意。

不過，我似乎過於輕忽人性，後續的事情發展，足以讓人跌破眼鏡。

子女們先行討論之後，這場病情解釋家庭會議就訂在某天下午一點鐘。

林怡津早早來到病房討論室準備，約定時間一到，婆婆的家屬們陸續出現在討論室中，我拿著會議紀錄給他們簽名，同時間暗自偷偷點名。

嗯，這位穿白衣服的中年男子是小兒子，說話態度謙和，應該不是難纏的家屬。坐在他身邊是在場唯一的女性，是婆婆唯一的女兒，她也安靜等候著。

其他幾位就坐在小兒子與小女兒對面，兩方人馬頗有互不相干，各自為政的感覺。數過人頭之後，我發現到場的只有四位。咦？婆婆不是有五名子女，現場少了一個人，又會是誰呢？

林怡津看大家坐定，於是就開口問還有人沒有到嗎？

這時候坐在小兒子對面的那位舉手說：「林醫師，不好意思，大哥因為公司事情比較多，所以沒辦法趕過來，但是他希望可以跟大家視訊連線，來參加這場會議。」

我無意間望見小女兒翻了下白眼，這下子證實了看護告訴我的，大兒子跟小女兒之間因為私人因素已許久未碰面。大兒子這招真是高明，人不到現場，採取視訊連練，依舊可以表達自己的意見。

林怡津點點頭應允了大兒子的請求，只見二兒子拿出平板電腦，然後開啟視訊，一下子就連上線。只見電腦螢幕裡是一個西裝筆挺的中年男子，他對著鏡頭說道：「林醫師妳好，我是阿致婆婆的大兒子，我姓李。」

林怡津微笑以對，「李先生你好，那我們開始吧。」

接著林怡津就對大家解釋著目前阿致婆婆的檢查結果，還有腦神經外科的建議。腦神經外科醫師認為婆婆腦部是腦膜腫瘤，這類腫瘤大多為良性。因為婆婆並沒有其他神經症狀，類似無力、半癱或是生活無法自理的情況，所以腦部腫瘤可以待婦科這邊處理完畢後再擇日手術。所以目前會建議家屬讓婆婆接受開腹手術，先行摘除腹中腫瘤後，等候最終病理切片結果再決定後續是仍然需要化學治療，或是觀察即可。

在場的人聽完了林怡津的解釋後陷入沉靜，大家好像在等候什麼似的，都沒有主動說話。此時，電腦螢幕中的那位開口問道：「林醫師，妳預備什麼時候幫我媽媽手術？」

「就星期五吧，今天星期三，正好作點手術前準備。」林怡津環視現場幾位子女：「關於手術部分，你們有什麼問題想問，現在可以提出來。」

我看看在場的人，似乎沒有要開口說話的樣子。這時候電腦螢幕中的大哥開口說話。

「林醫師是這樣的，因為我媽媽比較瘦小，所以這幾天可以幫她打點營養針嗎？自費也沒關係，在手術前先補充一下養分，我很擔心她能不能撐過這麼大的手術。」

林怡津點點頭應允下來，「這是自然，沒有問題，我等會兒處理。」

「還有還有。」視訊中的大兒子繼續下指導棋說道：「如果手術中需要什麼器械要自費的，或是比較好的藥品，我願意讓媽媽使用。」

「好。」林怡津轉頭看了我一眼，我立刻接受到訊息先記錄下來。

「另外，如果後面需要打化學治療，自費的藥物比較好，我也可以付。」

我邊記錄邊觀察在場家屬們的反應，二兒子為首的這一排，表情淡然，似乎就都聽大哥的話。而小兒子跟小女兒雖說沒有回話，但是我偷看到小女兒已經翻過無數個白眼。尤其是大兒子提到自費品項的時候，那白眼會立即反應出來。

這家人似乎已經分成兩派，一派以大兒子為首，另一派則是小兒子與小女兒為眾。而大兒子與小女兒間的嫌隙，似乎非三言兩語可以道盡。

大兒子表達完自己的意見以後，林怡津開口問在場眾人：「那其他人還有問題嗎？」

二兒子等眾人動作一致地搖頭表達沒有。

這時候小女兒開口說道：「林醫師，我想請教一個問題。」

林怡津點頭後望著她說：「李小姐請說。」

「如果最後媽媽確定是癌症，那麼需要接受幾次化學治療呢？」李小姐臉上充滿擔憂之色並急躁地說道：「媽媽一直很瘦弱，三餐進食也吃得不多，所以我很擔心，她是否能承受得了後續的治療？」

癌症病患家屬都有這項疑問，畢竟化學治療是毒藥，把毒藥打進身體裡面，不只癌細胞會死，正常細胞也同時受到影響，家屬都會擔憂病患接受化學治療期間身體是否能承受得住。

林怡津明白家屬們的擔憂，於是開始跟他們解釋化學治療的作用及用藥週期，也提到每次給藥前均會評估病患情況，依據每次不同情況適當調整藥物劑量。

正當林怡津跟小女兒解釋的時候，我不經意看見電腦螢幕中的大兒子，已經不見身影，這是恰巧還是故意呢？

我又偷偷看了二兒子那方一眼，居然有人已經開始滑手機，似乎小女兒提問的問題跟他們沒有半點關係。這家人的相處模式真是奇妙，居然如此壁壘分明。

林怡津絲毫沒有發現異狀，逕自跟小女兒解釋著，後來小兒子又問了些關於術後的注意事項，在林怡津詳細解答後，結束了這場家庭會議。最終大兒子及時出現在電腦螢幕中，跟我們說再見道別。

雖然表面上看起來，這家人似乎和樂融融，但我在旁觀察他們彼此之間的互動後發現，其實檯面下才是互相角力且暗潮洶湧。

後續阿致婆婆的手術順利完成，因為術中發現婆婆的腫瘤外觀已經破裂，其內容物雖然沒有傾瀉而出，但仍有癌細胞遺落在腹腔之中的危險，至少在癌症分期上已是一期C，一般建議術後必須接受四到六次的化學治療，來預防癌症復發。

等病理相關報告出來以後，我們再度利用視訊跟大兒子解釋，接著安排婆婆接受人工血管置入手術，並於術後第九天為婆婆安排接受第一次化學治療。

這天下午，我到病房看婆婆，確認她在接受化學治療後，有無任何不適等相關反應。恰好，看護跟小女兒正在說話，而婆婆正在吃著小女兒帶來的菜包。

我走到婆婆身邊微笑說道：「婆婆，妳食慾還好嗎？」

婆婆微微一笑後點點頭回應我的問題。

而小女兒起身看著我問道：「樂樂專師，媽媽真的明天就可以出院了嗎？她剛剛動過那麼大的手術，又緊接著做化學治療，不用再多住幾天觀察一下嗎？」

「一般病患術後恢復良好的話，才會緊接著做化學治療，林醫師覺得婆婆的恢復狀況很好，對於腫瘤想要趁勝追擊，才會在這次一併把化學治療做完。」我望著小女兒好奇地問：「關於婆婆接著接受化學治療的事情，難道妳哥哥沒有跟妳說過嗎？」

小女兒有點無奈地搖搖頭：「我是今天過來看媽媽，才知道這次住院除了開刀，還一起做了化學治療。」只見她無奈又氣惱地說道：「小哥早就跟我說，大哥一定會自己做決定，不會通知我們，果然被小哥猜到了。」

因為見識過之前家庭會議的場面，所以對於兄妹間相處不和諧的事情，我並不意外。只是沒料到會這般嚴重，連媽媽手術後要接受化學治療此等大事，都沒有事先告知其他兄弟姊妹。

小女兒很快收拾好心情，泰然說道：「沒關係，只要媽媽身體好，就好了。」

我微微一笑，「我覺得婆婆恢復得極好，傷口也很乾燥漂亮，而且這次化學治療的劑量上，林醫師有稍稍先減量，就是考量她可能承受不了正常劑量，所以妳可以放心。」

小女兒點頭表示了解。

此時，看護望著小女兒問：「李小姐，那你們討論好，明天由誰接婆婆出院？」

小女兒微擰眉頭，「這部分都是大哥安排，大哥還沒跟妳說嗎？」

「沒有欸，昨天妳二哥跟三哥過來，我有跟他們提到應該這幾天就能出院了，他們也只是點點頭說知道了。後來我打電話給妳大哥，他只說他會安排。」看護有點無奈地表示，「可別到時候，沒有人來接婆婆出院喔。」

我看了婆婆一眼，希望剛剛這句話沒讓她聽見才好。

於是我對看護使使眼色，就領著她與小女兒到病房外面。

我走到病室外面，小聲地提醒看護說：「看護阿姨，別當著婆婆的面提起這件事情比較好。」

看護立刻接受到我的訊息，只見她連連點頭後對小女兒道歉說著：「抱歉、抱歉，我剛剛失言了。」

小女兒急忙搖手表示，「沒關係，沒關係。」接著她又追問：「我的哥哥們，都沒跟妳提到後續要讓媽媽住哪裡嗎？」

看護有點為難地望著我跟小女兒，似乎有點難言之隱。

我以為是因為我一個外人不適合介入這件事情，於是想找個藉口離開，「還是阿姨，這些事情妳跟小女兒講就好。」

看護阿姨卻拉住我說：「樂樂專師，既然妳也在，妳一起聽聽看順道評評理。」

我望著看護跟小女兒，心想好吧，既然如此就聽聽看護阿姨怎麼說。

於是乎，看護阿姨就告訴我們其他兒子們討論過後，對於阿致婆婆出院後的照顧與去向的安排。

大兒子提議，由四個兒子輪流接送婆婆出入院，出院後就入住兒子家，直到下次入院化學治療為一個循環。這次出院以後，先從二兒子開始輪，大兒子以自家沒有空房間為由，先行跳過輪流排序。然後，大兒子又詢問看護有沒有意願，跟著婆婆到各兒子家中輪住並照顧她；大兒子還提議，自己願意出這筆看護錢，來抵免掉婆婆未輪到自己家中住的部分。

這算盤打得真精，大哥真是做生意的高手。

我望著看護好奇地問：「那阿姨，妳要跟著婆婆一起回家去賺這筆錢嗎？」

「我才不笨咧，」看護連連搖搖頭：「大兒子一個月只願意付三萬元請我，我在醫院裡面一天可以賺兩千塊，跟他開出來的價錢差那麼多，我才不幹咧。」

看護忿忿不平地看著我說：「而且每隔一段時間就要像搬家一樣搬來搬去的，我又不是遊牧民族，幹嘛把生活過得這般累人。」

小女兒聽到這邊有點惱火，只見她輕握拳頭，似乎還在隱忍。

「李小姐，妳媽媽還不知道這些事情，妳等等可別說溜嘴呀。」看護見狀急忙打圓場說道：「妳小哥反對他們這樣做，並不同意大哥的提議，所以我也不是很清楚現在是什麼情況。」

小女兒望著看護說：「阿姨，謝謝妳告訴我。我會跟小哥聯絡，問問看到底最後的決定是什麼。」

我這個局外人，心中五味雜陳，小女兒知道事情始末後，急忙要去找小哥商量，就先離開醫院。而我要走回護理站的時候，經過阿致婆婆的病室前，看見了看護正扶著婆婆要下床如廁。

望著婆婆黝黑的膚色，瘦小的身軀，又想起她住院期間心中掛念的，不是自己身體會不會好，而是擔心著家中那方菜園裡為孩子們種下的蔬菜水果，擔憂沒有照料那些菜，就無法及時給孩子們帶回家享用。

老媽媽辛勤了大半輩子，心中所念所想，都環繞在孩子身上。自己餓了不打緊，孩子可千萬不能餓著。在老家獨居的生活重心，也都繫於遠在天邊打拼，久久返家一回的孩子們。

這般為孩子們著想，老媽媽到頭來又得到了什麼？

我心中沒有答案，也不想要知道答案是什麼。因為答案呼之欲出，那般傷人。

隔天阿致婆婆由二兒子接回家，他們是否真的開始讓婆婆在幾位兒子的家中輪流居住，我並沒有詳細問清楚。我想應該很快，就會知道問題的答案。

大約一週後，我正在病房裡面忙著，卻接到了門診的電話，希望我下去一趟。

電話裡，門診護理師沒有說得很清楚，只說有病患家屬到門診來要求林怡津協助開診斷書，而且要求很多。林醫師希望我下去幫忙了解並處理一下，我先放下手邊的工作，跑到門診區去。

一走到林怡津門診診間門口，就看見一位西裝筆挺的中年男子坐在前面，他手上拿著文件夾似乎正在等候他人。走過他身邊，我立馬認出這是阿致婆婆的大兒子。

該不會就是他要開什麼診斷書吧？

我逕自走過他身邊，然後進入了林怡津的診間。門診護理師一見到我走進去，就呈現出鬆了口氣的模樣。

「樂樂姊，妳終於來了。」門診護理師靠近我小聲地說道：「剛剛那位家屬很難纏。」

我挑挑眉毛，心中猜測應該就是阿致婆婆的大兒子。

林怡津揚揚手要我過去，我一走過去，林怡津指著桌上的文件後問我：「阿致婆婆符合申請外籍看護的資格嗎？」

在台灣如果要申請外籍看護，必須符合下列資格：未滿八十歲，經指定醫院評估有全日照顧需要，巴氏量表評分三十分以下者；若為三十五分以上者，申請則須由醫療團隊加註原因。或年滿八十歲以上，經指定醫院評估有嚴重依賴照護需求者，巴氏量表六十分以下。年滿八十五歲以上，巴氏量表評估為輕度依賴照護。

首先阿致婆婆行動自如，巴氏量表必定超過三十五分，但因為婆婆罹患癌症且須反覆入院接受化學治療，可以註明仍有全日照料之需要，只是屆時得看主管機關是否審核通過。

我接過文件說：「依照阿致婆婆的情況，巴氏量表必定超過三十五分以上，所以只能附註因為罹患癌症需有人二十四小時看護，讓家屬拿著申請書去申請看看。」我有點狐疑地望著林怡津，以往這種事情她都能自行於門診輕鬆搞定，怎麼今天還特地把我找來？

林怡津一臉頭疼的表情望著我，「可是阿致婆婆的家屬要求我們分數不要打太高，這樣比較不會被打回票。」

不要打太高，言下之意是要我們偽造文書嗎？

我睜大眼睛，「可是我們只能照實寫，什麼叫不要打太高，這類文書有法律責任欸。」

林怡津點點頭：「我當然知道呀，也向家屬解釋過，但是他就一副我叫妳寫，妳寫就對了的態度。」

如果這樣林怡津就不要寫給他就好，幹嘛叫我下來？我又能幫上什麼忙？

我望著林怡津問：「那我能怎麼幫妳？」

林怡津一臉「妳懂的」的樣子望著我，「妳果然知道我不會無緣無故找妳來。」她接著說：「住院期間妳每天都有去病房看婆婆，妳最清楚婆婆的活動能力。等等讓家屬進來診間，向他強調我們每天看到的是如何，所以真的無法配合他。」

我點點頭，心想這似乎是個好方法，畢竟醫師只能就自己所見的來寫診斷書，不能造假。

接著，我們就讓門診護理師請阿致婆婆的大兒子李先生進入診間。

林怡津態度和善地告知李先生，以阿致婆婆的情況，在巴氏量表的評估上只能照實寫。

待林怡津說完以後，李先生望著林怡津有點不高興地說道：「林醫師，妳就行個方便，分數打低一點又會怎麼樣呢？政府機關又不會跑到我家裡去實際看我媽媽，就算妳打零分也不會有人發現的。」

林怡津輕輕搖搖頭：「診斷書必須要照實載明，沒有什麼行不行方便之類的事情。」只見她態度堅定地望著李先生說：「何況這份文件上我要簽名蓋章，這就代表我對於記載的內容要負責任。我剛剛問過專科護理師，阿致婆婆住院這段期間，行動、進食、如廁各方面，都能夠自理，實在不構成低分的條件。」

李先生看了我一眼後又說：「那是住院的時候，現在我媽在家裡真的不行。吃飯要人餵，上廁所要人扶，也要人幫忙洗澡。醫師，妳就高抬貴手，幫幫我們吧。」

林怡津抬頭望了我一眼，似乎在跟我求救，於是我開口說：「李先生，或許婆婆剛做完化療以後回家前幾天是比較虛弱，但是慢慢地就會好轉。我們所做的評估還是得要公正公平。假若真的故意打低分數，這樣對林醫師來說會有偽造文書的壓力。」

「沒有那麼嚴重吧，還偽造文書咧。」李先生不以為然地瞅了我一眼，「出錢的是我，不然妳就說是我要求的就行了。」

「就算你要求的也不行。」林怡津可是位品行端正的人，這類偽造情事她可是幹不出來的。何況這話說得似乎有種「你就照我說的去做，因為出錢的是老大」的感覺。

我想到前面跟林怡津的討論評估，靈機一動：「不然這樣好了，李先生，我們只能照實記載巴氏量表的分數，不過在疾病部分，我們可以多加註婆婆是因為癌症治療的需求，需要反覆入院治療，且須有人二十四小時照護。這樣應該可以幫上你一點忙。」

李先生躊躇不語，我知道這建議他似乎不是很滿意，但是林怡津又很強硬，似乎不會讓步。林怡津覺得這是個解套的方式，於是就說：「就只能這樣寫，如果你還是不滿意，我也沒有辦法。」

李先生嗅出了我與林怡津同一陣線，而且我們已經釋出善意，如果他再不滿意，似乎沒有其他解決方法。

於是他就點點頭並說道：「那就這樣吧。」然後他又取出另一份文件放到桌上說：「那這份文件也要麻煩你們。」

我定睛一看，那是份身心障礙鑑定書，於是回答李先生說：「這部分阿致婆婆並沒有符合條件喔。」

李先生有點生氣地望著我說：「為什麼不符合？我媽媽是癌症欸！為什麼不能申請這個？」

林怡津把身心障礙鑑定表推回他面前後說：「癌症不等於身心障礙，而且你有沒有看過文件中的內容？裡面清楚記載必須是肢體障礙或精神疾患等等，並沒有婦產科相關的部分，所以婆婆沒有辦法申請身心障礙。」

這個回覆似乎引燃李先生心中怒火，他突然情緒大爆發地開口大罵：「這個不行，那個也不行，我媽媽得癌症已經很可憐，你們就不能行行好，給我們個方便嗎？我看別人隨隨便便就能夠申請到外勞，也能夠有身心障礙手冊，就你們這邊特別麻煩，推三阻四的。一點同情心都沒有。」

林怡津似乎也被這些話堵得不開心，正要開口回嘴時，我接口說道：「真的很抱歉，李先生，因為我們太過有原則而讓你這麼不高興。我們要面對許多病患及家屬，能夠讓你們申請的補助，我們當然會竭盡所能幫助你。但是請你也要體諒我們，在於法不合的狀態下，我們不能胡亂編造，因為那會有法律責任。」我看他一身西裝筆挺，又想起小女兒曾說過大哥家中是做生意，於是又說：「我想你是位事業成功的老闆，任何與法令有相關的事項都必須審慎處理，所以請不要責怪我們不依照你的意願行事。」

林怡津搭著我的話接著說：「而且，法令規定就是這樣，如果我胡亂編造寫給你，就是偽造文書。」

我們的態度明確，李先生也無法繼續胡亂提出要求，他只得拿著身心障礙申請書到外面，等候林怡津完成外籍看護申請表。

待李先生悻悻然走出診間後，診間護理師放鬆地吁了一大口氣對我說：「樂樂姊，妳真棒。剛剛家屬的態度超硬的，還好有妳來。」

我微笑說道：「說一是一，就事論事而已。診斷書這種東西，牽涉層面太廣，凡事都得小心應對。」

臨床上，我們常常遇到病患要求醫師依照自己的需要來開立診斷書內容，如果不要太誇張，譬如說加上「宜休養一週」啦、「術後不宜搬重物」之類的，林怡津大多會同意。

當然，可能會有些民眾想要趁此機會多拿一點保險金或是請領多一點補助。所以會有人拿著身心障礙申請書來要求醫師書寫，或者在診斷書上要求記載一些奇怪的字眼。比如，明明是良性腫瘤，卻希望醫師寫「腫瘤」就好，想去申請惡性腫瘤給付。但是站在醫護這端，我們的大原則是所有的診斷證明必須照實填寫。況且保險公司又不是笨蛋，診斷書有疑義或是不明確的時候，他們會發函文到醫院來調閱病歷。對於病歷記載，病人就無權要求更動，那是法律文件，亂寫會被抓去關的。

別的醫師怎麼做，我管不著。但是遇上我和林怡津，就只能據實申請，我們倆是無法幹出這等造假之事的。

我曾經開玩笑地對林怡津說過，寫任何東西都要照實寫清楚，千萬別因為一時心軟答應病患的無理要求，因為我不想帶水果去土城探望她。

原來阿致婆婆的大兒子是這麼打算的：先申請外籍看護，連帶一起要求填寫身心障礙補助申請書。只可惜我們無法任憑他指揮，想開何種診斷申請書，便傾全力配合全部開好，因為開立診斷書必須有憑有據，診斷為何、後續接受哪種治療方式及手術內容，都必須依據實際狀況來書寫。

而手上另一位病患蓉湘的情況就比較特殊。五十歲的蓉湘，因為卵巢癌反覆入院接受化學治療，住院做化學治療期間，有時候蓉湘提出要自費打營養針，有時候又說虛弱無力想要住院多觀察幾天。幾次住院回合下來，林怡津發現事情似乎並不單純。

林怡津跟我走到蓉湘的病房前面，她停下腳步望著我問：「蓉湘想回家了嗎？」

我搖搖頭，「蓉湘告訴我還是有點噁心感，也沒有什麼食慾。」

林怡津疑惑地說：「已經打完化學藥第三天了，可能會有噁心感，但不是已經加上止吐貼片跟長效止吐藥了嗎？」

我看了看手上的病患清單後說：「蓉湘覺得有改善一些，但還想再多住兩天。」

林怡津輕揉額頭有點無奈地望著我，「妳有沒有發現，從第一次打針開始，蓉湘幾乎沒有打完針以後隔天就出院的情況。」

我點點頭後壓低聲音說道：「護理師有聽到蓉湘跟女兒說，這次住院保險給付應該有十萬元左右。」

「十萬！」這個數字讓林怡津瞪大眼睛，「可是她不是才住五天而已嗎？」

這部分也是聽護理師們說了我才知道，蓉湘在年輕時投保多家保險公司，所以她住院一日可以得到約兩萬元的給付，如果一次住滿十天就有二十萬。

我把這件事情告訴林怡津，以前蓉湘是保險員，她提早作好生涯規劃及投資理財，所以買了很多的醫療險，沒料到在罹患了癌症後派上用場。

保險這種事情就是這樣，買了以後希望不要用到，到非得要用的時候，又希望最好可以領到很多錢。蓉湘的運氣很好，那時候她為自己投保的醫療險中，日額給付買了很多個單位。單靠住院天數，就能請領到驚人的費用。

林怡津不禁嘖嘖稱奇：「如果住一天就有兩萬元可以領，換成是我也會想住久一點。」

我微微一笑，「我沒有把她想得那麼壞心啦，或許她真的身體不舒服呀。不一定是想多住院能多領錢。」

蓉湘住院期間都是女兒照顧她。後來我跟女兒聊天，才知道她大學畢業那年，蓉湘被診斷出癌症，所以她接手照顧媽媽而沒有到外面就業。

蓉湘的女兒很乖又孝順，個子小小很有禮貌，因為名字裡有個芊字，所以我們都喊她小芊。幸好後來，蓉湘終於撐過了六次化學治療，進入了觀察期，之後就改成門診追蹤。

但就在接近完成治療的第六個月，某天蓉湘因為嘔吐不止被送進急診室，這次診斷為腸胃道阻塞——蓉湘的腹腔發現了新的復發腫瘤，並且壓迫到腸胃道，所以造成腸胃道阻塞不通，才會有臨床上的相關表現。

林怡津先採取內科治療，以鼻胃管引流同時施予營養針注射。但兩週後依舊沒有起色，照會外科後蓉湘接受了人工肛門手術。

小芊守在蓉湘身邊，在人工肛門術後主動學習照顧人工肛門造口及更換造口袋的方法。每回看她更換造口袋的動作都十分熟練，讓我以為小芊具有相關護理背景。

某次去病房看蓉湘，正好遇上小芊在清洗造口袋。

我看著小芊利索的動作，不禁感嘆道：「小芊，妳做得很好，非常有架式喔。」

小芊不好意思地搖搖頭，「那是妳們教得好，我只會一些皮毛而已。」

蓉湘滿臉驕傲地對我說：「小芊從小就很聰明，讀書考試都是班上前三名。本來大學畢業以後要進入一間很大的廣告公司上班，可惜剛好遇上我生病。蹉跎這些年，害得小芊遲遲沒辦法追尋自己的夢想。」

「原來小芊是念廣告設計的呀。」因為我天生沒有美術天分，所以很崇拜擅於畫畫的人。

「我是學美術出身的，對於繪畫構圖有興趣，所以大學畢業後想先到廣告公司磨練一下。」小芊微微一笑後謙虛道：「不過，媽媽只有一個，既然媽媽生病，當然以照顧媽媽為先。至於上班的事情延後一點也沒關係。」

我望著她們母女倆打趣道：「小芊，我看妳把蓉湘照顧得極好，說不定妳也能考慮拿張證照。」

「妳在跟我開玩笑吧，樂樂專師。」小芊急忙搖頭，「我真的只是會一點皮毛而已，要說當護理師，還差得遠咧。」

「可別看不起自己，妳可是妳媽媽的專屬護理師呢。」小芊是蓉湘唯一的小孩，對於照料媽媽這件事情，小芊責無旁貸，一肩扛起。

我看著她們母女倆的相處這般融洽，也覺得十分開心，但心裡卻閃過阿致婆婆的身影。婆婆有五名子女，撇除掉小女兒，四位兒子在照料母親這件事情上，要輪流、要公平。只是世上哪裡有公平的事情？阿致婆婆術後幾趟住院化學治療，都提著一堆行李來住院，因為在住院做完治療後，阿致婆婆就要更換居住的地方，輪到下一位兒子家中。

唯一慶幸的是，阿致婆婆申請到外籍看護，所以不用自己扛行李來來去去。

而阿致婆婆卻在第三次住院進來那天，在病房裡面嚎啕大哭。

那天下午，外籍看護領著婆婆前來住院，護理師帶她們先進病房休息。看護是位年約四十歲的印尼人，幾次住院相處下來，我知道她名字叫阿尤。

阿尤體態微胖，待人和善客氣，對阿致婆婆照料得極好，讓婆婆的臉蛋及身子骨圓潤健壯起來。

當阿尤去幫婆婆倒水的時候，葉心發現婆婆躺在病床上激動地痛哭失聲。當下除了安撫婆婆的情緒，我接獲通知後也急忙趕到病房裡。

阿致婆婆哭得極其傷心，阿尤倒水回來後也嚇了一大跳。

「阿嬤，妳怎麼了？」阿尤走到婆婆身邊不停地輕撫著她的背部，「怎麼這麼傷心？」

我走入病室，聽著婆婆痛徹心扉的哭聲，好奇著到底發生什麼事情了？

我走過去看著阿致婆婆，柔聲問道：「婆婆，怎麼了？身體不舒服嗎？哪裡在痛嗎？」

阿致婆婆淚眼汪汪地望著我，伸手握緊我的手說道：「樂樂，我想要死掉算了。」

這句話驚得我張大了口，突然說想死又是所為何來？

我握著她的手輕輕拍著，「婆婆發生什麼事情了？」
阿致婆婆不停搖頭，淚水直流。
一旁的阿尤聞言也輕輕搖頭，似乎知曉其中緣由。
我看著阿尤追問：「阿尤，妳們發生什麼事情了？阿嬤會這麼悲傷一定是因為發生了什麼讓她傷心的事情。」
阿尤正要開口，只見阿致婆婆望著我急切地說道：「我不想要活了，妳們不要救我了，我想要死得痛快一些，這樣也好過像流浪狗一樣，不到一個月就要搬家，還要看人臉色過日子。」
聽著婆婆的話讓我感到揪心且難過，婆婆每回出院就連帶要搬家，換個家居住事小，要和屋子裡面的人磨合才是最痛苦的事。婆婆會這麼說，必定是她在這些日子不停換地方住，曾經發生讓她不愉快的事情。
阿致婆婆望著我悲切地說：「我年紀大了，會到台北來也是不得已。生這種病也不是我願意的，但是他們卻擔心我的病會傳染給他們，不許我用洗衣機洗衣服，害得阿尤要拿著我們的衣服到自助洗衣店清洗。」
阿尤有點無奈地拍拍阿致婆婆的肩膀，然後對我說：「洗衣服沒關係，我辛苦一點拿去外面洗就好。可是他們都叫外送給我們吃，那個肉都很硬，婆婆根本咬不動，菜也不好吃。婆婆想讓老闆給我錢，讓我去買回來吃，後來卻被老闆罵了一頓。還說我是自己想四處亂跑，所以才會有這麼一大堆理由。」

知道這些事情，我心中分外難受。婆婆因為生活上被如此對待，所以央求我不要繼續救她了，她但求死得痛快，還好過日日看兒子媳婦們的臉色度日。

經過深入了解後才知道，白天只有婆婆跟阿尤獨自在家，二媳婦會叫Uber Eats或是熊貓外送，但婆婆吃不習慣外送食物。於是阿尤向二兒子提出，是否能給她一點錢，讓她買點婆婆喜歡的食物回來。這舉動讓阿尤被罵，二兒子還說阿尤是想要四處亂跑。三媳婦則是不許婆婆的衣物跟家人混在一起洗，要阿尤拿去外面投幣式洗衣，因為她擔心婆婆的病會藉由洗滌衣物而傳染給全家人。

唉，癌症並不會經由衣服傳染，我真心希望這件事情上電視宣傳一下，好好矯正「癌症會經由洗滌衣服、講話口沫噴濺、一起吃飯等等途徑傳染出去」的錯誤觀念。

雖然同情婆婆的處境，但是我似乎無法幫上什麼忙。幸好接下來就輪到小兒子接婆婆回家住，小兒子應該會比哥哥們明理。

台灣有句俗諺這麼說：「好子不用多，多子餓死父。」這句俗語它的背後有一段真實的故事。

據傳康熙年間，南方有一位名叫李天生的老人。李天生共有九個兒子，為了十全十美，後來收了一個養子，湊足了十個兒子。李天生對十個兒子一視同仁，並沒有因為養子不是親生而對其另眼相看。十個兒子長大後，李天生按照當地的規矩，均分家產給兒子們。之後李天生繼續住在老宅，兒子們紛紛搬離，開始獨立生活。少了兒子們的紛擾，李天生也樂得清靜，但老伴去世後，李天生開始獨居，就覺得有些孤單，兒子們各忙各的也常年不回家。某年除夕，兒子們都沒回家探望老父親，幸好養子沒忘記李天生，大年夜當晚帶著家人回老家看望養父。養子還沒進門，就聽到養父在屋中唉聲嘆氣，一問才知道，其他的兒子一個也沒來，而老人家還沒吃年夜飯。養子知悉內情後非常自責，趕忙將養父接到了自己家中吃飯。

第二天，李天生將九位親生兒子全部叫回了老宅，大罵兒子們忘恩負義，兒子們慌忙下跪認錯，解釋說道自己沒想到，以為父親已被其他兄弟接走，故而沒來看望。李天生聽了兒子們的解釋，老淚縱橫地感嘆說，這真是「好子不用多，多子餓死父」。從此這句俗語不脛而走，開始廣為流傳。

阿致婆婆的情況讓我想起這個故事，一時之間心裡的感觸良多。她應該沒有想過已經一大把年紀，卻還要依序輪流到兒子們家中居住。因為長年沒有跟這些遠在他方的兒子親人一起生活，不止起居上有許多不適應，甚至覺得自己不被兒子媳婦重視，而產生被欺負的感覺。

我畢竟是局外人，不宜對於病患的家事介入太多，眼下只能先安撫好婆婆的情緒，專注在疾病治療上。幸好隔天早上，小兒子到病房來看婆婆，終於知道這些日子以來母親在諸位兄長家中發生的事情。

小兒子又氣又急，想著該怎麼跟哥哥們抗議，但又得考量婆婆後續還要治療。婆婆淚眼汪汪地告訴小兒子，如果後續依舊要在幾個兒子的家輪流吃住，她不要繼續治病，想返回鄉下等死。

小兒子迫不得已只能通知小女兒，當天下午小女兒就趕到病房。她既憤怒又無奈，畢竟生病後母親的諸事安排都由大哥指揮，其他幾位哥哥只能聽從命令辦事。面對如此情境，到底該怎麼辦呢？

阿致婆婆的疾病必須接受完整治療，後續才不會有問題。但是後面還有三次化學治療，這次結束後是住小兒子家裡，但是後面又要輪到老二跟老三。

於是，小女兒做出一項重大決定，原本在國中擔任美術老師的她，決定先辦理留職停薪，然後一肩扛起照顧媽媽的責任。

雖然剛開始小兒子擔憂大哥會有意見而反對妹妹這麼做，但是李小姐不忍見到媽媽七十幾歲高齡，還要搬著行李四處輪流居住。李小姐安撫好母親的情緒後，承諾這次出院先去住小哥家，等自己申請好留職停薪後，就接母親同住，後續幾次住院也將由她接送與負責飲食起居。

李小姐拜託我們開立相關診斷書以便向學校申請留職停薪，聊天後我們知道李小姐一直小姑獨處，從大學畢業後就進入學校從事美術老師一職。她工作穩定且生活無虞，並靠自己的存款在北部買了房子。

與大哥之間的不愉快起因於十五年前，父親因為腦溢血驟逝，為了辦理後事，她和大哥發生齟齬，讓兩人從此沒有互動。

李小姐告訴我，大哥為了創業向父親拿了很多錢，同時把鄉下祖產拿去銀行貸款，但大哥的工廠老是營收不順、虧損連連。

關於父親的後事，幾位子女們的共識是簡單隆重舉辦即可，偏偏大哥為了面子，非得要鋪張浪費，最後結算多花了幾百萬，還要求其他子女們共同均攤這筆費用。

小兒子與小女兒氣不過，放話不願意付這筆錢，畢竟人都已經走了，即便請來儀隊、旗隊、車隊與孝女白琴等等遊街隊伍，父親看不到也感受不到。這些虛華的場面都是做給在世的人看，況且又是打腫臉充胖子。

大哥氣不過，覺得自己身為長子，卻連父親的後事都無法作主，遂與小弟小妹二人鬧翻，大家從此老死不相往來。

聽聞這些事情後，我也是感嘆不已。人走了，找一堆不認識的人哭天喊地叫爸爸，死掉的人真的有感覺嗎？我頗能認同李小姐的觀點，這些虛華場面都是做給活著的人看，但偏偏有些人就喜歡這種充場面的闊氣感。

真要辯解出誰是誰非，也沒有標準答案。就事論事來說，我覺得大哥讓年老的母親這樣四處搬家真的很殘忍。病患做完化學治療後，大都虛弱無力且疲憊不堪，大多數時間應該都躺床休息，想要吃東西也吃得不多，所以我都衛教病患，盡量吃些喜歡且吃得下的食物為主。

婆婆要四處搬家是個壓力，吃的方面不順自己意，又是第二個壓力，難怪這次住院她一見到我就表明不想治病，只想一走了之。
有了小女兒及小兒子的承諾，讓婆婆心情舒暢許多，但在接受第二天化學治療的下午，大兒子卻無預警地出現在病房裡面。
那時我正在護理站跟新病人問資料，突然聽到有人大叫一聲，驚得我放下手邊的事情，循著聲音來到阿致婆婆病房門前。
我站在病房門口，聽見大兒子正在說話，那聲線之高不難察覺出他的情緒非常不滿。
「妳就稍微忍耐一下會怎麼樣，為什麼要這樣挑剔難相處？叫外賣妳不喜歡吃，就吵著要阿尤買給妳吃，妳以前在鄉下不是一碗飯、一塊豆乳就可以吃飽，怎麼現在這麼搞怪！」大兒子又接著說：「衣服不能一起洗是因為怕妳身體比較弱，萬一別人的細菌跑到妳的衣服上，害妳生病了不是不好嗎？」
我聽得耳朵很痛且心裡很氣憤，當下想衝進去跟他理論。明明是嫌棄婆婆生病擔心會傳染給家人，怎麼現在改口說得好像是婆婆與阿尤不對。
我正舉步要往病房裡面走進去跟他理論一番，卻被回來的李小姐搶先一步走進去，只見她當面與大哥吵了起來。
李小姐站到母親的身前，一副保護母親的模樣說：「你有什麼話要說就衝著我來，媽媽生病經不起你這些冷言冷語。」
「什麼冷言冷語，妳要搞清楚欸，小妹，我是妳大哥，妳要尊重我。」李大哥氣得七竅生煙，「小妹，妳年紀小，大哥不跟妳計較，但是妳不要只聽媽媽跟阿尤那些片面之詞。」

「這些是不是媽媽的片面之詞，我心中自有一把尺會衡量。但是大哥，我對你的安排很有意見。」李小姐決定直接把話說開，即使撕破臉也無所謂，「媽媽做化學治療已經很辛苦，你們幾個人非得要這麼計較，要她拖著行李一家一家去輪流居住。這樣就算了，吃也沒辦法讓媽媽順心吃，她只是想吃點喜歡的東西而已，才會提出讓阿尤去幫忙買，這樣也不行。這就是你所謂的孝順嗎？」

「妳……」李大哥被她這一席話堵得說不出話來。

「總之，我已經跟學校請好假，之後就由我來照顧媽媽。」李小姐決定要扛起照顧婆婆的事情。

「妳是要讓我跟其他兄弟的臉面丟到地上踩嗎？」李大哥顧及自己是兒子，卻把奉養照顧之責丟給女兒，擔憂會被家族中其他親戚講話並失了臉面。

「我也是媽媽生的，為什麼不能照顧媽媽？既然你們有心無力，就讓我這個有心有力的人來就好。」李小姐決定跟哥哥們對著硬幹了。

「好好好，媽媽有妳這個好女兒，還真是好福氣。既然如此，我以後都不會過問，妳就等媽媽百年老去，出山頭那天再通知我吧。」李大哥說完後就氣惱地拂袖而去。

大兒子的話尖酸刻薄，讓阿致婆婆老淚縱橫，只見她淚流滿面且悲傷至極，這就是辛苦養育多年的好兒子，竟然為了女兒願意承擔照顧之責，而氣急敗壞地跑來醫院興師問罪。

李小姐心疼地抱住阿致婆婆，不住地安慰她，「沒關係，媽媽妳還有我，我以後會好好照顧妳。我已經跟學校申請留職停薪，等妳做完化學治療以後，我跟妳回南部老家，以後我們一起過日子。」

阿致婆婆依偎在女兒懷裡不住地點頭，眼下也只有小兒子跟小女兒靠得住。

這家人過往的愛恨情仇太多了，幸好這結局還算圓滿，而婆婆順利地完成後續治療。階段性的治療告一段落後，婆婆回到鄉間居住，這次小女兒又申請調任回南部，並搬回老家陪伴媽媽。

阿致婆婆的事情總算是順利落幕，但是蓉湘這邊卻出現了一連串的狀況。

蓉湘此次的癌症復發，因為腹腔中的腫瘤壓迫，造成腸胃道阻塞不通，且腹腔內腫瘤持續變大。住院超過九十天以後，林怡津建議他們考慮讓蓉湘接受安寧療護，但蓉湘的先生遲遲下不了決定。林怡津希望我去關心蓉湘的情況，並且了解他們心中的想法。

這天下午我走進蓉湘的病室，發現她獨自躺在病床上，而她望著窗外似乎若有所思。

「蓉湘。」我走到床邊順著她的目光，窗外陽光閃耀，外面是極好的天氣。

「今天天氣真好。」蓉湘望著陽光，帶點惋惜的口吻說：「這麼好的天氣，若是可以去外面晒點太陽一定很舒服。」

我微微一笑，「是呀，這麼陽光燦爛，是個適合出遊的好日子。」

蓉湘轉過頭嘆息：「哈尼最喜歡在陽光下奔跑，不知道牠現在好不好？」

哈尼？這是我首度聽到這個名字，這又是誰呢？

「哈尼是我養的小狗，是一隻馬爾濟斯。平常都跟我一起睡覺，住院這麼久，都沒辦法再抱抱牠。」蓉湘情緒低落地說道：「住院這麼久了，我的病情都沒有起色，想這次我可能出不了院。」

我伸手握住蓉湘的手，「蓉湘，妳很想哈尼。」

蓉湘點點頭然後望著我問：「樂樂，我的病是不是沒有機會了？我沒有救了，對嗎？」這讓我怎麼回答？我猶豫著如何接話，但蓉湘似乎已經有了答案逕自說著：「我知道，我的身體正在逐日走下坡，雖然先生跟小芊不說，但是心裡有數。我應該出不了院，沒辦法好起來了，對不對？」蓉湘輕嘆口氣：「我不怕死，我只是擔心走了以後，小芊怎麼辦？先生又該怎麼辦？」

我輕拍她的手背，「妳很擔心他們嗎？」

「樂樂，妳不知道，小芊從大學畢業之後就遇上我生病，所以她一直沒辦法去追求夢想到廣告公司上班。我這一病就這麼久，也拖累了小芊。」蓉湘擔憂地望著我，「先生半年前也失業了，一家人就靠著住院的保險給付過日子。若是這時候我走了，他跟小芊又該怎麼辦？」

原來這段時間，蓉湘的保險給付是他們一家人的經濟來源。但終歸有一天，蓉湘會離開，屆時又該怎麼辦呢？

蓉湘轉頭望著窗外的陽光，滿腹惆悵地說道：「這次離開家裡好久，我好想哈尼，可是小狗不能到醫院，要是我真的走了，就再也見不到牠了。」

的確礙於規定，無法讓小狗到醫院看蓉湘，除此之外她心中還掛念著女兒的工作。

「蓉湘，這些事情妳有跟小芊提過嗎？」

蓉湘回頭望著我，搖搖頭。

「妳應該趕緊利用機會，好好跟小芊談一談。」我引領她跟女兒展開道別的準備，「這些事情，妳已經在心中琢磨很久，應該要讓小芊知道。」

「我很自責，小芊為了我放棄追求夢想，這些年是我礙著她去上班工作。」蓉湘滿懷愧疚地說：「我很擔心，我走了以後，小芊能回歸社會並正常上班嗎？」

「小芊那麼年輕，一定可以的。」我握住她的手，「我知道這段時間，妳以醫院為家，日子十分難熬。妳想念小狗又掛念女兒的未來，這些心事妳都可以跟小芊說，妳們應該好好聊聊，不要繼續蹉跎浪費時間。」

蓉湘覺得我的話有理，於是就點點頭答應。

「還有，妳先生因為捨不得妳離開，所以遲遲無法決定是否要接受安寧照護，我想知道妳自己的想法呢？」

蓉湘看著我跟著語氣平緩地說：「這些年來，被困在這副殘敗的軀殼裡，我真的很累、很辛苦。如果可以選擇，我想要很平安又順利地走完最後一段路。」

我點頭明白她的意願。

「那麼，我請安寧團隊那邊來看看妳，讓共照師來跟妳聊一聊，好嗎？」

蓉湘點點頭表示應允。

在疾病末期，除了家屬的意願之外，其實最重要的就是病患自己的想法。畢竟被困在生病軀體中的是病患，也唯有自己可以決定最後的路要怎麼走。因為蓉湘的病況持續變差，她表達想接受安寧療護的意願，同時也向女兒不離不棄的照顧表達感謝。

共照師楊佳齡介入引導先生與蓉湘一同回顧過往，完成「四道人生」。先生承諾未來會好好照顧自己，要蓉湘不要掛懷。

小芊帶來一段錄製的影片讓蓉湘稍微解除相思之苦，裡面的主角是哈尼。後來，蓉湘轉入安寧病房接受安寧緩和治療。

蓉湘就像普天下的父母一樣，萬事擔憂子女。她明白女兒與先生依賴自己住院所請領的保險金過日子，一方面擔心女兒無法重回職場的話該怎麼辦；另一方面也擔憂，自己真的走了就無法繼續提供保險請領，先生與女兒未來的生活又該怎麼辦？但保險金來自以醫院為家的日子，這又很難熬。蓉湘的心事聽來矛盾，卻道盡天下父母親的心思，萬事所想所考慮均環繞著子女。

而阿致婆婆又何嘗不是如此？凡事以兒女為優先，菜園裡種的蔬果，都是為了讓兒女們帶回家享用，因為自己種得最好也最棒，即便生病了還是掛念著，菜園裡的菜長得好不好？

最後兒子們是怎麼回報母親呢？

還好最後小女兒守候在阿致婆婆身旁照料，事事躬親。

孝順要及時，莫待親人走了，告別式上那些儀隊、車隊、旗隊等儀式，都只是形式，亦是徒然，怎麼都比不上親人在世時你一句真心的嘘寒問暖與陪伴。

第八章　媽，我愛你

這天剛上班，齊雲神祕兮兮地拉著我到休息室，因動作來得突然，驚得我差點打翻手上的咖啡。

待我站定之後，齊雲急忙開口對我說道：「昨天晚上崔大哥回來病房。」

崔大哥？怎麼會？

崔大哥是病患阿蜜姨的兒子，也是病房裡有名的孝子，從阿姨生病後都由崔大哥一手照顧。各項日常照護，崔大哥不假手他人均親力親為。阿蜜姨與崔大哥為人和氣且和善，護理師們都很喜歡這對母子。上週末阿蜜姨過世，我本以為可能再也看不到崔大哥，同時也聽不到他的爽朗笑聲。

齊雲小小聲地對我說：「聽夜班護理師說，昨天凌晨發現崔大哥直挺挺地站在病房門口，安靜地流著淚水未開口說話。大概過了一小時以後，他跟夜班護理師說了聲抱歉就逕自離開。」

我算算時間後驚訝地發現昨天是阿蜜姨的頭七，就對齊雲說道：「昨天是阿姨的頭七，崔大哥應該是因為太想念阿姨，所以才跑到病房悼念。」

齊雲感嘆地搖頭，「夜班學妹說崔大哥哭得很傷心，可能怕打擾到其他病人，所以只是站在病房門口默默掉淚，他的身體不停抽搐，像要強迫忍耐不能放聲大哭。」

我心中暗自禱告，希望崔大哥早早脫離親人離世的傷感，盡快恢復正常生活。

當初阿蜜姨診斷出子宮內膜癌第三期以後，每回住院治療都由崔大哥陪伴。崔大哥雖然人高馬大，照料母親的事務上卻十分細心。

阿姨的住院期間大哥均服侍在側，只要是想得到的事情，崔大哥從來不會假手他人。包含擦澡與更換尿布等等，崔大哥並不以男女授受不親來推託這些事情，他認為和母親之間並沒有所謂的男女隔閡。

臨床工作時，偶爾會遇上某些家屬推託說不會幫病患換尿布，直接點名要護理師去換，還丟下一句「這是你們的專業」。面對這種事情，護理師們會帶著家屬一起幫病患更換尿布，並且告訴他們這項工作既不難也非專業，只要會幫寶寶換尿布就能幫病患更換。但是家屬總以「我不會」、「那是你們的工作」等等推託之語，把工作推卸到護理師身上。

崔大哥對此說法就不以為然，他曾經站出來為護理師說話，甚至教育過這些家屬。

事情發生的那天，某床家屬跑到護理站頤指氣使大聲責罵護理師，原來是他媽媽的尿布已經沉甸甸滿滿一大包。他出言責備護理師為什麼不主動幫媽媽更換尿布，還裝聾作啞不當一回事。

我記得那位家屬氣燄沖天，猶如跳針一般地不停叫囂。

「你們也太混了吧，我媽媽的尿布都能擰出水來，還裝死當成沒看見呀。難不成你們是故意的嗎？」男家屬暴跳如雷，不停地說：「要是我媽屁股爛掉，你們誰能負責？」

換尿布本就不是護理師的業務，我們只是本著協助的心態，和家屬一起協力更換。但這位家屬卻本末倒置，硬把這項工作及責任推到護理師身上。

這實在是讓人氣不過，我正預備上前與他理論一番，一旁正在等護理師拿乾淨衣物的崔大哥突然開口說話：「如果你媽的屁股爛掉需要誰來負責，那個人當然是你呀。」

這話一出，讓男家屬更加生氣，只見他見笑轉生氣地罵道：「你是誰，這又關你什麼事！」

「我是路人而已，因為路見不平說幾句公道話罷了。」崔大哥身高一百八十公分，身材魁梧壯碩，只見他站直身體望著那名家屬又說：「護理師的專業可不是幫你媽換尿布，那是陪病家屬要自己處理的事情。只是因為你一個人無法獨立完成，護理師協助你、幫忙更換而已，你可別反客為主。」

崔大哥輕咳幾聲清清喉嚨後繼續說：「還有，媽媽是自己的，當然你要自己負責。你非得要把責任推給護理師就太不公道了。護理師要照顧那麼多病患，要是每位家屬都跟你一樣不講理，事事樣樣都要護理師來做，那他們還要不要下班？」

「我……你……」男家屬臉上一陣青一陣白，似乎被崔大哥這些話堵得不知該如何回應才好。

「真需要護理師幫忙，態度也要好一點。他們願意幫忙你，那是在做功德。你得心懷感恩，知道嗎？」崔大哥望著他說：「還是你想學，我也可以教你怎麼換尿布。」

只見男家屬結結巴巴地說道：「我……我……我是男生，怎麼可以幫我媽媽換尿布！」

崔大哥笑了笑，「男生又怎麼啦，你是你媽親生的，當年也是從那裡生出來的，有什麼關係？這時候還擔心男女授受不親呀。如果你真的忌諱這些事，那你可以花錢請看護來幫忙處理，別把所有的事情都往護理師身上推。」

男家屬自覺無趣又站不住腳，於是悻悻然地走了。

我靠過去小小聲地對崔大哥道謝，「崔大哥，謝謝你。」

崔大哥不在意地揚揚手，「妳們辛苦了，老是遇上這種不講理的人，真讓人覺得討厭。」

我無奈點點頭說：「沒辦法，像你一樣明理的人實在太少了。」

「護理師的工作又多又雜，哪裡有辦法像他所想的那樣面面俱到。如果真要這般美好，妳們一個人就只能照顧四個人。」崔大哥頗能體恤臨床護理人員的苦，的確目前因為護理人力吃緊，白班護理師要照顧八到九位病患，從發藥打針到傷口換藥，還有疾病照護衛教，通通要一肩扛起。逾時下班是常態，正常下班是夢想。出於職業素養這些工作我們責無旁貸，希望民眾能了解我們的工作十分沉重又繁忙，並且給予我們多一分尊重。

這次幸好崔大哥出面，幫我們說上幾句話，讓家屬不要一副理所當然的模樣，還指責我們怠惰。

除了這一次之外，病房裡還發生過竊盜事件，也是仰賴崔大哥幫忙。

那天接近中午左右，葉心忙完手上的治療後，突感一陣腹痛如絞，於是急忙到更衣室裡去上廁所。等她一陣暢快後，就聽見更衣室的門傳來打開的聲響。本來也沒有什麼，或許是同事進來拿錢預備買午餐。葉心洗洗手預備離開，一開門卻看見一名中年男子站在更衣室裡面。

當下葉心立刻驚慌大喊：「你是誰？跑來我們的更衣室要幹嘛？」

這可是女性更衣室，光天化日之下，居然有男人偷跑進來！

中年男子一陣驚恐，似乎沒料到更衣室裡面有人，於是倉皇地轉身拔腿就跑。他不跑還沒事，這一跑就表示這人心裡面肯定有鬼。

葉心急忙追上去還邊喊著：「學姊，有人跑進更衣室，趕快來抓人。」

中年男子一出了更衣室，直接想往電梯間跑，看他的動作迅速又熟門熟路的，想必對我們病房的方位設置十分熟稔。

葉心這麼一喊，驚動了護理站眾人，恰好崔大哥正在茶水間倒水，他也聞聲跑了出來。

一干人等如同圍捕獵物般追著中年男子，可惜男子像是練過跑百米之功力，須臾之間閃避開來，眼看就要被他給跑掉了！

崔大哥不愧是軍人出身，看著他越過我們眾人後，直接一個飛撲，把男子撲倒在地。

「跑什麼跑？你心虛嗎？」崔大哥壓制著中年男子。

而追上來的眾人，對於勇猛的崔大哥此項義舉，心中感佩萬分。

只見葉心上前氣喘吁吁地說：「崔大哥，這個男的剛剛在我們女更衣室裡面，不知道在幹什麼。」

中年男子扭動著身軀，嘴裡辯解著：「我走錯病房了，我也是家屬，我老婆住○七房B床。」

「我也住○七房，我怎麼沒看過你。」剛好這次阿蜜姨住○七號病房，住院期間崔大哥從未見過這位中年男子，他真是隔壁床的家屬嗎？

而且家屬誤走進護士更衣室？一般更衣室都有上鎖，豈容其他不相干的人等隨意進入，所以這番辯解聽來十分不合情理。

此時，從他外套口袋掉出一個粉紅色皮夾。

齊雲一眼認出那是她的皮夾，只見她驚呼叫道：「那是我的皮夾！」

崔大哥緊緊抓著這名約莫是小偷的中年男子，一旁葉芬芳立刻拿起牆壁上的內線電話，撥電話請樓下保全人員上來，而我則是打了一一○報警。

保全上來後，一眼就認出這名男子是慣竊，之前在內科病房那邊潛入病室之中，竊取病患或家屬的財物。前幾次偷竊，他都順利得手，食髓知味，準備到婦癌病房好好大幹一票，沒料到這回他在我們這裡栽了跟斗。他本想趁著護理師都在忙碌，偷偷潛入護士更衣室大展身手，沒料到被肚子痛的葉心撞個正著，想要逃跑又被熱心的崔大哥逮個正著。

警察抵達病房後，因為是現行犯，又有人證物證，所以就帶著中年竊嫌與葉心、崔大哥到警局備案。

幸虧這次竊嫌沒有得手，在他身上一共搜出了三個女用皮夾，還有一些現金。那可都是護理師們的血汗錢哪。

由於崔大哥的義舉，我們沒有因為小偷盜竊財物而荷包大失血。

除了問題家屬、小偷慣竊之外，我們還遇過差點演變成醫療暴力的事件，幸好在崔大哥的保護之下，所有護理師們均毫髮無傷。

那天下午，因為新入院的病患很多，護理師們都忙著處理新病患入院事宜，包括問資料、完成相關同意書資料填寫以及介紹環境及住院須知等等。事務繁雜，護理師們都快手快腳處理著，一心想著趕緊把事情完成，就在眾人快忙翻之際，一名臉色紅通通，身上散發酒氣的家屬，跑到護理站來。

他腳步踉蹌地勉強穩住身體，站穩腳步後大聲地對著護理站的眾人問：「我太太的護理師是誰？」

此刻護理師們手上都有事務在忙，似乎沒有人聽見他的話語，他氣惱地拿起護理站櫃台上的一瓶點滴，直接往地上砸下去。那瓶點滴碰撞到地板後，不但發出極大聲響，點滴的玻璃瓶身破碎後，碎片還四散遍布在護理站外的走道上。

那名家屬氣燄高張地大聲吼叫道：「你們有沒有人要理我一下，到底是誰照顧我太太！」

這聲吼叫讓護理站裡面忙碌的眾人都停下手來。然後葉心認出了這是自己負責照顧段落中某位病患的家屬，她急忙放下手邊事務起身上前。

「先生，是我負責照顧你太太。」葉心站在家屬面前態度謙和地說：「請問你有什麼事情嗎？」

家屬伸出食指指著葉心並帶點怒氣說道：「妳怎麼都沒有到病房來？」

葉心一臉疑惑，丈二金剛摸不著頭緒，他怎麼指責她沒去病房？這位病患昨天剛接受手術，明明一大早她到過病房，替病患換過衣服及傷口上的敷料，何來都不來病房之說？

「不好意思先生，我早上已經去幫你太太擦過身體也換好衣服，傷口也已經更換過敷料。」葉心細心地解釋說道：「還是阿姨有什麼需要幫忙的地方，我可以馬上過去。」

家屬眼睛中布滿紅色血絲，一身酒氣，似乎不接受葉心的解釋。只見他動手推了葉心一把，接著又吼叫：「我就沒看到妳過來呀，妳在講什麼屁話！」

葉心被這麼一推，稍微往後推了幾步，她急忙解釋：「先生，我真的有過去，你聽我說——」

「我說沒有就沒有，我說妳說謊妳就是說謊。」家屬揚起手想攻擊葉心。

葉心急忙往後退，同時大喊：「先生，有話好好說。」

因為家屬有攻擊的舉動，護理站眾人急忙起身過去要保護葉心。

此時，崔大哥一把拉住了家屬的手臂，「大白天就喝得醉醺醺，喝醉了就回家睡覺，跑到這裡來發什麼酒瘋。」

家屬身形比較瘦小，自然不是崔大哥的對手，但是他仍奮力地伸出短腿，想要踢崔大哥，而且嘴裡開始一連串的三字與五字國罵連番出籠。

葉心這小嫩雞不曾見過如此場面，只見她驚恐地看著那位失控的家屬，淚珠不停滑落。我急忙起身過去抱著葉心，然後望著家屬，以強硬的態度罵道：「你是誰？神經病呀？發什麼酒瘋！」接著轉頭對其他人說：「打電話叫保全上來。」

「誰發酒瘋！誰喝酒了？」家屬說話顛三倒四：「我沒有喝酒，我……我也沒有發瘋……」

崔大哥一臉嫌棄地望著他，「都已經酒氣沖天了還狡辯說你沒有喝酒！你是當我們的鼻子都壞掉嗎？」崔大哥一把拉著他往護理站外面走，又說：「你是哪一床的家屬，我送你回病房休息。」

「我沒有喝酒……」眼看家屬邊被崔大哥拉扯著往病房區走去，嘴上邊不饒人地狂罵：「你們這些雞掰人，神經病！王八蛋！老子喝點酒關你們什麼事，老子高興所以多喝幾杯，快放開老子的手。」

崔大哥也是被這人不堪入耳的話給逼急了，於是怒聲吼道：「你最好嘴巴放乾淨一點，這裡是醫院不是你家，你剛剛說那些亂七八糟的話，可是會觸犯公然侮辱罪。」

崔大哥的話如當頭棒喝，家屬的氣燄稍稍滅了一些。此時又有一名年輕男子跑了出來。

「爸爸，你在幹嘛！」年輕男子上前站定後，不停地向崔大哥及眾人鞠躬道歉：「對不起，對不起，我爸喝多了，我剛剛以為他自己回家休息了，沒料到他居然跑到護理站來鬧事，對不起。」

崔大哥這才放開手，那中年家屬身體微微向後倒，由兒子扶住身體。

「爸爸，大白天就喝得醉醺醺的，既然喝醉了就在家裡休息，跑到醫院來幹嘛？」兒子忍不住唸了爸爸幾句，「媽媽剛剛手術現在需要靜養，你就幫幫我的忙，趕緊回家休息。」

「你媽動手術，我來醫院看她不行嗎？」中年家屬大有見笑轉生氣的態勢，只見他聲音又大聲起來反問兒子：「我關心太太，不行嗎？」

「行行行，那你行行好，今天先回家睡覺好不好？」兒子面對爸爸這種狀態也是頭疼不已，「我還要照顧媽媽，你就先回家啦。」

酒醉的家屬一副不想離開的姿態，我走上前說了句公道話：「先生，你先把爸爸帶回家安頓好以後，再回醫院來照顧媽媽吧。他喝了很多酒，自己回家也不安全。」

兒子覺得我的話在理，但是又擔憂躺在病上的母親沒人看護。

「媽媽這裡還有我們，你就放心帶父親回家，快去快回就好。」齊雲也出主意幫忙解套。

既然護理師們都願意出力幫忙，兒子也不好推託，於是不住鞠躬道謝：「那媽媽就先麻煩你們一下，我先帶爸爸回家，不好意思。」

我揚揚手表示沒事，跟著就目送他們父子離開。

崔大哥看著他們離去的身影感嘆道：「真是什麼人都有。」

「一種米養百樣人，在醫院工作看盡人生百態，這裡還真是社會縮影。」我對崔大哥道謝：「崔大哥，謝謝你出手相救。」

「沒事。」崔大哥看看我然後又看看葉心，關心地問道：「葉護理師沒事吧？」

葉心的淚水已然止住，她望著崔大哥搖搖頭。

「葉心放心，沒事的，大家都在。」我抱著她不停安慰。「剛剛他推了妳一把，沒受傷吧？」

葉心仍心有餘悸地說：「沒有，還好我躲得快，不然可能就被揍了。」

「要是他真出手，我也會給他好看。」崔大哥立刻比劃兩下，接著說：「我可不是吃素的。」

這些話終於逗得葉心破涕為笑，原本低迷的氣氛，瞬間像是陰鬱天候遇上大太陽般轉變。護理站眾人們趕緊繼續忙碌於手邊的工作。經過這個小插曲，崔大哥與我們的關係變得更緊密。

不過阿蜜姨在世的時候，幾次在聊天中透露她對崔大哥的擔憂。

崔大哥是軍人退役，目前領有終身俸，由於和妻子離婚，所以大部分的俸祿都轉入妻子的帳戶之中。

幸好崔家幾位姊姊，都很照顧弟弟，了解他的經濟情況並不寬裕。所以隔三差五地匯點生活費給崔大哥。一方面可以照料弟弟的生活，另一方面就充當是崔大哥照料母親的一點補貼。畢竟，崔大哥因為專職照料阿蜜姨，沒法找份穩定的工作，這點補貼也能讓他生活無虞。

阿蜜姨常常掛心自己走了以後，崔大哥該怎麼辦？

我覺得阿蜜姨多慮了，因為崔大哥心思細膩，照顧阿姨十分得心應手，後續有機會可以考慮取得看護執照，未來還有一技之長在身。

崔大哥聽了我的建議後，先是哈哈大笑，接著說道：「我這大老粗，照顧媽媽還能騙騙妳們，真要我去當看護，我怕我會累死。」

累死？這又是何解，我疑惑地望著他。

崔大哥讀出我眼中的疑惑，解釋說：「媽媽是自己的，自當無怨無悔付出。但是，我扛不起重責大任去照顧病患。」

一旁的阿蜜姨忍不住開口：「你這麼說，難不成你都隨隨便便應付我呀？」

崔大哥打趣地笑著說：「要是妳不聽話，我還能偷偷打妳屁股，別人的爸媽不乖，我就只能默默吞下了。」

「你這個臭小子，居然想打你媽的屁股。」阿蜜姨偷偷捶了下崔大哥的臂膀，又抱怨地說道：「怪不得有時候我的屁股還真有點痛。」

崔大哥急忙喊冤似地說：「我只是想想而已，可從來沒有真的打過妳喔！」

「要說起打屁股，小時候你被爸爸打的還少嗎？以前你就跟鬼靈精一樣，幾乎每天都讓你爸爸拿藤條追著跑。」阿蜜姨回憶著以往的事情，「你還記得有一回，你讓爸爸追著在村子裡跑，全村的人都知道你闖禍了。村長怕你被爸爸打死，還趕緊跑來家裡幫你求情。」

崔大哥哈哈大笑：「媽，妳怎麼記得這些醜事，難道我就沒點好事能夠讓妳懷念呀。」

「這叫好事不出門，壞事傳千里。」阿蜜姨看著我感嘆道：「後來，我覺得這孩子這麼頑劣，恐怕在自家會教不好，所以才早早送他去讀軍校，想著讓軍營裡的長官來教，好好磨練這塊頑石。」阿蜜姨輕嘆口氣：「還好從軍以後，他長大也懂事許多。每次放假回家都會主動幫我做家事，他爸爸也說送去念軍校是對的。」

「當兵的時候很苦。」崔大哥回省往事：「軍中學長學弟制嚴明，前幾年被操得不成人形，那時候是人生最精瘦的階段。」他拍拍微凸的肚腹，「哪像現在，都有大肚腩啦。」他又望著阿蜜姨說：「這段時間忙著照顧妳，都沒時間運動健身，這算不算是職業傷害？」

阿蜜姨噗嗤一聲笑了出來：「你這顆肚子還沒退伍就跟著一起回家，你可不能怪在我身上。」

我在一旁看著他們的互動，覺得這對母子的感情真好，對話內容也超有趣的。不只阿蜜姨被逗得哈哈大笑，連我也常常笑到肚子痛。

阿蜜姨經歷過兩次大手術，手術後的照護都由崔大哥親力親為，未曾假手他人。即便是擦澡與沖洗私密處，崔大哥也是自己完成，不交給護理師處理。

就像崔大哥所說，母親是自己的，而他又是自母親身體中孕育且誕生，何來男女授受不親之說？推託說這些事情專業所以不會做，更會被崔大哥打臉道，世上有什麼事情，是人一出生就會的？擦澡、換尿布、換衣服、沖洗私密處等事項，都非專業的技能，只要肯學就一定學得會。

阿蜜姨陸續住院數回，期間癌症復發兩次。最後一次復發的情況來勢洶洶，不止腹腔內淋巴結有多處轉移，從電腦斷層片上我們也發現肺部出現散沙點狀分布，這代表肺部有轉移現象。林怡津持續給予化學藥物合併標靶藥物治療，但是效果不佳，阿蜜姨病情逐日走下坡。

阿蜜姨希望最後一程可以走得平安順心，不要有多餘的醫療處置，所以她很早就簽署好DNR意願書。安寧共照師楊佳齡也到病房來，協助阿姨與崔大哥回顧他們的人生，讓阿蜜姨透過「四道人生」，與兒女們道別。

那段時間，崔大哥總跑到病房外面偷偷哭泣。他擔心很快就要失去母親，那種擔憂與恐慌時刻刺痛著他。

我跟楊佳齡也與崔大哥數度談話，我了解崔大哥對母親的不捨，也鼓勵他趁著阿蜜姨神智清醒的時候，多陪她說說話，然後多錄製一些影像留下來，以備日後懷念。

崔大哥紅著眼眶對我說：「媽媽說等她走了以後，我就輕鬆了，也可以去做自己想做的事情。」他哽咽道：「可是我最想做的事情，就是繼續照顧她，我不希望她死掉。」

我拍拍崔大哥的肩膀，「崔大哥，我了解你的心情，這段時間都是你陪在阿蜜姨身邊，我想你心裡一定很複雜。」

崔大哥深呼吸後望著我說：「我知道人的壽命有多長是固定的，有時候我們故意去強求增長壽命，對媽媽不一定是件好事。如果我硬是要把媽媽留下來，那麼就得要採取非常手段，這樣跟媽媽想要好走的願望牴觸。道理我都懂，但真正發生在自己身上的時候，我卻……」

親人死亡的這道門檻，在尚未到來的時候，我們常常以為能雲淡風輕地面對，但到這關鍵時刻，才知道這是難以抉擇的考驗。你能放手讓親人離開，而且接受以後他再也不在自己身邊了嗎？

這些事情若發生在別人身上，自己瞧著似乎容易走過去，什麼放手讓他走啦、希望他走的時候好看一點啦、無謂的醫療處置太浪費等等。但等到真的發生在自己身上的時候，下決定卻是萬分艱難。

我告訴崔大哥，「這真的是個很難的問題，我也知道你很難放手。可是，能夠走得輕鬆些，是阿蜜姨唯一的心願。你也希望阿姨能夠走得順利且平安吧。」

崔大哥點點頭。

「你有跟阿姨討論過來世嗎？」我看著他問道：「你們相信前世今生這類事情嗎？」

崔大哥點頭：「我之前跟媽媽說，下輩子還要當她的孩子，繼續孝順她。可是……」崔大哥一陣哽咽，神情悲戚：「樂樂專師，真的會有下輩子嗎？」

「會不會有下輩子我不知道，所以你得好好把握這剩下的時間。」我鼓勵他多跟阿蜜姨說說話，「或許會有下一世，也或許沒有。無論如何，你抓緊這段最後的日子，跟阿姨好好珍惜相聚的時刻，未來阿姨會在另一個地方繼續守護你們。」

崔大哥點點頭似乎了解我的意思，「佛家認為，要讓魂魄了無罣礙離開人世。我也不希望媽媽因為擔心我，而無法安心離去。」

看著崔大哥失魂落魄的樣子，我還是很擔心，於是就對他說：「崔大哥，如果需要有人陪你聊聊天，你可以來找我，你知道我都會在護理站。」

崔大哥知悉地點點頭後就先回去病房休息。

阿蜜姨和崔大哥之間的母子感情那麼深厚，我不禁擔憂崔大哥失去母親後，該如何面對、如何重整生活？

病患需要善終，而家屬們面對失去親人的悲痛，接下來的時間又該如何善活？

與崔大哥談話後的第三天晚上，阿蜜姨在醫院走完人生最後一段路。

夜班護理師告訴我，阿蜜姨離開的時候，崔大哥跪在病床前哭到無法自己。他一邊哭一邊為阿姨助唸大悲咒，希望母親在佛祖護持下，脫離苦痛轉往極樂世界。他本來想跟護理師一起幫阿蜜姨擦身更換衣物，眼淚卻不聽使喚、掉個不停。

民間有這麼一個說法，家中的老人如果逝世了，家人的淚水絕不能滴在已逝者的身體上。如果將眼淚滴在已逝者身上的話，將會讓逝者走得不安心，因此在黃泉路上容易左右徘徊、猶豫不決，也會影響未來投胎。而滴下眼淚之人也會沾染上一點霉氣，從此之後運勢會變得非常差，今後做任何事都會非常倒楣。所以崔大哥在護理師幫阿蜜姨更換衣物的時候，只能獨自跪在床簾之外，同時幫母親助唸大悲咒。

夜班護理師還說，崔大哥哭到整個人有點恍惚，最後是姊夫攙扶他跟著阿蜜姨的遺體離開病房。

阿蜜姨的最後一程走得平安順利，沒有太多的醫療介入及苦痛。但是我知道，崔大哥的真正挑戰才正要開始。

照顧阿蜜姨這段時間，崔大哥一心一意守候在阿蜜姨身邊，生活重心就是母親。雖說阿蜜姨的離開不是突然發生，但他仍然需要一些時間來適應親人離世後的空虛寂寞。阿蜜姨頭七那天晚上，崔大哥跑到病房來，想必是因為過度思念母親，才會跑來醫院悼念。

不止齊雲跟我提及對崔大哥的憂慮，葉心也是如此，畢竟大哥曾經救她於水火之中，讓她躲過家屬攻擊。大家都這般擔憂崔大哥，怕他走不出失去母親的傷痛，於是我就興起打電話關心一下崔大哥的想法。但是嘗試打了幾通電話，通通轉語音信箱，我雖十分擔憂卻又無計可施。同時我打給崔大姊，想知道關於崔大哥的近況。崔大姊告訴我，崔大哥雖然心情還很低落，但是吃喝及生活一切如常，單從外表看不出異常，只是話語變得很少。

也許崔大哥還需要更多的時間，我只能交代崔大姊多注意崔大哥的情況。如果需要幫忙也能跟我們聯絡。

沒能跟崔大哥聯繫上，總覺得好似沒完成這件事情一樣，我只能默默在心中祝福，希望崔大哥早日走出失去母親的傷痛，抑鬱的情緒早日復原。

跟崔大姊通過電話一週後，某天下班，我與齊雲在醫院門口遇上了崔大哥。

那天齊雲有想看的電影，剛好我們都準時下班離開醫院，一走出醫院大門口，如鷹眼般銳利目光的齊雲，發現崔大哥坐在醫院旁人行道的石椅上。

齊雲立刻拉拉我的臂膀，帶點興奮的語調說道：「樂樂，是崔大哥。」

我順著齊雲手指的方向望去，發現崔大哥的表情落寞，正呆呆地獨自一人坐在石椅上。

我跟齊雲走到崔大哥面前，我開口問他：「崔大哥，你怎麼在這裡？你還好嗎？」

崔大哥有點訝異地望著我們，「樂樂、齊雲，是妳們呀。」

齊雲有點擔憂地望著崔大哥，她立刻就發現他的臉頰微微凹陷，臉色也帶點灰暗，似乎精神不大好。

「崔大哥，你還好嗎？你好像變瘦了。」齊雲語帶憂慮：「這段時間，你沒有好好照顧自己嗎？」

崔大哥輕輕揚揚手，「沒事，就是食慾不好，睡覺也不安穩。」

我看看時間，剛好接近晚飯時間，於是提議：「崔大哥，我們一起去吃頓晚飯吧。」

崔大哥抬頭望了我一眼，帶點猶豫並未立刻答應。

「就在醫院附近不會很遠，我們順便聊聊天吧。」我想好好跟崔大哥聊一聊，順便開導他一下，看著他意志如此低落，也讓我感到十分難過。

「對呀，崔大哥，你就跟我們一起吃頓飯，聊聊天嘛，」齊雲也在一旁敲邊鼓，「不會花你很久的時間。」

我與齊雲這般盛情邀約，崔大哥也不好繼續推辭，於是我們三人就一起到醫院附近一家餐館，叫上幾道家常菜，小小聚會一番。

崔大哥看著我跟齊雲，似乎感受到我們對他的擔憂，於是開口說道：「我姊告訴我你們曾打電話給她，告訴她都找不到我。其實我沒事，只是還需要一點時間習慣這樣的日子。」崔大哥嘆了口氣：「我從退役之後，就一直專心照顧媽媽，整天的行程都繞著媽媽轉，一下子媽媽走了，我的生活好像失去了最重要的事情，沒有了重心。姊姊告訴我，老是每天垂頭喪氣也不是辦法，於是我就把這些日子以來，陪著媽媽走過的路，自己重新走過一遍。我到台東住進了當時跟媽媽一起住過的民宿。又去了趟宜蘭，到那間跟媽媽一起拜拜的寺廟，還在那裡吃了一頓齋飯。」崔大哥眼眶開始泛紅，嗓音也哽咽：「會到醫院來，就是因為媽媽是在這裡離開我。」他落下淚來，「這些與媽媽一起走過的路看起來似乎很長，但是實際走起來卻那麼短，我能夠陪伴在媽媽身邊的時間，怎麼會那麼短暫？」

崔大哥想起傷心事，痛哭失聲，久久無法平復。

齊雲也紅了眼眶，我拿出面紙遞給了他們。

「崔大哥，你已經很棒。」我望著他跟著說：「至少你願意走出門，而不是整日待在家裡傷心。」

「我待在家裡也是心如刀割，看著媽媽留下的東西，我根本沒辦法動手整理。」崔大哥嘆氣說：「我在媽媽常常坐的椅子旁，放上她喜歡的花草還有她慣用的杯子，就好像她還在我身邊一樣。」

面對至親離世，活著的親屬需要時間來撫平傷痛。「崔大哥，這些都需要時間，你也不要逼迫自己馬上面對一切，或是想短時間內就把一切都處理好。」

我想起阿蜜姨曾經提起過，她在鄉間有塊農地，本來想在那裡養老，崔大哥也知道這件事情。

「崔大哥，我想你得好好生活下去，不然阿蜜姨會擔心你。」我望著他問：「我記得阿蜜姨說過想去鄉下養老，應該沒錯吧。」

崔大哥點點頭，「媽媽說過想在鄉下養養雞、種種菜，每天都在雞鳴中起床。」

「既然這樣，你何不幫阿蜜姨完成這個心願？」我提議道：「這樣一來，既能讓你轉換心情，另外也能完成阿蜜姨的願望。」

齊雲接著說道：「是呀，崔大哥，你找點事情來做，我覺得樂樂這個建議很好。」

崔大哥點點頭，跟我們道謝：「樂樂、齊雲，謝謝妳們。有妳們這樣關心我，真好。」他舉杯後對我們說：「我以茶代酒，謝謝妳們。」

「別客氣。」我跟齊雲趕緊舉杯與他對飲。

「對了，崔大哥，你有空的時候也能到醫院來看看我們。」齊雲不忘提醒他，「我們大家都很關心你的情況。」

「特別是葉心，上次打電話給你，你都沒接，她超級擔心的，很怕你出了什麼意外。」我也把大家對崔大哥的關懷告訴他。

「放心吧，我只是心情還沒轉換好。不會想不開啦。」崔大哥爽朗地應允下來，「改天要回醫院回診的時候，一定撥空上去病房看看妳們。」

「一言為定。」我看著他的樣子，心裡安定許多。

這段時間的相處，我知道崔大哥個性爽朗，也相信他一定可以早日走出喪親之痛，盡早恢復正常生活。

三個月後，崔大哥帶著咖啡與蛋糕到護理站來探望大家，這天是他回診拿藥的日子。崔大哥有糖尿病的宿疾，固定三個月到醫院回診並看檢驗報告。

幾位護理師跟崔大哥聊天，從言談之間不難感受到，那個爽朗的崔大哥又回來了。而葉心那個愛哭鬼，一見到崔大哥就激動地直掉淚，讓大家嘲笑許久。

同時崔大哥也透露，他正在整理爸爸媽媽留下的那塊農地，想好好規劃一番。可別看崔大哥粗線條的外表，其實他心思細膩，甚至還親自設計農地的規劃圖。

這一次，我們約定，等崔大哥的農場蓋好，我們一定要去看看阿蜜姨想要養老的好地方。

一年後，我開車載著齊雲、葉心和葉芬芳，依照崔大哥提供的地址，在導航引領下，來到苗栗泰安山間一處世外桃源。

下了高速公路，依循導航指示下，走過縣道後拐彎進入一條產業道路。途經羊腸小徑，來到了一處木造圍欄的農地。穿越大門，首先迎接我們的是一棟二樓磚造平房，旁邊是一排停車位，不遠處還有一排小木屋。

停好車後，我們一行人步下車，看著平房，崔大哥已站在大門口迎接我們。滿臉笑容且面色紅潤的他開口招呼我們：「本來怕妳們會迷路，想不到是我低估妳們了。」葉芬芳先走過去，「樂樂是老駕駛，什麼事都難不倒她，也虧得她能在山邊找到小路爬上來。」

「這都是導航的功勞，我只是依照指示開車而已。」我四處看看，此處農地恰好位於山谷之間，空氣十分清新，不遠的山頭上還有雲霧裊裊環繞。

「還真是處好地方。」齊雲感嘆地說道：「能在這裡養老，真好。」

「哈哈哈。」崔大哥被齊雲的話逗得哈哈大笑，他接著說：「我是還不夠老，不過在這裡生活真的挺愜意。每天都在雞鳴中起床，然後在菜園裡忙碌伸展筋骨。我還真沒有想過，現在會過著這種生活。」

「這就叫閒雲野鶴吧。」我笑著說：「崔大哥的身體應該也好多了吧。」

「健壯了不少。」崔大哥拍拍粗壯的臂膀後說：「而且血糖也穩定多了，可能吃的都是些粗糧蔬食，加上每日的運動量也十分足夠。」他比了比不遠處的小木屋，「那一排小木屋的材料，都是我軍中同袍家中工廠做的，前些日子他們來組裝，我也爬上爬下跟著一起忙活了好一陣子。」崔大哥看著自己的心血，流露出滿心歡喜：「幸好寶刀未老，沒當場摔下來丟臉。」

「摔下來可就糟了。」我驚訝地說道：「那屋頂那麼高，真摔下來那可不是小傷而已。」

「所以崔大哥要經營民宿嗎？」望著那排小木屋，葉心好奇地問。

「不是，就是想弄一整排屋子，姊姊們帶著小孩上山來玩才有地方住，山裡什麼沒有，就是地大。」崔大哥微笑，「這裡離台北又近，開著車過來沒多久就到了。我那幾個外甥呀，喜歡到後面溪流去玩水，所以幾乎整個夏天的週末假期都泡在我這裡。」

「真到了暑假，這裡可就變成舅舅夏令營了。」我笑著說：「到時候，你也會很忙。」

「忙倒不至於，算是來跟我作伴吧。」崔大哥感嘆說著，「現在的都市小孩平日都埋在書本裡，下課就是補習，不然也是電腦、電視不離身。到我的農場來，第一無網路、第二無第四台，純粹就是古早的農家生活。」

崔大哥領著我們逛了一圈農場，除了眼前的建築物之外，後方還有雞舍與菜園，種植的蔬果都是純天然有機栽培，並無一絲農藥。此處不但可以修身養性，也能體驗自給自足的生活。對於崔大哥的轉變，我感到十分開心且欣慰，看來他不但成功地轉移生活重心，也重新體悟了人生的美好。

旁邊一排小木屋總共有五間，這都是為崔家姊姊們所預備。如果還有其他朋友來訪，主建築物的二樓尚有三間客房，我們此次造訪就是被安排在這裡住一晚。

繼續往農場裡面走，崔大哥打造了一條步道，兩旁是各色果樹，再進去尚有一處溪水，可以在夏天的時候，跳入溪中戲水消暑。

我們一行人於白天體驗了農家樂，在菜園裡採摘中午與晚上要食用的蔬菜，崔大哥還殺了隻土雞，燉了一大鍋香濃的雞湯。

這頓晚飯吃得我們十分滿足，夜晚就在屋子前方飲著茶水邊欣賞著滿天星斗。

葉心對著繁星點點，感嘆道：「以前我怎麼沒有發現，原來頭頂上有這麼多星星？」

崔大哥邊泡茶邊笑著說：「都市裡燈光密布，哪裡能看得到星星。只有上了山，遠離那些光害，才有機會看清楚。」

「在這處山谷裡，遠離塵囂，生活真的挺愜意的。」我望著崔大哥好奇問道：「崔大哥，經過這些日子，你對阿蜜姨的離開應該比較能釋懷了吧？」

「我覺得最難熬的，就是媽媽剛離開的時候，在老家整理她的遺物，感覺每一件東西都還留有她的味道。那時我摸著媽媽的衣服，感覺她似乎還在我的身邊。」崔大哥輕嘆口氣：「那段時間是我最難受的時候，甚至還想過是不是早點跟著她走，去找媽媽一起過算了。」

的確，對於家屬來說，要挺過失去親人的悲痛以及這段時間的失落感，是件不容易達成的功課。

崔大哥望著我們繼續說道：「後來我在醫院遇到妳們，在吃完那頓晚飯以後，我突然領悟到一些事情。」見我們也望著他，崔大哥接著說：「媽媽必定不樂見我這麼意志消沉下去，她一定也希望我可以振作起來。我想起媽媽不只一次告訴我，想把鄉下這塊地好好整理一下，把這裡打造成退休的處所。於是我就獨自一人開著車，跑到山裡來，把地整理出來，先蓋了這間房子，然後整理出那方菜園。」他回憶道：「每當我動一下鋤頭、滴一滴汗水，腦海裡就會出現媽媽的笑容。從那一刻起，我明白媽媽從來沒有離開過，其實她一直都在我身邊。」

崔大哥又比比門口說：「我已經請同袍製作一塊門牌，這裡就叫懷慈農場。」

這段話讓我們感動不已，同時我也放下對崔大哥的擔憂，心裡著實為他開心，因為他終於挺過這段喪親的苦痛，順利地將生活重心，從照料母親轉移到懷念母親，親手完成母親的夢想，為她打造遠離塵囂的世外農場。

聽著崔大哥跟我們分享這些事情，我也有所體悟。

當親人離世，家屬的生活驟然失去重心，他們獨自在家中整理親人的遺物時，往往會因為思念而淚流不止。那我們又該如何協助家屬走過這段猶如黎明前黑暗的時刻？或許適時伸出手，適度的關懷與陪伴，撫慰他們失落的情緒，都能有所幫助。此外，鼓勵他們轉移生活重心，也是很重要的。

之後，我利用某次病友會，邀請崔大哥與病友及家屬分享，關於家人離世後的心情調適，會中鼓勵癌友與家人們可以盡早規畫後續的旅程，並且鼓勵家屬要有轉移重心的事物。我也與其他護理師們分享，我們除了要協助癌末病患善終之餘，也不要忘記關心家屬的心情。因為善活是他們在親人離世後，急需面臨的功課。

第九章　道別之後的悲傷

經歷過崔大哥的事情，讓我覺得需要更留心家屬於親人離世後的哀傷處理。病患離開以後，家屬需要時間適應至親離世的空虛與悲傷，但這段歷程卻時常受到忽略。

曾經聽說過一種說法，相愛至深的夫妻若是其中一方離世，沒多久時間另一位也會跟著離開。這是因為彼此放不下對方，哀傷過度所導致。如今想來，親人離開的傷慟護理與相關作為，實在有存在之必要性。

於是我開始思考，關於家屬的後續輔導，是否能更深入或有更多機會去努力看看？這項發想才剛剛啟蒙沒有多久，李淳皓的經歷就讓我覺得此項議題有立即被重視的必要。

李淳皓這位活動鳳梨人，即便到了產科，依舊旺到令人瞠目結舌。他常常遇上產科合併症，諸如產後出血、妊娠毒血症等，但憑藉這些年在婦癌病房中的鍛鍊，他對這類問題的處置游刃有餘。相形之下，唯獨胎死腹中這部分，他無力招架。

胎死腹中常見於各妊娠期間，並不限定何時發生；如果真的發生，身體上的症狀都還好處理，但是心理的創傷與哀痛，往往讓人感到相當棘手。

試想孕婦原本開心地懷著身孕，時時刻刻期盼瓜熟蒂落與孩子見面的那一刻到來。這段時期，媽媽會不斷想像孩子長什麼樣子，是像自己還是像先生。卻於某一天，因胎動減少或是沒有胎動，到醫院檢查後發現腹中孩子已沒了心跳。

無論原本的妳有多堅強，此刻大多是痛哭失聲且哀慟不已。等待開心迎接寶寶來到身邊的喜悅，硬生生轉變為送走無緣的孩子。

醫護人員面臨這種狀態，除了安撫、安慰之外，還必須協助父母表達哀傷，並幫助他們重新面對生活。但有時候，失去無緣孩子的傷痛，並非如我們想像中那麼容易撫平。

那天，李淳皓下班後跑到病房找我，一副神祕兮兮且欲言又止的模樣。

我笑著說他無事不登三寶殿，詢問到底發生了什麼事情。

他嘆了口氣，「樂樂姊，如果遇到小精靈的媽媽，妳會怎麼處理？」

小精靈？我沒有聽懂他的意思，好奇地問他：「什麼是小精靈？」

李淳皓壓低聲音說：「胎死腹中的寶寶，產房都稱呼他們是小精靈。」

噢，原來是這樣呀。我望著李淳皓問：「怎麼了，你遇到困難？」

李淳皓點點頭，然後把前幾天在產房發生的事情告訴我，真是段令人哀傷又心酸的故事。

那天晚上李淳皓值班，產房像夜市一樣熱鬧。從夜間六點鐘開始，接連走進幾位待產的產婦。產婦中除了一般正常妊娠分娩之外，也有於外院安胎失敗轉診過來，另外尚有於外院生產後併發大出血後轉診過來的產婦。

總之，李淳皓並沒有浪費「行走鳳梨人」這項封號。

病患俐敏在夜間八點鐘左右走進了產房，她是一位妊娠三十四週，規律產檢且結果都正常的孕婦。之所以到產房來，起因於她從早上開始覺得腹中胎兒的胎動大幅減少，直到踏入產房前一刻，已經感覺不到一絲胎動。

對孕婦來說，胎動減少是件不尋常的事，因為胎兒平均一個小時會有三次以上的胎動。如果胎動減少，代表胎兒在肚子裡發生了某些事情。是臍帶纏繞？還是胎盤出狀況？總之，胎動是評估胎兒活力的重要指標之一。

俐敏與先生來到產房，護理師請她躺床然後進行NST檢查（無壓力試驗）*，來了解胎心音與子宮的狀況。誰料得到，護理師在肚皮上搜尋了半天，卻都找不到胎心音。加上俐敏的主訴，讓護理師直覺事情不妙，她趕緊請醫師過來確認。李淳皓急忙推著超音波幫俐敏檢查，此時發現腹中的孩子已經沒有心跳。

俐敏聽到結果後，先是一愣跟著就放聲大哭，然後大喊著：「不可能，醫師一定弄錯了，你要不要再檢查清楚一點，我的寶寶怎麼會沒有心跳。」

*作者註：NST檢查，又稱為無壓力試驗，透過不施予外來壓力進行胎兒心跳、胎動和子宮收縮之關聯性監測，藉此了解胎盤功能與胎兒的健康情形。

李淳皓把超音波探頭放在俐敏的肚皮上，只見探頭四處掃來掃去，確定腹中的孩子已經心跳停止，也就是胎死腹中，他停下手說：「俐敏，我已經再三確認過，妳的寶寶已經沒有心跳了。」

俐敏無法克制情緒，只見她放聲大哭，連聲喊著：「我的孩子！我的孩子呀！怎麼會這樣？怎麼會突然就沒有心跳了？」

一旁的先生也慌了手腳，急忙追問李淳皓：「醫師，你確定嗎？確定孩子沒心跳了嗎？我們前幾天才剛剛產檢而已，那時候小孩活力很好，醫師說沒有什麼異常，一切都很順利呀。」

李淳皓把探頭收回機檯旁，略帶歉意地說道：「很抱歉，我剛剛檢查發現，孩子真的已經沒有心跳，請你們節哀。」

這句節哀觸動了俐敏的心頭，她控制不了情緒，開始淒厲叫喊著：「我不要，我不要這樣！我要我的孩子，我的孩子，我不要失去孩子。」

先生紅著眼眶趴下身體後，緊緊地抱住俐敏並啞聲安撫說道：「俐敏，妳不要這樣。」

「一定是弄錯了，一定是你弄錯了。」俐敏倏然坐起身體後伸手指著李淳皓，只見她口氣急切地說：「你去通知我的主治醫師蔣醫師，我都是讓蔣醫師幫我產檢的，我要他親自來作確認，沒有蔣醫師確認過，我絕對不接受這個結果。」

由於俐敏的反應十分激烈，李淳皓只能先退出病室。即便病室的門關著，但依舊能從門外聽得到俐敏淒厲的哭聲與叫喊。

一旁待產的孕婦及家屬，紛紛探頭好奇地張望著，不知道的人以為是某位產婦因待產疼痛而聲聲哀號。但是，其實俐敏正經歷與腹中孩子的死別之苦。

李淳皓回到護理站，硬著頭皮打電話給主治醫師蔣依輪，把俐敏的狀況報告讓他知曉。蔣依輪聽過李淳皓報告後，交代先讓俐敏辦理住院，等他抵達醫院再接手處理。

於是李淳皓就先交代護理師幫俐敏以安胎名義辦理入院手續，然後先去處理其他病患的事情。

俐敏入院以後的情緒起伏很大，以往產房本來就會有產婦失控尖叫的聲響。這天晚上又多了俐敏淒厲的哭聲與喊叫，中間不時穿插著她的自責言語。

「我的孩子呀，媽媽是不是太笨了。你中午沒有動就是要告訴媽媽，你很不舒服了，是嗎？但是媽媽居然笨笨地以為，你在睡覺所以不想動。」

「我的孩子，我的孩子呀。嗚嗚嗚……」

面對這樣的狀態，李淳皓大致上心中有底，等蔣依輪醫師抵達醫院，確認俐敏的孩子胎死腹中後，接下來還有一大段哀傷且痛苦的路程要走。

只是李淳皓沒有預料到，俐敏不只面臨失去孩子的悲傷與痛苦，這份痛苦還被喜迎新生命降臨的其他人，放大了許多倍。最終，俐敏的表現澈底震撼李淳皓，讓他對於因胎死腹中引產的醫療照護過程，產生了極度的懷疑。

等候蔣依輪抵達的時間度日如年。等蔣依輪風塵僕僕地趕到產房，李淳皓再次推著超音波並陪著他為俐敏檢查，二度確認胎兒已沒有心跳。

無情的宣判讓俐敏澈底崩潰，她痛哭失聲不停地哀號，產房裡也充斥著她的後悔之語。

「我的寶貝，我的寶貝怎麼會沒有了，怎麼會這樣就沒有了。」

「寶貝，媽媽真的好愛好愛你，你怎麼可以自己走了。」

「媽媽已經幫你買了好多好多衣服，你的小床也已經布置好了，你怎麼可以說走就走……」

孩子離世的事實，讓俐敏哭腫雙眼也哭啞喉嚨，聲聲淒厲呼喚卻依舊喚不回心愛的孩子。先生陪在她身邊也是哀慟不已，但是他必須堅強起來，在旁支持妻子。唯有如此，夫妻倆才能共同面對難關並接受已經失去寶貝的事實，況且接下來還要面對一連串處置與挑戰。

胎死腹中的標準處置，是盡快將死胎引產出來，這是因為擔憂讓孩子繼續留在母體之中，恐有感染或羊水栓塞等風險。

考量到俐敏太過悲傷，恐怕無法立刻接受一連串的醫療處置，加上也接近凌晨時分，所以蔣依輪建議先在醫院裡觀察一晚，等候明天再接受引產處置。

這一夜對俐敏來說，極其煎熬且悲痛難眠。她躺在病床上撫摸著隆起的肚皮，淚水無聲滑落，一旁的先生雖然想說些話來安慰妻子，卻又好像說什麼都不對，於是就保持靜默，只是安靜地坐在一旁陪伴著俐敏。

第二天天一亮，蔣依輪就開立引產等相關處置，俐敏打上靜脈點滴，開始催產素的藥物注射，在陣陣子宮收縮疼痛下，腹中的孩子預備離開媽媽的身體。因為陣陣疼痛令俐敏哀聲連連，護理師詢問是否需要打上無痛分娩。

俐敏堅毅地搖搖頭：「我要體驗生產的過程，我想記住這種感覺，並且靠自己的力量把他生下來。」

先生在一旁替俐敏加油打氣，心中充滿傷痛，他苦勸俐敏說道，不一定要經歷這些辛苦。但是俐敏早已打定主意，任何人都勸不了她。

經過了六個多小時的產痛，俐敏順利娩出了孩子，從外觀看並無任何異常，也無臍帶繞頸的情況發生。到底孩子為什麼沒有心跳，終究是個解不開的謎題。

護理師幫寶寶仔細擦去身上的胎脂及血跡後，幫忙留下腳印並包裹好包巾後，將孩子交給俐敏，讓他們見孩子最後一面並好好道別。

俐敏滿面淚水望著孩子，一時之間竟然產生錯覺，認為孩子只是睡著，其實還有呼吸心跳。

「護理師，寶寶是不是有呼吸？其實他並沒有死，對不對？」俐敏淚眼婆娑地追問道：「妳們可不可以試著急救看看，幫我再盡最後一次努力，好不好？」

「俐敏，孩子的身體很冰涼，他已經走了。」先生啞聲把俐敏拉回現實：「我們就放手讓孩子安心離開吧。」

俐敏無聲地哭著，眼前的一切如此真實且無情，幾天前她的孩子還在肚子裡活蹦亂跳，此刻卻冰冷地躺在懷中。

護理師把剛剛拓印好的小腳印及剪下的毛髮交給他們後，說道：「爸爸媽媽，你們再跟寶寶說說話，好好道別一下，等等往生室那邊會派人過來接寶寶。」

俐敏點點頭，淚眼望著懷中的寶寶：「孩子，媽媽的心好痛。媽媽等了很久的時間，好不容易才有了你，可惜我們的緣分好像不夠深。」俐敏吸吸鼻子後繼續說：「我們約好，下次再回來當我的孩子，好不好？」

先生握住俐敏的手後說：「俐敏，妳不要太悲傷，剛剛生完一直哭這樣很傷眼睛。寶寶一定會再回來，妳就放下吧。」

俐敏閉上眼睛嗚咽，只剩細碎哭聲，驟然失子的傷痛正侵蝕內心。約莫二十分鐘後，往生室的人抵達產房，接走了俐敏的小寶寶。

我聽著李淳皓敘述的情境，覺得並沒有哪裡不妥，於是好奇地問：「俐敏已經跟孩子道別，未來的情緒平復與復原應該沒有大問題。」

「如果沒有發生之後的事情，興許俐敏應該會走出傷痛。」李淳皓望著我說：「問題就發生在俐敏轉上病房以後。」

我挑挑眉毛，轉上病房以後？

李淳皓有點難過地說：「俐敏的隔壁床是位順產的產婦，與她同天入院待產，好死不死，那位產婦跟來探望的朋友聊天，提到在待產的時候，一直聽到有位產婦哭天喊地好嚇人，後來才知道是位產下死胎的病人。」

這下子讓我嘴巴闔不上，八卦無所不在，尤其是這種事不關己的八卦，很快就會變成傳言。偏偏說八卦的人並不知道，事件的主角就住在自己的隔壁。

「那怎麼辦？俐敏聽到這些事，當下一定立刻就情緒崩潰了吧？」

李淳皓點點頭，然後對我說：「俐敏聽到隔壁床產婦的議論後，立即痛哭失聲，嚇得隔壁產婦趕緊跑到護理站求救，知道俐敏就是事件主角後，急忙想去道歉，卻被俐敏的先生阻攔下來。產後病房的護理長急忙協助俐敏更換到單人病床休息並向他們道歉。」

我搖搖頭，頗能同情俐敏夫妻倆的心情。

或許，我們以後遇到類似情況，能夠處理得更好，比如轉入產後病房時，幫胎死腹中引產的病患注意一下隔壁床是什麼樣診斷的病患。如果隔壁是喜孜孜地迎接新生命的產婦，就不適合引產病患入住在旁。

「換病房以後，應該就沒有再發生意外之類的事情了吧？」我望著李淳皓好奇問。

李淳皓搖搖頭說：「後來還有件事情。」

還能有什麼事情？

李淳皓緩緩說道：「本來俐敏的先生在寶寶後續處理，選擇全權交給葬儀社，所以後續沒有相關儀式。但是當天晚上，俐敏就後悔了。」

後悔了？我有點不懂他的意思。

「俐敏對先生說想要再見孩子一面，然後她想帶回去自行處理。」

李淳皓跟我對望，我可以同理俐敏的心情，畢竟這是她第一個孩子，心中必然割捨不下。只是，俐敏的做法與台灣傳統習俗有所牴觸。

「俐敏雖然想要這麼做，但是婆婆堅決反對。」李淳皓跟我說那天晚上，俐敏的婆婆來探望她，知道她還想見寶寶一面後便極力阻止。

「婆婆還對俐敏說，孩子與他們夫妻無緣，是來討債的夭壽骨，既然無緣就不要一直去看，並要俐敏盡早忘記，先把身體養好，這樣很快就會再懷上孩子。」

聽到這裡，我忍不住直搖頭及嘆息，一般若妊娠小於二十週，引產出來的胎兒是當成醫療廢棄物處理，即便週數超過二十週之後，寶寶的身後事都是簡單處理，不會有太多繁文縟節。不立牌位不留骨灰，小生命就這麼悄然無聲地逝去，沒有遺留任何可以讓母親念想的物品。有的人會對此產生疑惑，如果沒有牌位與骨灰，那麼孩子的魂魄四處飄蕩，還能有再度重生的機會嗎？

而母親對於早早逝去的小寶寶，心中的牽絆又特別明顯，無法放手。其實這都是其來有自：依據婦嬰專家Rubin所提出的理論，依附行為是指母親在懷孕期間與胎兒身心連結的過程，屬於一種親密、持久的關係；母親會隨著週數增加，逐步加深對孩子情感的依戀，若孕期當中或生產期間失去胎兒或發生新生兒死亡，將會是最大的失落與哀傷。

婦女從預備懷孕開始，便對腹中孩子有了各種想像。懷孕後，對母親而言，腹中的孩子就是有意義的個體。早夭的孩子絕非如同傳統所指，是來討債的、無緣的或是夭壽骨之類的負向存在。

懷孕過程無論是流產、死產或是胎兒異常的引產都可能引發周產期的失落，而面臨周產期失落的婦女將出現哭泣、失眠、頭痛、倦怠、退縮、哀傷、憤怒、內疚與焦慮等反應。

婆婆的話必定二度傷害俐敏，驟然失去與自己已經共生共存三十四週的孩子，對她而言，那孩子絕對不是無緣的夭壽骨，而是最疼愛的心肝寶貝。

「所以俐敏真的沒有再去看孩子一眼嗎？」我問是這樣問，但心中卻認為俐敏必定會排除萬難，親自去一趟往生室。

李淳皓望著我，「怎麼可能，她心心念念放不下孩子，自然任誰都拉不住。」

後來病房的護理師與往生室人員聯絡之後，讓俐敏與先生到往生室見寶寶一面，同時俐敏提出要帶回孩子自行處理，不要委託葬儀社。先生見俐敏這般割捨不下，也只能瞞著母親，偷偷地幫無緣的孩子處理後續事宜。

依照習俗，父母親無法親送孩子走過最後一程，這讓俐敏內心充滿遺憾。即便俐敏的經歷如此不完美，但最終她得償所望見到孩子最後一面，並且可以自行處理後續，如此一來能夠稍微削減內心的罪惡感。

現在在台灣對於死產仍屬於禁忌的話題。一般人建議婦女引產過後，應該盡速忘記並減少談及這個話題，避免走不出傷痛。然而婦女實際上卻必須經由抒發自己的失落情感來重整心態，避免造成後續的無力感及喪失定向感。

目前臨床上，針對經歷死產後的病患及家屬，並無相關的傷慟關懷服務，這是我們應該繼續努力的方向。

等俐敏回家之後，面對為孩子布置好的小床與預備好的衣物，將再度刺痛她的心。期待中的孩子並沒有跟著回家，她的內心將懷抱無限的後悔及遺憾。

李淳皓幽幽地說：「其實我們應該可以做得更多更好，樂樂姊，妳覺得呢？」

當下我正在思索事情並未回答，此時李淳皓又嘆了口氣後說：「不過，樂樂姊，妳又沒有照顧過這種病患，妳應該無法了解她們的心情。」

「誰說的？」我打斷他的話：「想當年，我也曾經歷過與你一樣的事情。」

李淳皓一副不相信的表情。

其實，我想起了多年前曾經照顧過的一位患者，她也是經歷了死產的悲傷與哀慟，而且當初直接把孩子生在病床上。

那是位妊娠二十三週的孕婦，因為早期破水由外院轉進我們醫院來。那天是農曆年除夕當日，這是華人的大節日，大多數病患都急著辦理出院回家吃年夜飯。而這位病患則是由救護車轉送到醫院，在產房觀察一夜後就轉上普通病房。

因為過年時期住院病患數大減，所以這段時間醫院會縮減病房，醫護人員能輪流休長假，趁機好好歇息。因為關縮病房的緣故，只要有空床就會把病患轉送上來。在婦癌科病房收治安胎的患者，也就見怪不怪。

病患小倩轉上來時，我正在其他床忙碌，所以由其他學姊幫忙先幫小倩量血壓等生命徵象後，又囑咐臥床休息別下床活動。

約莫半個小時，小倩的婆婆跑到護理站大聲喊著：「護理師，快過來。」

護理站裡剩下助理員，她一臉狐疑地望著病患的婆婆問：「怎麼了？發生什麼事？」

「掉出來，掉出來了。」婆婆氣極敗壞地喊著：「孩子掉出來。」

這下子可不得了，助理員趕緊找護理師去處理。我聽到消息也趕緊跑進病房。當我進入病房，見到小倩仰躺在病床上，雙腳微微弓起，臉上分不清是汗水還是淚水，她一臉驚恐地望著我。

我趕忙走過去拉住她的手問：「小倩，妳還好嗎？」

「護理師，剛剛我突然覺得好想大便，然後請婆婆拿便盆給我，結果稍微用力後，大便沒有出來，可是……」小倩目光驚慌地說道：「孩子好像被我擠出來了。」

我拍拍她的手，把棉被掀開，小小的胎兒就夾在小倩的雙腿之間。由於根本沒有經歷過這類的情況，當下我愣在原地，這下子該怎麼辦，安胎病人居然把孩子生在床上，我心想完蛋了。

「孩子還在嗎？他是不是掉出來了？」小倩驚慌地拉著我的手哭著說：「我不知道是要大便還是什麼的，對不起，我不是故意的。」

我急忙先把棉被蓋回去，跟著安撫她：「小倩，妳先放輕鬆，我先幫妳把便盆拿下來。」

我伸出手，先幫她把便盆拿出來。她屁股下方鋪著看護墊，結果這麼一移動，孩子就整個滑出陰道口。

「嗚嗚嗚，我的孩子。」小倩感覺到孩子離開身體，傷心欲絕地放聲大哭。我再掀開棉被，一個小巧的胎兒閉著眼睛躺在小倩的雙腿之間，明顯已沒了氣息。這時候，總醫師黃紹華衝進病房。

「什麼情況？」黃紹華跑到病床邊望著我，「剛剛有人跟我說孩子掉出來。」

我望著她點點頭，並且示意在棉被底下。

黃紹華輕輕掀開被子一看，倒抽一口氣，然後轉頭看著壁上的時鐘，先把時間記下。

「胎盤還沒下來吧？」黃紹華望著我問。

「應該還沒有，孩子剛剛滑出來而已。」我握著小倩的手安撫她，「小倩，妳先放輕鬆，我們還得等胎盤排出來。」

小倩點點頭，然後她猛地一陣用力，黃紹華再低頭一看，一個小小的胎盤也滑了出來。黃紹華急忙拿起來仔細看著，擔憂胎盤沒有完整剝離。如果沒剝離乾淨，容易有產後大出血的情況發生。

此時，學姊們趕過來幫忙，黃紹華緊急下了醫囑，讓小倩打上點滴並滴注催產素幫助子宮收縮，而我趕緊把胎兒移到學姊們預備好的乾淨布巾上，幫胎兒測量體重，完成後續的生產紀錄。等所有事情處理完畢後，護理長準備好一個紙箱，在裡面鋪上看護墊，我小心翼翼地把胎兒放進去。因為胎兒真的太小，比我的手掌還小，所以預備好的腳圈也只能放置在胎兒身旁。

望著緊閉雙眼的小精靈，當下我的心情很低落，生命怎麼這般脆弱，你才剛剛滿二十三週大，怎麼會一瞬間就離開媽媽的子宮。

正當我還在胡思亂想神遊之際，學姊劉素吟跑進準備室裡，她看著我落寞的樣子，安慰道：「樂樂，別胡思亂想了，他們只是母子緣分不夠深。」劉素吟把紙箱蓋上，「等等聯絡一下往生室，請他們過來接寶寶。」

我點點頭，然後問劉素吟：「那媽媽呢？如果她想要看寶寶，可以嗎？」

劉素吟不解地望著我，「當然可以，為什麼不可以，我去幫妳問問看。」她一副行俠仗義地模樣，急忙跑到病房幫我詢問病患的意願。

結果劉素吟卻被打了回票。

病患的婆婆聽到我們詢問小倩要不要看寶寶一面，急忙阻止，而且還罵病患：「孩子就是跟妳的緣分不夠深，所以才會沒足月就匆匆要離開，這是來討債的夭壽骨。不要看！有什麼好看！看了以後又不會活過來。」

「可是媽媽，他畢竟是我懷胎六個月的孩子，我想要看……」小倩聲淚俱下地哀求著婆婆，「我知道跟孩子的緣分已經盡了，我只看一眼就好，一眼而已。」

婆婆似乎不打算讓步，連聲反對：「看了妳就會想，想了以後又傷身體，對妳又有什麼好處？不要看也不要想，趕緊養好身體再懷孕生一個，既然這個孩子跟妳沒有緣分就把他忘了。」

小倩淚眼婆娑望著婆婆，雖然想開口反駁什麼，卻又不敢正面與長輩對抗。

強勢的婆婆阻攔小倩與寶寶相見，還把劉素吟請出病房。

這下子該怎麼辦？真的不讓他們母子相見了嗎？

我先把寶寶放在護理站準備室中，打了通電話到往生室。剛好今天他們的業務量驚人，所以約定傍晚時分再到病房接寶寶。

掛上電話後我看看手錶。大約還有四個小時的時間，我得想辦法讓小倩與寶寶見上一面。

不知道為了什麼，我的腦海裡揮之不去的，除了寶寶安靜地躺在紙箱裡的模樣外，還有小倩的淚眼。腹中孩子保不住被迫母子分離已經夠慘，為什麼連最後一面也不讓見呢？

我心中憤憤不平地想著，去他的狗屁習俗，什麼無緣的夭壽骨，不讓媽媽見孩子最後一面，那才是真正的夭壽鬼。

於是，我繼續忙碌手上的事務，同時關切小倩病房裡的動態。終於在下午三點鐘，小倩的先生抵達病房，先帶婆婆回家休息。真是天賜良機，此刻不行動更待何時！

我趕緊抓緊機會跑到病房去，輕輕拉開床簾後，小倩正躺在病床上靜靜地流著眼淚，我走過去拿了面紙給她，然後拍拍她的手背。

小倩邊哭邊嗚咽說著：「我好想我的孩子。」

此時，我開口問她：「小倩，要不要見見妳的孩子？」

小倩淚眼望著我帶點怯懦地說：「可以嗎？我真的可以見寶寶嗎？」

「為什麼不可以，」我握緊她的手肯定地說：「雖然妳們的母子情緣這麼短暫，但是我相信，寶寶只是忘記帶東西，他要回去準備一下，不久之後會再回來。」

我的話讓小倩稍稍平復情緒。她擦去淚水後神情堅定地望著我說：「我要見孩子。」

我跑回準備室，雙手捧著小寶寶的紙箱並小心翼翼地走到病房裡。

劉素吟也跟著過來，她站在床旁拉著小倩的手，然後交代：「小倩，我了解妳的心情一定很哀傷，但是根據習俗，妳的眼淚千萬不要掉到寶寶身上，不然寶寶會捨不得離開。妳應該希望他可以放心地離開，以後順利再投胎吧。」

小倩聽了劉素吟的交代後點點頭，趕緊抹去臉上未乾的淚痕，只見她深吸幾口氣，稍稍平復自己的哀傷。

過了幾分鐘，小倩看著我說道：「好，我準備好了。」

我把紙箱放在小倩的腿上，慢慢地打開紙箱上蓋。

小倩低下頭望著安靜躺臥在紙箱中的寶寶，只見她嘴角微微上揚然後說道：「寶貝，原來你長這個樣子呀，媽媽不止一次在夢裡見到你。你是那麼可愛又活潑。」小倩的眼中滿是打轉的淚水，強忍即將崩潰的情緒，她又說道：「寶貝，我們約定好，一定要再回來當我的孩子，媽媽會等你喔。」

這種哀傷的場面，惹得劉素吟與我淚水盈眶，我們強忍眼中的淚水不讓它潰堤而出。

小倩拿出一張寫著許多字句的紙張，抬頭問我：「我可以把這個放進去嗎？」

劉素吟點點頭哽咽地說：「可以。」

小倩把紙張放到寶寶身旁，又說道：「寶寶，這是媽媽對你的思念以及交代，你要記得媽媽的名字是王玉倩，記得下次再來要找對地方喔。」

然後小倩輕輕把上蓋闔上，緊接著就淚水潰堤。我趕緊抱起盒子，而劉素吟在旁安慰著她。

小倩因為失去寶寶的哀傷及悲痛含淚的面容，讓我終身難忘，時至今日，那天的場景依舊歷歷在目。

聽完我的敘述，惹得李淳皓眼眶溼潤，他望著我問：「因為有讓媽媽見到寶寶最後一面，所以她的心中就沒有遺憾了嗎？」

「當然不會，那份遺憾將跟著媽媽一輩子。婆婆阻止媽媽見孩子一面的當下，媽媽的淚眼相對以及哀傷情緒，讓當時的我很失落。」我望著李淳皓說出心中的感想，「失去孩子的哀傷，不會在短時間內就消失。這份牽掛會一直放在母親心中。如果沒見上最後一面，那份牽掛將會更深更久。最後一面對媽媽而言非常重要，因為媽媽心中的角落始終留有早夭孩子的位置，如果她沒有見到孩子最後一面，她便無法想像孩子會是什麼模樣，而造成媽媽心中永遠的遺憾。」

我的話讓李淳皓陷入深思，也許這是他從未想像過的境界。

傷慟關懷是我們仍須努力的部分，只可惜現階段，大部分驟然失子的母親，在引產過後，因後續住院時間短暫，所以大多的悲傷反應都出現在出院返家之後。因為返家後，看著為孩子預備好的一切，原本不願意面對的悲傷，又會瞬間被引發出來。

那麼需要多久時間才能平復呢？其實並沒有一個標準答案，但是如果能有類似的支持團體，協助病患度過這段時間，相信黎明會很快到來。

台灣目前尚未有類似團體，但是美國的傷慟關懷服務已成立約三十年。對妊娠婦女而言，即使有時間預期可能的失落，在面臨死亡時仍會有哀傷的情緒反應。若能主動關心她的需求並積極地提供協助，給予親切、具隱私及個別性的照顧，同時深入了解其壓力與衝擊，用傾聽、關心、支持與會談技巧跟產婦作情感的交流，鼓勵個案表達內心的情緒感受，才有可能協助個案接受失去胎兒的事實，幫助其自我照顧、增加與家人的互動，走出傷慟，減輕及縮短其哀傷的過程，以真正做到身、心、社會完整的照顧。

某份研究中也指出，終止妊娠婦女在與護理人員接觸期間，若能感受到被瞭解、有人與自己同在、可隨時掌握自己的情況、能夠自己做選擇、能被預先告知相關資訊、分享經驗，就能夠察覺到這樣的人際互動可以提高耐受力和降低壓力，對自己有助益。

靈性方面，若能依其宗教信仰及個別需求，協助產婦與胎兒道別，當婦女有意願探視胎兒時，鼓勵其撫摸胎兒、向胎兒表達心中感受、將其準備給胎兒的用物供胎兒使用、與胎兒獨處並道別，協助婦女留下胎兒腳印、照片、毛髮等紀念物品，將有助於產婦與家屬度過此過程的煎熬。

李淳皓好奇地望著我，「那後來寶寶真的有回來嗎？」

「相信嗎？寶寶真的回來了。」我神祕一笑後，又與他分享故事的後續。

過了一段時間，我逐漸淡忘了這段往事，直到一年後的某天。

那時我正在病房裡面忙碌著，突然劉素吟跑到病房裡叫我。

「樂樂，外面有位病患要找妳。」劉素吟微笑望著我，「妳忙完手上的事情了嗎？還是我來接手，妳先過去一趟。」

恰巧我忙到一個段落，於是就推著工作車回到護理站。靠近護理站就看見一位婦人手中抱著嬰孩，她正滿面笑容地望著我。

是小倩！我看著她手抱孩兒，不知怎麼地突然眼睛一陣溼潤，立刻盈滿淚水。

我走過去後，輕聲呼喚說道：「小倩，妳把他生回來了？」

小倩也紅著眼眶望著我，「嗯，寶寶回來了。」

我趕緊收復情緒，望著她懷中正睡得香甜的嬰孩，說道：「孩子，你還真是位信守承諾的小傢伙呀。」

小倩望著我滿心歡喜地說：「前幾天生完就一直想要來找妳，跟妳分享這個好消息，結果上來之後，其他護理師們跟我說，妳這幾天剛好休假。還好今天妳有上班，我剛辦好出院就趕緊上來找妳，幸好來得及當面跟妳分享喜悅。」

我伸手拍拍她的肩膀說：「真的恭喜妳，孩子又回到妳身邊了。」

「樂樂護理師，謝謝妳。」小倩與我分享著上次出院後的心路歷程，「那時候妳有讓我見寶寶最後一面，所以出院後我比較釋懷，那驟然失去孩子的傷痛。」

我點點頭：「其實，我是算準時間，利用妳婆婆離開之後，才趕緊過去找妳。因為我不希望讓妳留下任何遺憾。」

「那一面對我來說非常重要，至少我知道了寶寶長什麼樣子，雖然他還那麼小，比我的手掌還要小，可是看到他安詳地躺在紙盒裡面，讓我放下許多執念，也決定放手讓他離開。」小倩感嘆地說：「如果當時沒見上那一面，或許我現在還走不出來，也無法繼續懷孕生子。」

我點點頭，覺得之前所做的事情很值得。

「樂樂護理師，妳知道嗎？我回家以後有夢到寶寶。」小倩神祕一笑。

我則是驚訝地望著她。

小倩接著說：「那天晚上，寶寶在夢裡對我一直笑，天真的笑容與笑聲讓我感覺到他很快樂，醒來以後我就放下對他的愧疚情感。」

「沒過多久以後我就又懷孕了，我相信這孩子就是寶寶來投胎的，而那天晚上的夢境就是要告訴我，他要回來了。」小倩滿足地望著懷中的孩子，從她身上我看見了初次當母親的滿足感及驕傲，她也完成了把孩子生回來的任務。

「恭喜妳，恭喜妳把孩子生回來。」

小倩開心地點點頭，看著她手抱孩兒，周圍似乎環繞光芒，或許這就是為人母後的喜悅與光輝。

我望著李淳皓說：「所以讓媽媽與早逝的小寶寶見上一面，對媽媽來說十分重要。畢竟他們依附依存了一段時日，這份情感絕非他人可以體會。」

「還有呀，既然你已經是產科的Fellow*，那麼以後這種場面一定不會少。」我不忘對他諄諄教誨：「如果有機會，記得滿足媽媽與爸爸的要求，想見最後一面就讓他們見，另外記得幫爸爸媽媽留下寶寶的腳印與毛髮。」

李淳皓點點頭後說：「嗯，產房護理師有協助俐敏留下寶寶的毛髮，這有什麼特殊意義嗎？」

「這些都是在未來能支持媽媽走出哀傷的物件與念想。」我拍拍他的肩膀後說：「有些人會把為孩子準備的衣物，特意留一套起來，然後收藏在自家的角落。當夜深人靜的時候，就會

* 作者註：Fellow又稱準主治醫師，住院醫師訓練最後一年，接受專科訓練考取專科醫師證照後，隔年晉升主治醫師。

拿出來看一看，並且同時思念一下。寶寶的腳印跟毛髮與這些念想之物存放在一起，媽媽的記憶深處始終存留早逝孩子的記憶。傷感是必然的，但這是媽媽必須走過的路程。強迫她們不能去想才會更加放不下。」我看著李淳皓後又說：「你有沒有想過，這些小精靈的遺體，最後去哪裡了？」

「不就是被火化了，然後統一處理嗎？」

我望著他感傷地說：「小精靈因為發育尚未完備，所以即便火化後也沒有骨灰留下來，最終他們隨著一把火消失在這世間。而且習俗上，也沒有替寶寶留下牌位及骨灰的作法。所以如果能在寶寶引產之後，見上一面然後跟他好好道別，這對媽媽而言是非常重要的。就好像我們常常說的『四道人生』，對於媽媽以及來不及降世的寶寶來說，『道別』與『道愛』特別重要。」

那是媽媽心中永遠割捨不下的一塊肉，即使他已經離開母體，一把火灰飛煙滅，但是他會永遠留藏在媽媽內心的某個角落裡。

失去寶寶之後，媽媽的心靈日日都在破碎與癒合之間打轉。即使感覺到崩潰與無助，日子還是得要過下去。她們只能硬挺起頸項，強迫自己去面對眼前的生活。

她們心中最大的願望，就是希望孩子早點回來，因為媽媽會在原地等候著你。

這時候配偶的支持很重要，他們必須一起攜手面對這個挑戰，最終他們必須走出這份傷痛，這樣生活方能穩穩繼續向前走。而支撐他們的信念就是，孩子一定會再回到自己身邊，總有那麼一天的到來。

醫護人員們也不要忘記，協助病患及家屬處理面對道別之後的悲傷，只有悲傷時間越短，他們恢復正常作息的時間也就越快。如果未及時處理，這份哀傷與愧疚感，將會時刻跟隨著他們，讓走出哀傷的時間更加漫長。

失去孩子並非畫上句點，而是下一次的開始，唯有開始，孩子與母親方能迎接重逢那一日的到來。

尾聲　始終會再相見

一路走來，與許多病患交心談話，其實我還是有許多不足的地方需要加強。我不夠堅強，常常陪著病患一起哭。我不夠理智，遇上病患家屬挑戰理智線時，會暴怒不爽甚至破口大罵。但正因為不夠完美，所以我持續書寫著屬於自己的人生功課。

有人曾經問我，是否喜歡護理師這份工作？以前我也曾經懷疑過，自己是喜歡工作還是喜歡工作遇到的人事物？經過這麼些年的風風雨雨，走過新冠肺炎三年的折磨後，我更加確信自己是喜歡工作上的人事物。因為有他們，才會有這部著作的誕生，也感謝有他們，讓林唯樂的生命更加完整。

曾聽到這種說法，護理師是一份很美的職業，人的出生有護理師參與，寶寶落地後由護理師擦拭身上的血跡並清除口中羊水以協助呼吸；當走到人生的終點，也由護理師協助擦身換衫。我們見證了人的生與死，在生老病死的循環之中，護理師從未缺席。而我何其有幸，在學生時代到產房實習，見證了出生的喜悅與美好。畢業後來到婦癌病房，照護癌症病患陪伴她們度過治療的艱難時期，最後陪伴她們走過人生最後一哩路。我見證生老病死四個階段，同時也看盡人生百態。寫到這裡，要跟大家說再見嗎？如果說了再見，是否以後就再也不相見了？

不！我們始終會再相見，因為地球是圓的，緣分滾來滾去，最終依舊會回到原點。那麼我們就不說再見，因為始終會有再度相見的那天。

釀生活41　PE0198

那些年，在婦癌科病房發生的「鳥事」

作　　者　那　緹
責任編輯　尹懷君、陳彥儒
圖文排版　楊家齊
封面設計　王嵩賀

出版策劃　釀出版
製作發行　秀威資訊科技股份有限公司
114 台北市內湖區瑞光路76巷65號1樓
電話：+886-2-2796-3638　傳真：+886-2-2796-1377
服務信箱：service@showwe.com.tw
http://www.showwe.com.tw
郵政劃撥　19563868　戶名：秀威資訊科技股份有限公司
展售門市　國家書店【松江門市】
104 台北市中山區松江路209號1樓
電話：+886-2-2518-0207　傳真：+886-2-2518-0778
網路訂購　秀威網路書店：https://store.showwe.tw
國家網路書店：https://www.govbooks.com.tw
法律顧問　毛國樑　律師
總 經 銷　聯合發行股份有限公司
231新北市新店區寶橋路235巷6弄6號4F
電話：+886-2-2917-8022　傳真：+886-2-2915-6275

出版日期　2023年2月　BOD一版
定　　價　380元

讀者回函卡

Printed in Taiwan

國家圖書館出版品預行編目

那些年，在婦癌科病房發生的「鳥事」/ 那緹著. --
一版. -- 臺北市 : 釀出版, 2023.02
面； 公分. -- (釀生活 ; 41)
BOD版
ISBN 978-986-445-756-4(平裝)

863.55 111020239